CHILDREN
OF THE
RUNE
WINTERER

전민희
장편
판타지

룬의아이들
윈터러

덧을 뚫고서, 폭풍 속에

CHILDREN
OF THE
RUNE
WINTERER

엘릭시르

6
장

INTENSIFY

겨울을 지새우는 자여,
그것은 아주 길고 긴,
끝나지 않는 겨울일지도 모른다.

서리와 눈보라를 이기고
바람과 눈물을 견뎌
마침내 찾아올 그 봄은

네 시체 위에 따뜻한 햇살이 되어 내릴지도 모른다.

그러니 마음을 푸른 칼날처럼 세워
천년의 겨울을 견디도록 대비하라.

반드시 살아남아야 한다.
반드시 살아남아야 한다.
반드시 살아남아야 한다.

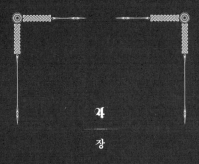

4
장

EMPATHY

달과 검, 그리고 사악한 밤

한동안 만지지 않던 짧은 칼을 움켜쥐고 캄캄한 복도로 뛰어나올 때까지, 보리스는 다른 어떤 생각도 못 했다. 절대 잃어선 안 될 것을 소홀하게 다룬 자신에게 혐오감을 주체하기가 힘들었다.

겨우 이것밖에 안 된단 말인가?

형을 세 손으로 붙고 떠나온 지 한 달도 되지 않았다. 주어진 부당한 운명을 말없이 견뎌냈던 형이었다. 예프녠이 남은 생명을 다해 어린 동생을 지켜주려고, 자신이 떠난 뒤에도 혼자 살아나갈 수 있도록 가르치려고 얼마나 애썼던가. 그 쓰디쓴 가르침을 벌써 잊은 것처럼, 지켜야 하는 것조차 잊고 이토록 방심했다. 형이 무어라고 했는데, 형이 그에게 무어라고 가르쳤는데!

어디로 가고 있는지도 몰랐다. 반쯤 넋을 놓고 뛰다시피 걷던 보리스는 갑자기 멈추어 섰다. 정신이 돌아오면서 당연한 추리가 떠올랐다. 윈터러는 그의 침대 밑에 놓여 있었다. 그날 침실에 드나든 사람은 자신과 란지에, 그리고 새로 나타난 월넛 선생밖에 없다. 월넛 선생은 그 침대에 누워서 네 시간도 넘게 낮잠을 잤다. 그동안 자신과 란지에는 몇 번인가 방을 비웠을 것이다. 그 틈을 타서 월넛이 어떤 식으로든 검을 꺼내어 숨겼다면?

"······."

자신의 어리석음에 식은땀이 흘렀다. 오늘 처음 본 자를 어떻게 믿는다고, 윈터러가 있는 방에 혼자 놔두었단 말인가. 아니, 믿고 안 믿고의 문제도 아니었지! 처음부터 아무 생각이 없었으니까!

어찌됐든 그자가 명검을 찾아내어 횡재했다고 당장 내뺀 것이 아니라면, 아직까지 뻔뻔스럽게 자고 있을 그의 방으로 달려가는 것이 순서였다. 그런데 월넛 선생의 방이 어디인지 모른다는 것에 생각이 미쳤다.

자정을 넘긴 시각이었다. 보리스가 이런 밤중에 멋대로 깨워도 되는 사람은 한 명밖에 없었다. 그는 오던 복도를 되돌아갔다. 자기 방 옆에 있는 작은 방의 문을 두드린 후 대꾸도 기다리지 않고 들어갔다.

"란지에, 잠깐 일어나봐."

평소 같았으면 깊이 잠들었을 상대를 이런 식으로 깨울 보리스가 아니었다. 상대가 자신의 시종이라 하더라도. 그러나 지금은 그런 게 생각나지도 않을 정도로 급했다. 한시바삐 윈터러를 찾아야 했다.

잠깐 사이를 두고 목소리가 들려왔다.

"보리스…… 도련님?"

일어나는 기척이 들리고 곧 촛불 하나가 밝혀졌다. 약한 불빛이 마주선 두 소년을 비췄다. 란지에는 졸린 기색이라기보다는 피곤해서 해쓱해진 얼굴이었다. 그제야 미안하다는 생각이 났다.

"밤중에 깨워서 미안해. 하지만 중요한 일이 있어서."

"제 의무입니다. 말씀하십시오, 도련님."

잠결에 일어났지만 불쾌해하지도, 더듬거리지도 않았다. 보리스는 란지에의 그런 면이 의무에 성실해서일 뿐 충성심 따위와 관계없다는 것을 알고 있었다.

"월넛 선생이 자고 있는 방을 찾아줘."

"알겠습니다."

왜 찾는지 묻지도 않았다. 란지에는 자기 방에서 손잡이가 달린 램프를 찾아내어 불을 붙였다. 앞장서 나가려다가 그는 문득 보리스의 모습을 돌아보았다. 그리고 다시 램프를 내려놓았다.

"그런 모습으로는 밖에 못 나가십니다."

그제야 보리스도 자신의 꼴을 내려다볼 정신이 들었다. 잠옷 위에 무심코 걸치고 나온 것은 길이도 짧고 소매까지 부풀려진 엉뚱한 겉옷이었다. 란지에가 돌아서서 장롱을 열더니 큼직한 회색 망토를 하나 꺼내 보리스에게 재빨리 둘러주었다. 보리스는 란지에가 순간적으로 손을 주춤하는 것을 느꼈다. 란지에는 보리스가 가져온 검을 보았지만 못 본 것처럼 나지막이 말했다.

"가시지요."

한쪽 어깨에 붙은 핀을 채우고 나니 흡사 떠돌이 검사 같은 모습이 되었다. 그런 모습으로 란지에의 뒤를 따라 위층으로 올라갔다. 월넛 선생의 방에 이르자 란지에는 정중하게 문을 두드렸다. 대답이 없자 보리스를 돌아보았다.

"그냥 문을 열까요?"

끄덕, 하자마자 란지에는 문고리를 돌리고 안으로 들어갔다. 램프로 방안을 이리저리 비추던 란지에는 침대 쪽으로 다가가 살펴보더니 보리스를 돌아보았다.

"안 계시는군요. 잠시 자리를 비우셨나 봅니다."

보리스는 도저히 란지에처럼 생각할 수 없었다. 그의 머릿속에는 사라진 윈터러뿐이었다.

"방안을 전부 밝혀줘."

곳곳의 촛대에 불빛이 떠올랐다. 방은 텅 비어 있었다. 그러나 한쪽에 월넛이 입고 왔던, 그리고 호두도 담아 왔던 로브가 그대로 걸려 있는 것이 눈에 띄었다. 보리스는 직접 장롱을 열어보고 침대 밑을 살폈다. 예상대로 아무것도 없었다.

그즈음 란지에도 보리스의 기색이 이상하다는 것을 눈치챘다. 란지에는 창문으로 다가가 열었던 흔적이 있는지 확인하고, 직접 열어 아래를 내려다보았다. 그리고 보리스에게 말했다.

"뭔가 찾으십니까? 이 방 안에는 따로 물건을 숨길 만한 곳이 없습니다."

란지에의 말대로였다. 보리스는 가설이 점차 현실이 되어가자 현기증을 느꼈다.

"성문 밖으로 나가려면 경비병을 거쳐야겠지?"

"밤이 되면 주인님의 허락 없이 성문을 열지 못합니다."

"그 밖의 통로는?"

"다른 문들도 마찬가지입니다. 북쪽 문은 열려 있겠지만 정원에서 외부로 나가는 입구 쪽에 역시 경비병이 있습니다. 정원을 산책하려는 것이 아니라면 그 문으로 나가보았자 소용없을 것입니다."

당장 해야 할 일이 무엇일까. 백작에게 알리는 것?

계약으로 맺어진 관계에 불과한데 개인적인 물건을 찾기 위해 자고 있는 백작을 깨울 수는 없는 노릇이다. 백작이 도와준다 하더라도 지나친 신세를 지는 것이다. 그런 부탁을 할 만한 상대가 아니었다.

날이 새려면 대여섯 시간은 남아 있었다. 보리스는 여전히 판단을 내리지 못한 채 무의식적으로 말했다.

"어쨌든 그 문으로 나갈 수 있다는 거지?"

하얀 달이 떠 있었다. 어둡던 복도와 달리 램프가 없어도 발밑이 보일 정도로 환한 밤이었다. 정원의 풀이 푸르게 젖어 있었다.

란지에가 앞장서서 걸어갔다. 보리스는 란지에가 걸쳐준 망토 속으로 검을 꽉 쥐고 있었다. 최악의 상황이 벌어진다면 망설일 생각은 없었다. 하나밖에 없는 유품이었다. 형, 그리고 아버지가 남겨준. 그것조차 지키지 못한다면 진네만이라는 이름을 가질 자격이 없었다.

그러나 이미 달아나버렸다면?

"잠깐……."

란지에가 몸을 수그리는 순간, 보리스의 눈에도 보였다. 처음에는 반딧불인가 했다. 그러나 너무 빨랐다. 하나인 듯했지만 하나가 아니고, 여럿도 아니었다. 군무이자 한몸이었다.

보리스가 찾던 자가 윈터러를 갖고 있었다.

동시에 보리스는 멍해졌다. 분명 잘 안다고 생각했는데, 이 순간 윈터러는 그가 알던 검이 아니었다. 월넛의 손에 쥐어지자 윈터러는 섬광처럼 빨랐고, 춤추었고, 살기를 내뿜었다. 흡사 악마의 검이었다. 예프넨의 손에 있을 때도 저런 모습은 보지 못했다. 사방을 찌르고 베는 날에서 반사광이 튀었다. 짧은 유성우처럼. 처음 보았던 빛의 정체가 그것이었다.

뺨이 오싹해졌다. 가슴속이 선뜩했다. 겨울의 검이라는 이름은 누가 처음 붙였을까? 보리스의 조상이었을까? 그 사람은 지금 저자처럼 신들린 듯 검을 춤추게 할 수 있었을까? 어제 만났을 때는 저자에게 검을 가르칠 능력이 있는지조차 의심했는데.

"하아……."

점차 숨이 막혔다. 그자가 잠깐씩 동작을 멈출 때를 제외하면, 윈터리는 단지 빛이었다. 윤곽조차 식별하기 어려웠다. 귀신불 같은 광채가 넘실거렸다. 머리 위에는 달이 하얗게 탔다. 서서히 깨달음이 찾아왔다. 윈터러는 지금껏 본모습을 숨기고 있었다. 틀림없었다. 저 광경을 보며 밀려드는 감각은 두려움과 달랐다. 저자에게 덤벼들어봤자 이길 수 없겠다는, 그런 것이 아니었다. 그보다는 절실한 깨달음이었다.

겨울의 검은, 선한 목적으로 만들어지지 않았다는 것.

"저것이 도련님의 물건입니까?"

곁에서 란지에가 물었을 때, 보리스는 그의 목소리에 자신과 비슷한 감정이 실려 있음을 알고 놀랐다. 란지에는 다시 앞을 바라봤다.

"악한 역사가 존재하는 검 같군요."

마지막 빛이 화살처럼 쏟아지더니, 이윽고 끊어졌다. 정신이 들고 보니 이미 월넛 선생은 자세를 바로 하고 검을 내린 채 서 있었다. 시선이 달을 보는 듯했다. 한동안 그러고 있더니 두 소년 쪽으로 고개를 돌렸다.

"어이, 구경거리는 끝났으니 그만들 해산해."

낮에 봤던 때와 마찬가지로 익살맞은 어조였지만 어딘가 달라진 것을 다 감추지는 못했다. 살인이라도 저지르고서 얼버무리려는 사람 같은 목소리였다. 두 소년은 그림자처럼 말이 없었다. 월넛이 그들에게 걸어왔다. 단순히 내려 들고 있는데도 윈터러는 피를 원하는 괴물처럼 번쩍거렸다.

보리스는 이를 악물고 한 걸음 나섰다.

"그것은 제 검입니다. 잠시 구경하신 것으로 알겠으니 그만 돌려주십시오."

머리 너머로 달을 인 채 월넛 선생은 눈을 내리깔았다. 역광으로 어두운 얼굴에서 눈동자만이 이상하리만큼 번뜩인다고 생각했을 때 뜻밖의 대답이 울렸다.

"그리고 넌 그걸 잃어버렸지."

보리스는 망토 속의 검을 움켜쥐며 몸을 긴장시켰다.

"남의 집 식탁 아래에서 숟가락을 주웠다고 말하실 셈인가요?"

"네게 되찾을 능력이 있느냐?"

보리스는 턱을 쳐들며 상대를 똑바로 쏘아보았다.

"이해할 수 없는 말을 하시는군요. 저는 당신이 제 검술 스승으로 온 줄 알고 있었습니다만."

'아니라면 도둑이었다는 말이냐'라는 뜻이 함축된 말이었다. 역광 속의 얼굴이 순간 일그러지더니 미소 비슷한 것을 보였다.

"어린 녀석이 대담하구나. 그러나 이건 너 같은 아이가 쥘 검이 아니다."

"아이도 자라 어른이 되죠."

달빛이 구름 밑으로 들어가기 전, 마지막으로 두 사람의 옆얼굴을 쓸고 지나갔다. 월넛의 목소리에 이제 웃음기는 없었다.

"그전에 먼저 검이 네 피를 원할 것이다. 진지하게 묻겠는데, 이런 검을 어떻게 손에 넣었느냐? 이것이 오래전에 자취를 감추었다던 겨울의 검이냐?"

이제 와서 숨길 필요도 없었다. 보리스는 짧게 대답했다.

"윈터러를 말하신다면, 그것입니다."

"허."

월넛은 윈터러를 칼집에 넣지 않고 여차하면 벨 수도 있다는 것처럼 그대로 쥐고 있었다. 그가 무슨 생각을 하는지 알 길이 없었다. 단지 아이들을 놀리는 선생 노릇을 하고 있을 뿐인가? 아니면 정말로 이 검에 대해 욕망 내지는 불안감을 품고 넘겨주지 않으려고 마음먹은 것인가?

월넛은 고개를 기울이며 보리스를 훑어보았다. 잠시 추리하던 그의 입에서 결론이 떨어졌다.

"네 성은 그렇다면…… 진네만이겠군. 트라바체스의 진네만, 겨울의 검 윈터러를 세상에서 감춰버렸던 집안 말이야. 그렇지 않은가?"

보리스는 끄떡도 하지 않았다.

"그게 당신과 무슨 상관입니까? 당신의 제자가 될 소년은 보리스 다 벨노어일 뿐인데. 그 이상을 당신이 알 필요는 없습니다."

월넛은 결심한 듯 윈터러를 칼집에 꽂았다. 그 동작은 보리스가 기억하는 누구보다도 유연하고 빨랐다.

"검은 돌려주지 않겠다."

보리스의 눈동자가 어두워졌다.

"돌려받겠습니다, 반드시."

월넛도 눈을 가늘게 떴다. 잔인하게까지 들리는 목소리가 대꾸해왔다.

"빼앗아 가라."

보리스는 한 걸음 물러서며 자세를 낮추었다. 망토를 젖히며 검의 자루를 내보였다.

위협 따위가 통할 리 없다는 것은 알고 있었다. 상대를 이길 가능성도 없었다. 그러나 보리스는 여기서 죽더라도 다른 사람의 손에 윈터러를 빼앗기지 않을 것이다. 두 눈을 번히 뜨고 있는 동안은 더더욱. 그가 내보인 것은 검이 아닌 그의 의지였다.

"조용히 떠나고 싶으면 지금 절 죽이시죠."

보랏빛 구름이 빠르게 소용돌이치며 흘러갔다. 이지러지고 뭉쳐지고 서로를 앞지르며 달려갔다. 그 틈으로 달이 흰 뺨을 보였다. 밤은 진실로 피를 바라는 듯 숨을 죽이고 있었다.

갑자기 월넛이 커다랗게 웃어젖혔다.

"하, 하하하, 하하하하……."

웃음소리는 구름 뒤에 숨은 마른벼락처럼 쩌렁했다. 그 뒤에서 북처럼 둔중하게, 점차 빠르게 심장 박동이 울렸다. 월넛은 한참 만에 웃음을 그치더니 한쪽 무릎을 꿇어 보리스와 눈높이를 맞추었다.

"이것참, 흔히 보기 힘든 녀석일세. 날 그런 눈으로 보지마라. 난 네 물건을 가지고 도망치지 않는다. 어린아이를 베는 일도 없고. 설마 내가 네가 휘두르는 검을 피해 도망쳐야 한다는 것은 아니겠지? 좋다. 나와 내기를 해보겠나?"

"……."

대꾸 없는 보리스를 향해 월넛이 계속 말했다.

"난 너를 가르치기로 했으니 가르친다. 내가 신용이 없어 보이는 거야 내가 자초한 일이니 어쩔 수 없겠지. 하지만 나는 내년 봄까지 너를 가르치겠다고 백작과 약속했다. 그 약속은 지킬 테다. 그러니 그때까지 네가 네 입으로 말한 죽음의 시한을 늘려주마. 어떠냐?"

"무슨 뜻입니까?"

보리스는 조금도 누그러진 목소리가 아니었다.

"그때까지, 매일같이 내 손에서 검을 빼앗을 기회를 주마. 만일 네가 성공한다면 나는 살아 있는 한 다시는 이 검, 윈터러에 손대지 않겠다."

보리스는 의혹으로 눈을 몇 번 깜빡였다.

"하지만 내가 떠나는 날까지 성공하지 못한다면, 나는 너를 베고 떠나든 그렇지 않든 간에 이 검을 내 것으로 하겠다. 내 말이 이해가 가나?"

"……."

선택해야만 했다. 살아남기 위해 명예를 버릴 수도, 명예를 버리고 생존을 택할 수도 없다면, 남은 것은 이런 불안한 줄타기뿐이다.

보리스의 어깨에는 형의 생명이 짐처럼 지워져 있었다. 결코 쉽게 죽어선 안 되었다. 목숨도 검도 함부로 버려선 안 되었다. 그는 언제까지나 살아남을 것이다. 영원히 사는 저 불멸자들처럼.

"약속을 무엇으로 증명합니까?"

월넛이 품에 손을 넣더니 단도를 하나 꺼내어 보리스의 손에 넘겨주었다. 날밑 없이 칼날과 자루가 바로 이어진 폭이 넓은 단도였다. 단순한 모양이었지만 칼집에서 뽑아보니 날에 초승달 모양의 작은 구멍이 뚫린 것이 특이했다.

자루에는 문장이 한 줄 새겨져 있었다. '재앙을 기억하라.'

월넛이 말했다.

"그 단도를 약속의 증표로 맡겨두겠다. 그것은 내게 매우 중요한 물건이다. 만일 네가 성공한다면 그때 그 단도를 내게 돌려다오. 만일 끝내 성공하지 못한다면 내가 직접 되찾아가겠다."

보리스는 단도를 손에 든 채 계약을 받아들일 것인지 망설였다. 생애 두 번째로 제안받은 계약이었다. 그런데 뜻밖으로 란지에의 목소리가 들려왔다.

"받으십시오, 도련님."

단순한 말에 불과했는데, 어딘지 모르게 마음을 놓게 하는 힘이 있었다. 보리스는 단도를 망토 안으로 집어넣었다. 그리고 고개를 들어 상대방을 주시했다. 눈을 통해 방금 들은 말이 진실인지 알아내려던 무의식적인 행동이었다. 그 순간, 오랫동안 잠들어 있던 예지가 눈을 떴다.

방금 중대한 것이 두 사람 사이에 오갔다. 단도라든가 검이라고? 아니, 그보다 중요한 것이 있었다.

약하지만 짜릿한 전율이 몸을 타고 흘렀다. 이것은 열쇠이자 문인가? 아직 암흑뿐인 그의 생애에 첫 번째 지표가 되어줄 선명한 별빛인가?

계약은 성립되었다. 윌넛은 몸을 일으키더니 두 소년을 내려다보았다.

"그럼 돌아가라. 내일부터는 수업이 시작될 테니까."

보리스는 돌아서기 전에 말했다.

"전사답게 신의를 지키시기를."

"그래, 네 이름대로 너 역시 전사겠지. 알겠다."

보리스가 자리를 뜨고도 란지에는 잠시 지체하며 윌넛을 올려다보았다. 윌넛은 또 무슨 일인가 하는 표정으로 그를 내려다보았다. 란지에의 입에서 나온 말은 뜻밖이었다.

"그것이 언제가 되든, 떠나기 전에 도련님의 검을 돌려드리는 편이 좋을 것입니다."

월넛은 피식 웃으며 약간 비꼬는 어조로 말했다.

"보기보다 충성스러운 하인이라 그건가?"

월넛은 이미 란지에가 주인에게 충성을 바치는 것을 삶의 보람으로 삼는 인간이 아니라는 것을 알아보았다. 란지에는 그만의 표정 그대로 나지막이 말했다.

"당신의 의도가 짐작되는군요. 일단은 교육의 연장선상에서 생각하겠지만, 도련님을 지나치게 놀린다면 저도 달리 생각할 수밖에 없습니다."

월넛은 과장스럽게 눈을 크게 떠 보았다.

"조그마한 녀석이 다짜고짜 협박이냐? 하지만 네가 모르는 것이 하나 있는데 말이야."

"그게 무엇입니까?"

월넛은 어조를 낮추더니 다시 장난스럽게 말했다.

"지금 네 행동은 네 주인의 능력을 믿지 않는다는 뜻이돼."

란지에의 대답은 차가웠다.

"그런 것은 저와 아무런 상관도 없습니다. 인간은 모두 자신의 가치를 독자적으로 증명하지 않으면 안 됩니다."

어린 소년의 입에서 나올 법한 말이 아니었다. 월넛은 일부러 가볍게 답했다.

달과 검, 그리고 사악한 밤

"단지 의무만을 행한다 그건가? 좋아. 난 너와 계약을 하지 않지만 네가 어떻게 하는지 지켜볼 마음은 나는군. 너도 좋을 대로 나를 지켜봐라. 무슨 결과가 오든지 말이지."

그러나 이어 나온 란지에의 말은 더욱 놀라웠다.

"제 자유의지에 속한 일을 허락하듯 말하지 마십시오. 그럼 이만."

소년은 돌아서더니 앞서간 주인의 뒤를 빠른 걸음으로 되짚어 따라갔다. 월넛은 그 자리에 선 채 멍한 표정을 지었다.

"자유의지? 자유의지라고?"

그 말은 어린 소년뿐 아니라 이 대륙의 사람들 대다수가 평생 입 밖에 내어보지 못할 단어였다. 그러나 월넛은 그 단어의 의미를 알고 있었다.

대륙의 검사들

다음날부터 검술 수업이 시작되었다.

연습장은 성 뒤쪽에 마련된 공터였다. 그러나 상황은 보리스가 선생을 기다리며 상상했던 것과는 사뭇 달랐다. 첫날, 월넛은 백작이 준 소년용 검을 보리스의 허리에 차게 했다. 그러나 그 검은 하루가 지나고 이틀이 지나고 심지어 열흘이 지나도록 단 한 번 뽑을 일이 없었다. 가장 먼저 보리스가 명받은 것은 달리기였다.

"급할 건 없어. 적당한 속력으로 성 주위를 돌면 되는 거야. 멈출 때가 되면 내가 알려줄 테니까."

애매한 명령을 받았을 때부터 뭔가 심상치 않았다. 보리스가 성을 두 바퀴 돌 때까지는 월넛도 검을 뽑아 몸이라도 푸는 체하고 있었다. 그러나 세 바퀴째 돌 무렵 월넛은 어디론가 사라져버렸다.

잠시 자리를 비운 것이겠거니 하고 네 바퀴째를 돌았다. 벨노어 성의 규모는 벨크루즈 최대라고 이름날 정도라, 그즈음 보리스도 온몸에서 땀을 흘리고 있었다. 월넛은 여전히 자리에 없었다. 아마 돌아왔다가 잠시 다른 곳으로 간 것이겠지. 그럴 거야.

그러나 다섯 바퀴, 여섯 바퀴, 그리고 일곱 바퀴째 돌 때까지도 월넛은 자취를 감춘 채 코빼기도 내보이지 않았다. 몇 바퀴 더 추가되자 상황은 선생의 나태함에 대한 실망을 떠나 죽고 사는 문제가 됐다. 그만 뛰라고 해야 할 선생이 돌아오지 않으니 멈출 수가 없게 된 것이다!

적당히 그만해도 되련만, 보리스도 묘한 고지식함이 있어서 월넛이 돌아와 그만하라고 할 때까지 계속할 작정이었다. 전날 밤 월넛의 손에서 빛나던 윈터러를 보았기 때문일까. 월넛은 겉모습처럼 우스운 사람이 아니었다.

보리스는 월넛과 생애 두 번째 계약을 했다. 내기란 공정해야 하는 법이니 월넛이 자신을 나태하게 가르칠 리는 없다고 생각했다. 장난하듯 나타나지 않아도 이유가 있을 것 같았다. 물론 월넛이 대단한 검술 솜씨를 갖긴 했어도 성품은 형편없는 자여서 보리스를 속이거나 놀리려 들 가능성도 배제할 수만은 없었다. 그러나 보리스는 그런 가능성을 마음속에서 죽여버렸다. 그런 걱정으로 불안해할 바에는 처음부터 내기고 계약이고 시작하지 않는 편이 나았을 것이다. 시작한 이상, 쉽게 꺾이지 않는다는 것을 보여주고야 말 것이다. 자신이 그 검에 어울리는 주인이라는 것을, 이기기 위해서 어떤 가르침이든 흡수해내고 말리라는 것을.

어쩌면 보리스가 지나치게 심각한 성격이었을까?

그래도 지켜보는 사람이 하나 있기는 했다. 란지에였다. 그러나 란지에는 지시받은 일 외에는 다른 어떤 일도 하지 않았다. 예의 차가운 눈으로 보리스를 지켜볼 따름이었다. 그만하라고 말리지도, 물이라도 한 잔 권하지도 않았다. 심지어 월넛 선생을 찾으러 가지도 않았다.

다리가 후들거리고 눈앞이 아득해져갔다. 달리던 길에서 벗어나지 않으려 애쓰면서 문득 우습다는 생각이 들었다. 인간은 어떻게든 살아남겠다고 애를 쓰는데 몸이란 형편없이 약해빠진 거구나. 좀 오래 달렸다고 이렇게 죽을 듯 괴롭고, 좀더 계속한다면 정말로 죽기까지 하겠지. 아니, 의식이 끊기는 순간 육체는 목표를 망각하고 다시 살아남기 위해 총력을 기울일 것이다. 쓰러지거나, 남이 권하는 휴식이나 물 따위를 조건 없이 받아들이겠지.

끝까지…… 살아남기로…… 했는데…….

휘청, 하늘과 땅이 뒤집히더니 입안에 찝찔한 뭔가가 흘러들어왔다. 머리를 바닥에 부딪힌 충격은 오히려 뒤늦게 찾아왔다. 마른 침을 애써 몇 번 뱉으며 다시 비척비척 일어났다. 그러다가 도로 무릎을 꿇었다. 이미 몇 바퀴째인지 기억나지도 않았다.

월넛 선생은 뛰라고 했지 기라고 하지는 않았다. 그러니까 끝까지 뛰어서…… 자신이 살아남기에 적합한 자라는 것을…… 증명하고야 말 테다…….

쿵!

그렇지만 주위가 이렇게 어두워서는…….

다시 눈을 떴을 때, 보리스는 공터에 대자로 누워 있었다. 눈을 뜨는 순간 작열하는 햇빛이 각막을 뚫고 들어왔다. 어찌 보면 다행스러운 일이었다. 반사적으로 도로 눈을 감는 순간, 머리 위에 찬물 한 통이 뒤집어씌워졌다.

오히려 시원하고 좋았다고 해야 할까? 보리스는 방금 쓰러졌다고는 믿어지지 않을 정도의 탄력으로 몸을 일으켰다. 눈앞에 란지에가 보였다. 그는 물통을 내려놓더니 보리스를 향해 마른 수건을 내밀었다.

"선생님께선 아직 오지 않으셨습니다. 제 임의로 한 행동을 용서해주십시오."

용서하기 싫으면 어디 좋을 대로 해봐라, 하는 말투에도 보리스는 화가 나지 않았다. 오히려 이런 일을 해준 란지에가 친구라도 되는 듯 가깝게 느껴졌다. 고생하느라 머리가 단순해진 탓이었을까.

"알았어. 고마워."

수건으로 닦긴 했어도 온몸이 젖은 터라 보리스는 허리에서 검을 풀어놓았다. 검이 물에 젖어서 좋을 건 없겠지 싶어서였다. 그리고 다시 쓰러진 자리로 돌아가 뛰기 시작했다.

새로 한 바퀴를 뛰었을 즈음, 월넛 선생이 드디어 모습을 드러냈다. 로즈니스와 함께였다. 사냥복 차림의 로즈니스는 손에 연습용 검을 하나 들고 있었는데 보리스와는 달리 수업이 신나고 흥미로웠던 모양이다. 얼굴이 발그레해져서 월넛에게 쉬지 않고 종알종알 말을 걸고 있었다.

로즈니스가 든 검은 무딘 날에 장식만 화려한 물건이었다. 그걸 허리에 꽂았다가 뽑아 겨누는 동작을 되풀이하는 것이 수업의 전부였다. 로즈니스의 질문을 어느 정도 받아주고 있던 월넛은 서란치에서 달려오는 보리스를 보았다. 그리고 안색이 변했다.

"멈춰!"

서서히 속도를 늦춰 월넛 앞에서 멈출 때까지만 해도 보리스는 선생이 깜빡 잊어서 미안하다고 변명하면서 '그런다고 계속 뛰고 있다니 너도 참 대단한 고집이구나' 같은 말을 해주지 않을까 기대하고 있었다. 그러나 떨어진 것은 뜻밖의 불호령이었다.

"왜 검을 풀어놓았느냐!"

보리스도, 란지에도 월넛이 화내는 모습을 처음 보았다. 로즈니스조차 움찔해서 하려던 말을 삼켜버렸다. 보리스는 상황이 어떻게 되었다고 설명할 생각도 하지 못한 채 입만 벌리고 있었다.

"네가 달리기 연습이라도 하고 있다고 생각하는 거냐! 내가 가르치는 것은 검이다! 무겁다고 검을 풀어놓는 정신으로 무슨 검술을 배우겠다는 거냐! 이런 한심한!"

무거워서 풀어놓았던 것은 아니었다. 그러나 보리스는 이 순간 대꾸도 변명도 필요 없다는 것을 직감했다. 검을 집어들자마자 선생 앞에 무릎을 꿇었다. 지금껏 아버지가 아닌 다른 사람 앞에서 무릎을 꿇은 일이 없다는 사실조차 잊었다. 월넛의 말을 듣는 순간 자신의 잘못을 깨달았기에, 왜 그렇게 됐는지는 중요하지 않았다.

"제가 잘못했습니다. 다시는 그러지 않겠습니다."

이어진 말은 '한 번만 용서해주십시오' 따위가 아니었다.

"벌을 주십시오."

월넛도 기다렸다는 것처럼 대꾸했다.

"그래, 벌을 주마."

놀란 로즈니스가 몇 걸음 물러서서 사방을 두리번거렸다. 저만치 선 캐미아가 보이자 이리로 오라고 정신없이 손짓했다. 월넛 선생의 제자가 되기로 한 이상 자신의 처지도 보리스와 다를 것 없다는 사실을 갑자기 깨달았던 것이다.

월넛 선생은 란지에 쪽으로 고개를 돌렸다.

"오늘 보리스가 성을 몇 바퀴 돌았느냐?"

"열두 바퀴입니다."

월넛은 다시 보리스를 내려다보았다.

"앞으로 매일, 똑같은 일을 아침마다 해라. 내가 이 성을 떠나는 날까지."

로즈니스는 물론 방금 달려온 캐미아의 얼굴까지 파래졌다. 이 성을 하루에 열 몇 바퀴씩 돌라고?

그러나 보리스는 어려서부터 강한 개인, 그리고 정치적 인간이 되도록 가르치는 트라바체스에서 응석을 받아주는 일 따위는 기대할 수 없는 아버지를 바라보며 자라온 소년이었다. 그는 짧게 답했다.

"감사합니다."

로즈니스는 선생을 새삼 겁낼 필요가 없었다. 보리스와 이야기를 끝낸 월넛은 두 꼬마 아가씨를 보더니 다시 실실 웃는 표정으로 돌변했다. 그리고 소꿉놀이 같은 검술 지도를 위해 연습장 한쪽으로 가버렸다. 보리스가 몸을 돌리자 란지에가 어느새 물 한 잔을 받쳐들고 서 있는 것이 보였다. 여전히 복종하지 않는 이 시종의 손에서 물을 받아 마시면서, 보리스는 그가 질기게 버텨야 하는 이 싸움의 동지라도 되는 양 느껴졌다.

월넛은 로즈니스와 캐미아가 검을 갖고 어울려 놀도록 한 뒤 멀찍이 물러났다. 잠시 후 그는 혼잣말로 중얼거렸다.

"허, 참……. 내가 왜 쓸데없이 저 녀석한테 화를 낸 거지. 정신이 잠시 어떻게 됐었나."

그날 이후 보리스는 다시는 검을 풀지 않았다. 수업중에 휴식할 때는 물론이고 평소 성 어디를 가든, 식사를 하거나 백작 내외를 만날 때도 마찬가지였다. 잘 때도 언제든지 뽑을 수 있도록 머리맡에 두고 잤다.

얼마 지나지 않아 보리스는 검을 몸에서 떼어놓지 않는 것이 무슨 의미인지 분명히 깨닫게 됐다. 이곳은 평화로운 고장의 아름다운 성, 하인들은 그를 섬기고 백작 내외는 아들처럼 대해주지만 실은 모두 허상에 불과했다. 당연한 일인데 자꾸 잊곤 했다. 그러나 검을 곁에 두자 그것은 잊으려 해도 잊히지 않는 사실로 변했다.

자신은 적진 가운데 내던져진 어린아이였다. 약해빠진 나머지 경계를 해도 무의미할 뿐이지, 사실을 말하자면 밤낮으로 눈을 뜨고 있어도 모자랐다. 살겠다고 발버둥치고 있지만 밤중에 누가 다가와 목을 베어버린다 해도 막을 방법이 있는가.

그러나 그렇게 갖고 다녀도 검을 뽑을 일은 좀처럼 없었다. 월넛 선생은 수업 시간에도 로즈니스와 캐미아를 붙들고 시답잖은 놀이를 계속할 뿐, 보리스에게는 아무런 체계적인 가르침도 주지 않았다.

명령대로 매일같이 달리기를 하는 생활이 한 달 넘게 계속되었다. 점차 달리기가 끝나고도 시간과 기력이 남아돌게 되자, 마지못해 검을 머리 위로 올렸다가 내려 겨누고, 다시 올리고 하는 동작을 반복하도록 시켰다. 마치 일부러 지루한 것만 골라 시켜서 지쳐 나가떨어지기를 바라는 것 같았다.

지루한 훈련을 반복하는 보리스를 지켜보는 사람은 란지에밖에 없었다. 어떤 평가도, 조언도, 격려도 하지 않았지만 지켜보는 눈이 있다는 것만으로도 보리스는 묘하게 힘을 얻었다. 란지에조차도 없었다면 정말 나가떨어졌을지도 모른다고 생각한 날도 있었다. 그러나 그런 말을 란지에에게 하지는 않았다.

"아가씨, 오늘은 비가 내릴 것 같아요."

주방 아주머니에게 갔다가 이야기를 얻어듣고 온 캐미아가 자기도 뭔가 볼 줄 안다는 얼굴로 하늘을 올려다보았다. 그즈음에는 캐미아가 아니라 누가 보아도 알 정도로 사방에 비구름이 깔려 있었다.

"정말 그러네?"

로즈니스의 목소리가 월넛 선생더러 들으라는 것처럼 살짝 높아졌다. 예상대로 선생이 곧장 대꾸했다.

"그럼 오늘은 연습 그만두고 들어가서 이야기나 할까?"

"네!"

"재미있는 이야기예요, 선생님?"

월넛은 보리스와 로즈니스를 드러내놓고 차별했다. 로즈니스가 하자고 하면 뭐든 선선하게 들어주었지만 보리스에게는 그렇지 않았다. 보리스가 뭘 요구하는 법이 없기도 했지만. 월넛은 심지어 보리스와 대화하는 것조차 피하는 것 같았다.

로즈니스까지 눈치를 채고 있었다. 본래 특별 대우를 받는 데 익숙한 그녀였지만 보리스의 경우는 약간 달랐다. 보리스가 그 뭐라는 소년을 이기지 못하면 당장 자신에게 재앙이 닥치지 않겠는가? 백치하고 결혼을 하다니 말도 안 되는 일이다!

그런 의미에서 보리스는 로즈니스에게 꽤 소중했다. 로즈니스는 혼자 검을 올렸다 내렸다 반복하고 있는 보리스 쪽을 흘끗 보더니 말했다.

"여기 있으면 비 맞을 텐데. 오늘은 오빠도 같이 들어가서 얘기 듣게 해요, 네?"

"그럴까?"

예상대로였다. 로즈니스가 말하자 보리스와 란지에도 거실로 들어가게 되었다.

들어가고 얼마 되지 않아 곧 비가 내렸다. 창밖으로 푸른 직선이 그어지는 풍경을 보리스는 오랫동안 바라보고 있었다.

"대륙에는 많은 나라가 있고, 또 많은 검사들이 있지. 오늘은 그들에 대한 얘기를 해볼까?"

월넛 선생이 슬슬 입을 떼더니 과자를 세 개나 집어서 한입에 쑤셔넣었다. 목이 막히자 따뜻한 차를 물처럼 꿀꺽꿀꺽 마셔서 과자를 녹여 삼켰다.

"아, 거 맛 좋다. 갑자기 배가 더 고파지는데. 원래 한참 먹고 있을 때 더 배가 고픈 법이란 말이야. 넌 그런 거 느껴봤냐? 쫄쫄 굶다가 드디어 먹을 걸 잔뜩 쌓아놓고 먹어대는데, 어차피 혼자 다 먹을 건데도 한시라도 더 빨리 먹고 싶어서 안절부절못하는 기분 말이다. 느껴봤어?"

보리스는 어리둥절한 눈으로 월넛을 보았다. 검사 이야기를 한다고 하다가 엉뚱한 데로 샜기 때문만은 아니었다. 지독한 배고픔이라면 누구보다 잘 알고 있었다. 그러나 월넛이 말한 기분은 느껴본 적이 없었다. 계속 먹으면서도 더 먹고 싶다고?

배를 곯아본 일조차 없는 로즈니스는 황당한 표정이었다.

귀족으로 자란 그녀가 음식에 그런 식으로 집착하는 것을 점 잖게 느낄 리 없었다.

월넛은 두 사람의 표정에 개의치 않고 말을 이었다.

"식욕이란 것도 대단히 강한 욕망인데 말이야. 사람은 어떤 욕망에 사로잡혀서 도저히 억누를 수가 없고, 만족스러운데도 탐닉할 때가 있다. 하지만 인간이 한 번에 먹을 수 있는 양에는 한계가 있다 보니 식욕은 의외로 불안정한 욕망이지."

월넛은 둘을 다시 훑어보더니 눈썹을 올렸다.

"상상해봐라. '먹고 싶다'는 생각이 있는데 조만간 실컷 먹지 못하게 될 게 틀림없단 말이야. 그러면 어떻게 되느냐, 음식을 고르게 돼. 한시바삐 뱃속에 쓸어 넣고 싶은 마음을 참고 최고의 맛, 최고의 조합으로 배를 채우려고 골몰하게 되지. 평소 같으면 그냥 먹었을 시시한 것에는 손도 대지 않고 가장 맛있는 부분만 골라서 먹는단 말이야. 문제는 이렇게 먹으면 쓰레기가 많아져. 먹다 남긴 것투성이가 되거든."

보리스는 이것이 식욕에 대한 이야기만은 아니라는 생각이 들었다. 모든 욕망에 대한 이야기가 아닐까? 갖고 또 가져도 더 갖고 싶고, 올라가고 또 올라가도 더 올라가고 싶어지는. 식욕은 어느 순간 한계가 오지만 다른 욕망들은? 그런 욕망들은 언제 끝나는 것일까?

갑자기 월넛이 로즈니스를 보았다.

"로즈니스, 네가 가장 이루고 싶은 건 뭐냐? 이렇게만 된다면 소원이 없겠다, 싶을 정도로 원하는 것 말이야."

"네?"

평소 갖고 싶은 것을 참은 적이 없는 로즈니스에게 그런 질문은 낯설 수밖에 없었다. 아버지가 "뭐가 갖고 싶으냐, 로즈?" 하고 물을 때는 그것을 주려고 묻는 것이었다. 그러나 지금은 아니었다. '아마 가질 수는 없겠지만 그래도 소원이 있다면 그게 뭘까?' 그런 식의 생각은 그녀에게 익숙하지 않았다.

"전 다 갖고 있어요. 새로 뭔가 갖고 싶으면 아버지가 마련해주시니까 걱정할 필요도 없고요."

"아닐 텐데. 아버지가 들어줄 수 없는 소원이 있지 않으냐?"

"그게 뭔데요?"

월넛은 고개를 젖혔다가 묶은 머리채를 쓰다듬으며 대꾸했다.

"하하……. 아니, 아버지가 좀 도와줄 수는 있겠군. 너, 켈티카의 궁정에서 데뷔할 때 가장 아름다운 아가씨로 주목받는 것을 바라고 있지 않으냐? 그래서 수많은 젊은 귀족들의 청혼을 받으며 누구를 택할지 고민하고 말이지, 안 그래?"

"네…… 네에?"

로즈니스는 그런 생각은 꿈에도 해본 일 없다는 얼굴로, 또 달리 보면 정곡을 찔린 표정으로 입을 벌리고 있었다. 월넛은 보리스를 돌아보았다.

"넌 어떠냐? 내가 말하기 전에 먼저 말해볼 테냐?"

그즈음 보리스는 자신이 원하는 것이 무엇인지 일찌감치 결정한 후였다. 별로 숨길 필요도 없어서 분명하게 대답했다.

"누구의 은혜도 입지 않고 살아갈 능력을 갖는 것입니다."

"로즈니스의 소원보다는 이루어지기가 쉽군. 적어도 경쟁자는 없을 테니까 말이야."

"경쟁자라고요?"

로즈니스가 다짜고짜 되물었다. 소원 같은 건 없다던 말은 깨끗이 잊어버린 얼굴이었다. 월넛이 대꾸했다.

"아, 너한텐 경쟁자가 있어. 딱 네 또래인데, 벌써부터 켈티카 사교계에서 아노마라드 최고의 신붓감으로 자랄 거라고 소문이 자자하거든. 그 애를 제치지 못하면 네 꿈은 물거품이 되겠지."

"그게 누군데요!"

정말로 화난 목소리였다. 보리스는 로즈니스가 오늘 안에 기분이 풀리기는 틀렸다고 생각했다.

"폰티나 공작의 딸, 클로에 다 폰티나라는 애지. 직접 봤는데 정말로 미인이 되겠다 싶은 얼굴이던걸."

"말도 안 되잖아! 거짓말이야!"

월넛 선생은 로즈니스를 놀리고 있었다. 처음 왔을 때 호두 열매 때문에 한차례 속았다고 팔짝팔짝 뛴 적이 있는데도 월넛의 말을 곧이곧대로 믿는 것을 보니 어이가 없기도 했다. 보리스는 월넛이 말한 클로에라는 소녀가 실제 인물인지도 확신할 수 없다고 여겼다.

"이제 그만하시고 하려던 이야기나 해주시죠."

보리스는 월넛이 가끔 하는 장난을 농담으로 받아들이지 않았다. 그에게 저자는 아직 속을 모를 경계 대상이었다. 월넛은 뽀로통해져서 입을 다물어버린 로즈니스를 보며 키득거렸다. 이어 남은 과자를 다 먹어치우고 과자 가루를 곳곳에 흘리면서 물었다.

"아노마라드 최고라 하는 기사가 누군지 아느냐?"

타국에서 온 지 얼마 되지도 않은 보리스가 그런 것을 알리 없었다. 고개를 젓자 월넛이 말했다.

"견문이 좁은 녀석이군. 강피르 자작이다. 기사답게 창을 잘 쓰고, 말을 다루는 솜씨도 대적할 자가 없다고들 하지. 마흔이 가까운 나이지만 왕국에서 아직 그를 뛰어넘을 기사가 없다고들 그런다. 자작은 체첼 국왕 폐하의 근위대장인데 폐하의 총애도 아주 두텁거든. 먼발치에서 봤는데 콧수염을 두 갈래로 날렵하게 길러서 무척이나 점잖아 보이는 자였단 말이야. 부인네들한테 예의 바르고 정도正道에서 어긋나는 일은 절대로 하지 않는 자라는 소문을 들었다."

대강 어떤 사람인지 짐작이 갔다. 윌넛이 말을 이었다.

"다음으로, 북쪽의 오를란느는 영토가 좁지도 않은데 공국을 자처하며 아노마라드의 국왕 폐하를 주군으로 모시고 있지. 그 방식의 편리한 점을 일찌감치 깨달은 것 같아. 그 오를란느의 대공이란 자 말이야."

또 옆길로 새는 건가 싶었지만 다행히 그렇지는 않았다.

"오를란느 대공의 아들 베르나르가 그곳 최고의 검사 소리를 듣는다지. 이제 스물도 안 됐다던가? 소년 검사들은 오만하기 쉬운데 드물게 겸손해서 더욱 명성을 얻었지."

대공의 아들이라면 왕자나 다름없는 존재일 것이다. 대륙의 이름난 전사들은 대부분 신분도 높은가 싶었다.

"베르나르가 지난번 하이아칸의 엠그란드에서 열렸던 '실버스컬'에서 우승을 하고도 그 영예를 주최국인 하이아칸의 소녀 여왕에게 돌린 일은 유명하지. 그녀가 떨쳐 일어나 출전했더라면 자신에게 이런 영광이 오지는 못했을 거라고 했다던가? 덕택에 젊은 공자가 여왕에게 청혼하려 한다는 소문이 한동안 사람들의 입과 귀를 즐겁게 하기도 했고 말이야."

"실버……스컬이 뭐죠?"

보리스가 묻자 월넛이 황당한 표정을 지었다.

"실버스컬을 몰라? 열다섯 살부터 스무 살 생일을 넘기지 않은 아이들만 참가하는 무예 대회지! 우승자는 루그란 국왕이 내리는 순은의 해골을 받고 전 대륙에 이름을 떨치게 돼. 강피르 자작도 어려서 우승한 적이 있을걸. 본래 루그란의 전통 경기였는데 언제부터인가 전 대륙적인 제전이 됐지. 설마 트라바체스 사람들은 실버스컬에 출전하지 않는 건가? 하긴 아직껏 트라바체스 출신이 우승했다는 이야기는 들어본 일이 없구만."

형 예프넨은 어려서부터 검술에 뛰어났지만 한 번도 그런 대회 이야기를 한 적이 없었다. 그렇다면 트라바체스에서는 그 대회 참가가 흔한 일이 아니었을 것 같았다.

"어쨌든 그건 그렇고, 그 옆의 렘므로 가볼까. 그곳엔 무시무시한 전사가 둘 있는데, 하나는 국왕의 동생인 지나파 공주고, 또 한 명은 님 반도 끄트머리나 엘베섬 같은 데 흩어져 산다는 야만족 캄자크의 전사야."

빗발이 강해졌다. 클로에라는 소녀 문제에 골몰하던 로즈니스도 다시 월넛의 이야기에 빠져들었다.

"공주와 야만족이라니 이질적이지? 그게 렘므의 방식이야. 렘므 북방에는 캄자크처럼 큰 부족이 넷, 그 외 스물도 넘는 야만 부족들이 활개치며 사는데 국왕도 적당히 눈감아주고 있지. 왕국 영토를 침범하지만 않으면 야만족은 저절로 렘므의 국경을 지켜주거든? 야만족도 머리는 있는지라 왕국 군대에 정면으로 덤볐다가는 승산이 없다는 것도 알지. 하여간 이런 별난 공생 덕택에 렘므로 가는 상단은 렘므 출신 호위병을 고용하는 것이 기본이야. 야만족은 렘므 사람을 잡으면 몸값을 흥정하지만, 다른 나라 사람을 잡으면……."

월넛은 로즈니스를 빤히 보며 말을 이었다.

"머리털이 붙은 채로 가죽을 벗겨서 썰매 장식을 만들지."

"엄마야!"

화들짝 놀란 로즈니스가 저도 모르게 보리스의 팔을 움켜잡았다가 급히 놓았다. 그러고도 안심이 안 되는지 두리번거리다가 옆에 서 있는 캐미아를 끌어당겨 손을 꽉 쥐고는 한숨을 휴 내쉬었다. 월넛은 씩 웃을 뿐이었다.

"지나파 공주는 렘므 왕가의 전통대로 타고난 무골이라지. 한때 야만족들이 연합해서 렘므 국왕과 맞섰을 때 지나파 공주가 진압군 선봉에 섰는데, 그때 수많은 야만족의 골통을 빠갠 걸로 유명해진 물건이 바로 공주의 쇠도리깨 '새비지이터 Savage Eater'야. 공주는 반항하는 야만인들을 아주 싫어하거든? 그런데 그런 공주한테 끝끝내 굴복하지 않은 야만인이 있었으니 그자가 캄자크족의 시고누란 말이지."

일명 '꺾이지 않는 시고누'라고 했다. 무기도 필요 없고 맨 손에 맨몸 자체가 무기라는 자였다.

"그자의 주먹질과 발차기는 기가 막히지. 말로는 설명할 수가 없어. 하여튼 공주와 야만 전사는 4차 엘베 전투에서 직접 마주칠 기회가 있었는데 결판은 내지 못했어. 그래서 아직도 누가 최고인지 못 가렸다고 해. 원한이야 없겠지만 영영 화해할 수도 없을걸."

"야만인이 공주를 이기지 못해서 다행이에요."

로즈니스가 호르르 한숨을 쉬며 말했다. 지나파 공주에 대해 전혀 몰랐지만 야만족이 공주의 머릿가죽을 벗길지도 모른다는 생각을 하자 오싹해진 모양이었다.

"마지막으로 연방국 루그두넨스다. 뭐 레코르다블 출신일 건 뻔하지. 용병대장 두르가나라는 잔데, 그자가 이끄는 '청동 번개'는 규모도 전투력도 웬만한 왕국의 군대보다 월등하다고 해."

레코르다블 용병단이라면 이미 한 번 만나본 바였다. 보리스는 저도 모르게 긴장했다.

"레코르다블은 세력 있는 용병단들이 나라를 좌지우지하는데, 거기서도 '청동 번개'는 늘 첫째, 아니면 둘째로 꼽히거든? 청동 번개의 요직에 있는 자들은 모조리 한 번 이상 두르가나에게 도전했다가 굴복하고 충성을 맹세했다는 이야기는 유명하지. 두르가나는 잔인하기도 하고 또 집요해서, 한번 적이 된 자는 반드시 찾아내어 죽여버린다고 해. 다만 나이가 들어서 웬만한 전투에서는 선봉에 서는 일이 없어졌지. 그러니 실력은 좀 녹슬었을 수도 있겠군."

이야기가 맺어지는 분위기인데도 트라바체스 이야기는 나오지 않았다. 어설픈 애국심 같은 것은 없었지만, 평소 항쟁으로 밤낮을 보내는 그곳에서 이름난 전사 한 명 탄생하지 않았다는 것이 좀 이상했다. 아니, 솔직하게는 한심했다.

"네 나라 얘기가 안 나와서 섭섭하지?"

속을 들여다본 것처럼 월넛이 한마디하더니 의자 등받이에 벌렁 기댔다. 그리고 두 제자의 얼굴을 번갈아 보며 씩 웃었다. 보리스는 그가 왜 자꾸 웃는지 몰랐다.

"그것참, 이상한 녀석이란 말이야. 그래, 너희는 대륙에서 강하다는 자들의 이야기를 들으니 무슨 생각이 나냐? 응? 로즈니스부터 말해봐."

로즈니스는 뭔 소린가 하는 표정으로 눈을 굴리다가 어깨를 움츠리며 말했다.

"우리나라의 용사가 다른 나라 사람들보다 강하면 좋겠구나, 뭐 그런 정도요?"

월넛이 피식 웃더니 보리스를 보았다.

"넌?"

보리스는 무표정했다.

"그들은 그들이고 저는 저고, 별생각 없습니다. 적으로 마주치지 않으면 그만이지요."

월넛이 조금 진지해졌다.

"바로 그게 문제야. 그들보다 강해지고 싶다거나, 그들의 실력을 배우고 싶다거나, 그런 생각이 안 든단 말이지? 검을 배우기로 마음먹었으면서 최고가 되고 싶다는 생각이 없단 말이냐?"

보리스는 월넛의 말을 듣고도 여전히 별다른 욕망이 일어나지 않았다. 저도 모르게 대꾸가 나왔다.

"그렇게 강해져서 뭘 합니까? 제가 그들을 만날 가능성은 아주 낮을 테고, 만나더라도 적이 될 가능성은 더더욱 적겠죠. 전 그냥 큰 위험 없이 살아갈 정도면 족합니다. 오히려 어쭙잖은 실력으로 그들의 관심을 끄는 쪽이 더 죽기 쉽지 않을까요?"

"허, 허허, 허허허허……."

월넛은 완연히 당황한 얼굴로 헛웃음을 흘렸다. 그러더니 보리스의 얼굴을 빤히 보았다. 얼굴에서 뭐라도 찾아내려는 것처럼 구석구석 보다가 말했다.

"네 목표는 단지 살아남는 것, 그뿐이냐?"

쉽게 대답할 수 있는 질문이었다.

"예."

"똑같이 살아남더라도 더 훌륭하게, 더 만족스럽게 살아남고 싶은 마음은 없는 거냐?"

가벼운 어조에 담기에는 너무 진지한 질문이었다. 보리스는 월넛이 그의 내부에서 뭔가를 끌어내려 한다고 느꼈다. 강한 것, 단단한 것, 씨앗 속의 핵과 같은 것을. 그러나 그것이 무엇인지는 분명치 않았다.

"그런 것이 허락되어 있는지 저는 모릅니다. 그래서 가능한 한 더 오래, 덜 위험하게 사는 길을 가려는 거죠."

"허락이란 말은 모호하군. 운명을 거스르지 않고, 운명의 눈에 띄지 않고, 조용히 머리 숙이고 살겠다는 말이냐?"

보리스가 대답하지 않자 월넛의 목소리가 커졌다.

"비록 짧은 인생일지라도 모두의 가슴속에 남을 위업을 남기고 싶은 마음은 없는 거냐? 절정의 순간 화려하게 지는 꽃잎이 아름답다고는 생각하지 않느냐?"

보리스는 자신의 마음을 사로잡은 해답을 무의식중에 끌어내기 시작했다. 자신조차 몰랐던 인생에 대한 느낌이 말이 되어 나오고 있었다.

"죽으면 그걸로 끝이지요. 누구도 보상해주지 않을 테죠. 고작 산 사람의 가슴속에 남는 건 구질구질하게나마 살아남는 것보다 훨씬 시시한 일인 것 같습니다. 죽은 사람의 인생은 거기서 멈추는 거죠. 박제처럼…… 화려하지만 아무 의미도 없죠. 불타올라 짧게 빛나고, 그걸로 끝나는 것은 싫습니다. 다른 사람에게 만족을 주는 것은 자신도 만족할 때나 의미가 있겠죠. 아무것도 느끼지 못하게 되면, 그후의 일은 어찌돼도 좋은 거죠."

고작 철부지 어린 동생이 기억해주는 따위가 다 뭐란 말인가.

다소 격해졌던 보리스의 숨소리가 가라앉았을 때 월넛이 불쑥 물었다.

"지금까지 너를 위해 죽은 자는 몇이지?"

말문이 막혔다.

명확하게 '나를 위해 죽었다'고 말할 만한 사람은 없었다. 형 예프넨조차 어찌 보면 손쓸 수 없는 상황에서 안식을 택했다고 하는 편이 맞았다. 그럼에도 불구하고 보리스는 누군가는 죽고 자신은 살아남았다는 사실의 대비를 강렬하게 느껴왔다. 아버지와, 어머니와, 고모와, 수많은 병사들…… 그리고 형은 죽고, 자신은 살았다. 여기서 더 누군가를 위해 죽는 일 따위가 필요한가? 죽어 누군가의 가슴속에 남는다는 것, 듣기는 좋지만 실은 산 자의 짐일 수도 있는데?

"……그런 사람 없습니다."

"넌 너무 여러 사람의 삶을 살고 있어. 그래, 네가 원하는 대로 조용히 산다 치자. 그런다고 죽은 사람들의 생애를 모두

합친 만큼 오래 살 것 같으냐? 넌 불멸자가 아니야. 인간은 다 죽는다. 그리고……."

월넛의 눈동자는 죽은 나무 같은 흑갈색이었다. 희미한 나뭇진과 재, 죽은 자를 태우는 연기의 냄새가 났다.

"인간이 죽는 때가 바로 욕망이 죽는 때다."

보리스는 맨 처음에 식욕을 이야기하던 때를 떠올렸다. 식욕에는 끝이 있는데 다른 욕망들의 끝은 어디인가, 그렇게 생각했던가.

"살아 있는 한 욕망을 부정할 수는 없어. 언젠가는 죽는 것을 알기에 현재의 욕망을 정성스럽게 충족시키려는 갈망은 더 커진다. 그런데 말이지, 욕망의 충족이 쉬울수록 고르고 고르느라 쓰레기를 많이 남기게 된단 말이야. 그런 자들이 살아간 자리는 곳곳이 먹다 버린 쓰레기들이야. 그러나 욕망을 쉽게 채우지 못하는 자들은 다르지. 언제 배가 고파질지 모른다면 닥치는 대로 먹는 게 당연하지."

그때까지도 보리스는 월넛이 하려는 말이 무엇인지 잘 모르고 있었다. 그때 월넛의 목소리가 커졌다.

"그래서 네 생각이 부조리하다고 하는 거다! 넌 배고픈 자야. 그러면 땅에 떨어진 것이든, 누가 먹다 남긴 것이든 닥치는 대로 먹어야지. 게걸스럽다는 것은, 인생이 대상일 땐 전혀 흠이 되지 않아. 그러나 너는 식탁에서 한 발짝 물러나 뚜

껍으로 가려진 접시들을 바라보기만 하고 있어. 그러면서 오래 살겠다고? 굶어죽지 않으면 다행인 걸 알아야지!"

듣는 동안 수많은 생각이 삼키고 눌렀던 파도처럼 치밀어 올랐다. 보리스는 자신도 놀랄 정도로 단호하게 말했다.

"아무리 배가 고파도 안 먹는 건 자기 마음이죠! 굶어 죽더라도 자기 책임인데 누가 참견합니까? 죽고 나면 다 마찬가진데 왜 마음대로 살지 못하죠? 제가 강해져서 위대하다는 용사들을 모조리 죽인다 해도 달라지는 게 뭔데요? 그런다고 죽은 사람이 살아 돌아오는 것도 아닌데!"

이 말을 하려 했었던 것일까.

돌아올 수 없는 죽은 사람.

그러나 월넛은 물러서지 않고 보리스를 매섭게 쏘아보았다.

"틀렸어! 넌 너 자신을 일부러 굶기고 있어. 그대로는 점점 말라비틀어질 뿐이야! 죽은 사람의 삶은 그걸로 끝이라고 말하면서 어째서 네 삶의 가치를 자꾸 그들의 죽음에 두지? 너에게는 너를 위한 의지는 없는 거냐?"

보리스는 고개를 저었다. 나를 위한 의지, 그게 뭔지조차 떠오르지 않았다. 월넛의 미간이 기묘하게 일그러지더니 노성이 터졌다.

"죽으면 정말 끝이라고 생각한다면, 죽은 자들 따위 모조리 끝장내버리고 넌 너대로 네 욕망을 좇으며 새롭게 살아라.

아니면! 그들을 위해서라도 더 힘껏, 더 충만하게 살아야 하는 것 아닌가? 네가 불멸자가 되지 못하는 한, 너는 네 삶의 밀도를 높여서 죽은 자들이 잃어버린 삶을 대신할 수밖에 없다. 네가 그러고 싶다면!"

어느 쪽을 택하든 가리키는 것은 한 방향이었다. 흡사 나침반의 바늘 같았다. 그러나 보리스는 그런 삶의 지침이 그저 회의적으로 느껴졌다. 무언가를 위해 사는 것조차 쓸데없어 보였다. 전에는 이렇지 않았다……. 한때 그는 가문이 안전해지기를 바랐고, 형이 살아남기를 간절히 원했다. 그런데 지금은?

열정이 타버리고 재만 남은 것처럼 모든 소원이 사라졌다. 형처럼 윈터러를 쓸 수 있게 되기를 바라지만 그것조차 누군가에게 신세지거나 방해받고 싶지 않다는 감정의 연장선상일 뿐이었다.

살아남는 것, 그것만으로는 의미가 없나?

예프녠은 생전에 말했다. 살아남으라고. 네 삶의 가능성을 전부 시험해볼 때까지 오래오래 살아남으라고, 그렇게 말했다. 그러니 보리스는 쉽게 죽지 않을 것이다. 결코 쉬사리 굴복하지는 않을 것이다. 그러나 그렇게 해서 얻은 긴 세월, 그건 무엇을 위해 써야 할까…….

긴 침묵을 깬 사람은 로즈니스였다.

"선생님은 왜 오빠가 가난한 사람이라고 말하시죠? 오빠는 우리집에서 무엇 하나 부족한 것 없이 잘살고 있어요. 배고파지는 일 같은 건 없다고요. 무슨 말씀을 하시는지 모르겠네요."

월넛은 고개를 끄덕였다. 그의 표정이 평소로 돌아가는 것을 보리스는 낮게 가라앉은 눈으로 보고 있었다.

"아, 역시 그렇겠지. 하지만 난 배고픈 사람이라서 뭔가를 먹어야 해. 란지에, 내려가서 먹을 것 좀 달라고 해라. 따뜻한 게 좋겠어. 식당에 한 상 차려주면 더 좋고."

란지에는 그때까지 한쪽에 앉아 그들 사이에 오가는 이야기를 말없이 듣고만 있었다. 그는 일어나 나가기 전에 보리스에게 한번 눈길을 주었다.

비 오는 날의 이상한 토론은 그렇게 끝이 났다.

엇갈림과 겹침

그러나 밤의 둘은 전혀 다른 모습이었다.

밤 11시가 되면 보리스는 검을 들고 연습장으로 나갔다. 그곳에는 어김없이 월넛 선생이 한 손에는 윈터러, 다른 손에는 떡갈나무 막대를 든 채 기다리고 있었다. 마주선 둘은 서로를 쏘아보았다. 내려다보는 것은 달빛뿐이었다.

"자, 시작해볼까?"

"……."

검을 뽑았다. 저자의 손에 흰 칼집의 윈터러가 있다. 그것을 빼앗는 것이다. 보리스는 땅을 박차고 달려들었다.

트탁!

검이 단단한 막대에 부딪히자마자 몸 전체가 밀려났다. 월넛은 윈터러를 옆구리에 낀 채 떡갈나무 막대 하나로 보리스를 상대했다. 그러나 그 막대는 보리스의 검에 맞아도 잘라지지도, 부러지지도 않았다. 흠집조차 나지 않았다.

비틀거리며 물러났다가 다시 공격해 들어갔다. 얼마간 월넛의 주위를 빙빙 돌았다. 보리스가 든 것은 검이었고 실제로 사람을 벨 만큼 날도 서 있었다. 그래서 보리스도 처음에는 이 대전에서 주저하는 마음이 있었다. 그러나 이제는 아니었다. 보리스가 날이 선 검이 아니라 윈터러를 빼어 들었다 해도 월넛의 나무 막대 한 개를 뚫기란 불가능에 가까웠다. 처음 윈터러를 빼앗긴 날로부터 오늘까지, 매일 같은 시간에 나와 이 기이한 싸움을 벌였지만, 윈터러를 되빼앗기는커녕 월넛의 옷깃 하나 베지 못했다.

"오, 꽤 빠른데?"

예프넨과 언덕에서 목검으로 연습하던 때 형이 곧잘 던지곤 했던 칭찬의 말과는 달랐다. 반쯤은 비웃음이었고, 달리 보면 보리스를 부추겨 포기하지 못하게 하려는 것 같기도 했다. 어느 쪽이든 보리스는 굴복하지 않고 달려들었다. 넘어지고 쓰러져도, 상처를 입고 피를 흘려도, 정해진 시간이 끝날 때까지는 한시도 쉬려 하지 않았다. 달려들고, 달려들고, 또 달려들었다.

언젠가는 모두의 관심에서 벗어나, 누구의 방해도 받지 않고 살아갈 수 있을 것이다……. 그걸 위해 저 윈터러를 자유로이 사용할 정도의 힘은 있어야 했다. 왜냐하면 저건 수많은 사람이 노리는 검이니까, 지키기 위해서는 실력이 필요하다.

그러나 그건 수단일 뿐 목적은 아니었다. 보리스는 조용한 삶을 위해 필요한 만큼 강해지려 했지만 그 이상에는 관심 없었다. 대륙의 강자들이 저들끼리 대륙을 나누어 가지더라도 그는 숨어 있을 동굴 하나를 발견해낼 것이다. 또는 바다를 건너갈 것이다. 홀로, 누구의 위협도 없이 하고 싶은 생각에 잠겨도 좋은 곳으로. 원하는 만큼 슬퍼하고 울어도 되는 곳으로.

답답하다.

눈물 흘릴 수 없는 곳에 갇힌 마음 때문에…….

"딴생각을 하는 게냐!"

수비에만 치중하던 월넛이 공세로 돌아섰다. 막대를 재빠르게 뻗어 보리스의 어깨를 내리쳤다. 급히 피하려다가 발을 헛디뎌 바닥에 굴렀다. 찝찔한 땀이 입술에 고였다. 넘어지면서 무릎을 돌부리에 찧어 종아리가 한동안 마비될 정도로 얼얼했다.

그러나 월넛은 형이 아니었다. 달려와서 뺨을 감싸며 '다치지 않았어?' 하고 묻지는 않았다. 한달음에 다가와 막대 끝으로 보리스의 등을 찌르려 했다. 몸을 힘껏 뒤치며 옆으로 굴렀다. 젖은 뺨이 흙투성이가 되었지만 다행히 다음 공격이 오기 전에 다른 쪽 무릎을 짚고 몸을 일으켰다.

다리의 통증은 곧 사라졌다. 보리스는 소매로 입가의 땀을 닦으며 다시 공격할 태세를 취했다. 가쁘게 들썩이는 소년의 머리를 달빛이 하얗게 적시고 있었다.

"갑니다!"

탁, 탁탁, 힘껏 달려 몸을 솟구쳤다. 키가 큰 월넛의 목을 노렸다. 월넛은 쳐보라는 것처럼 일부러 자세를 낮추더니 보리스의 허리를 후려치려 했다. 보리스는 그 상태로 발을 올려 다가오는 막대를 걷어찼다. 자세는 좋았다. 그러나 힘이 부족했기 때문에 막대는 주춤, 물러나다가 말았다.

"좋은데!"

바닥에 착지하자마자 월넛의 손목을 노려 찔렀다. 월넛은 팔을 빼면서 검을 쥔 손을 쳐냈다. 그러나 보리스는 검을 놓치지 않았다.

도저히 이길 수 없는 싸움을 되풀이하며 보리스에게는 점차 강한 투지가 자라났다. 대결에 제한 시간이 있다는 점이 투지를 증폭시켰다. 매일 밤 한 시간, 자정이 되면 하루의 짧은 기회는 사라져버렸다.

더구나 월넛은 이 시간을 제하면 보리스에게 검을 잡게 하지 않았다. 대련은 상상할 수도 없고, 지금 맹렬히 공격해오는 저 막대조차 꺼내는 일이 없었다. 로즈니스와 연습용 검으로 장난이나 치면서 보리스가 시킨 훈련을 하든 말든 관심도 쏟지 않았다. 낮에는 월넛 선생이 아니라 란지에와 함께 훈련을 하는 기분이었다. 지켜봐주는 사람은 늘 그 애뿐이었다.

"마지막 한 번!"

신기할 정도로 시각을 잘 아는 월넛이 그렇게 외치면, 보리스의 투지는 한층 강하게 불붙었다. 오늘이 아니면 내일이 있지만, 언제까지 있을지는 모른다.

빼앗아야 한다, 반드시!

보리스의 검이 예리한 각도를 그리며 처음으로 월넛의 막대가 예상한 방향을 벗어났다. 월넛은 가슴으로 찔러져 들어오는 검을 보고 흠칫하며 막대를 검처럼 내밀어 마주 미끄러뜨렸다. 흠집이 난 일조차 없었던 떡갈나무 막대가 칼날에 긁히면서 하얗게 가루가 튀었다.

월넛은 한쪽 손으로 윈터러를 들고 있었기에 막대도 한 손으로 잡을 수밖에 없었다. 두 손으로 검을 쥔 보리스는 있는 힘을 다해 버티며 앞으로 나아가려 했다. 둘의 눈이 마주쳤다.

"……."

월넛의 입가에 희미하게 미소가 어렸다. 잘못 본 듯했으나 아니었다. 잠시 후, 보리스의 입꼬리도 살짝 올라가며 미소 비슷한 것을 그렸다. 둘은 마주보며 웃고 있었다.

그때였다.

"방심하는 거냐!"

막대가 갑자기 날밑까지 미끄러져 내려오더니 압도적으로 강한 힘이 손을 짓이겨 눌렀다. 한순간이었다. 팔이 휘청거리고 손가락이 풀리면서 검이 허공으로 날아갔다.

절그럭, 척.

검이 등뒤로 떨어지는 소리를 들으며 보리스는 등줄기를 타고 내려가는 오한을 느꼈다. 며칠 밤을 싸웠어도 검을 놓친 일은 없었다. 몸에서 검을 떼어놓지 않게 된 후로 애써 집착해온 가치였다. 늘 졌지만, 쓰러질지언정 검은 놓치지 않았었다. 그런데…….

월넛은 막대를 내리고 보리스의 얼굴을 보고 있었다. 갑자기 소년의 턱이 부르르 떨렸다. 울컥, 뭔가가 솟아올라 견딜 수 없을 정도로 가슴을 압박했다. 그때 뜻밖의 일이 벌어졌다.

"이런 한심한 녀석!"

외침과는 달리 막대를 내던지고 원터러조차 놓아버린 월넛이 달려들어 보리스의 작은 몸을 번쩍 들어올렸다. 강한 두 손이 겨드랑이를 잡아 머리 위까지 올려 한 바퀴 빙그르르 돌리더니, 왈칵 끌어안았다. 땀 냄새와 뜨거운 입김……. 수염 투성이 얼굴에 몇 번이고 소년의 보드라운 뺨을 비비는 그의 입에서는 도무지 마음을 짐작하기 힘든 말이 쏟아져 나왔다.

"한심하구나! 한심하구나, 이 녀석아! 정말로 한심하구나!"

그러나 사랑스러워죽겠다는 듯, 견딜 수 없이 귀엽다는 듯 월넛은 소년을 끌어안고 또 끌어안았다. 보리스의 눈에서 눈물이 주르륵 흘렀다. 이 상황 때문은 아니었다. 가슴속에 단단하게 응어리졌던 많은 것들 가운데 하나가 깨지고, 녹고, 거침없는 눈물로 변했다. 소리 없이, 그러나 숨도 제대로 쉬기 힘들 정도로 쏟아졌다.

형이 죽고 나서 보리스를 이렇게 힘껏 끌어안아준 사람은 아무도 없었다. 그가 누구였든 가슴은 뜨거웠다. 마음을 가진 인간의 가슴이었다.

"넌 세상을 다 산 것이 아니야, 이 작은 녀석아……. 무얼 그렇게 참으려 애쓰는 거냐. 세상엔 힘들지 않은 자가 없다. 그럼에도 불구하고 살고 싶다는 욕망을, 그리고 더 훌륭하게 살고 싶다는 욕망을 숨기지 않으면서, 그렇게 살고 있단 말이다. 인간은 언젠가 죽기 위해 사는 것이 아니야. 한시라도 살아 있을 그 내일을 위해 살 뿐인데……."

달빛이 회오리치며 흘렀다. 바닥에 떨어져 있던 윈터러가 산 자의 감정을 흡수하기라도 하는 것처럼 한차례 부르르 떨렸다.

10월이 끝나갔다.

이틀 후면 이자보 다 벨노어, 즉 벨노어 백작 부인의 생일이었다. 그날 벨노어 성에서는 한 해 중 가장 성대한 파티가 열렸다. 초청 답장이 여러 날 전부터 줄을 이었고 오늘 도착하겠다고 기별한 손님들도 제법 되었다.

백작이 아닌 백작 부인의 생일에 가장 큰 파티가 열리는 까닭은 모호했지만, 하인들은 너그러운 백작이 아내를 사랑하고 존중하다 보니 생긴 결과라고 말해줄 뿐이었다. 그러나 그것만으로는 설명되지 않는 어색한 점들이 있었다. 의문은 손님들이 도착하기 시작하면서 풀렸다.

"오빠, 얼른 얼른! 켈티카에서 아멜리 이모님 내외하고 실비엣이랑 줄리나가 왔단 말이야!"

로즈니스에게 며칠 전부터 귀에 딱지가 앉도록 들은 바에 의하면, 실비엣과 줄리나는 백작 부인의 동생이 아르장송 자작과 결혼하여 낳은 딸들이었다. 나이는 열다섯과 열둘이라고 했다. 둘 다 예쁘기도 했지만 무엇보다 수도의 세련된 예절을 익힌 소녀들이어서 지방에 사는 로즈니스로서는 크게 부러워하는 처지이기도 했다.

"절대로 실수하면 안 돼, 알지? 그 애들한테 트집 잡히면 절대로 안 된단 말이야!"

그렇게 지껄여놓고서 금방 또 표정을 달리하더니 말했다.

"오늘은 주인이니까 주인답게 굴어야지! 게다가 난 백작 가문의 딸인걸! 그 애들한테 처질 것은 전혀 없지 뭐야?”

가끔 너무나 솔직한 로즈니스의 말을 듣고 있으면 온 세상이 그녀가 관심 갖는 그런 일들만을 중심으로 돌아가는 기분이 들었다. 적어도 로즈니스는 새침 떨면서 의도를 음험하게 숨기는 아이는 아니었다. 자기의 욕망에 충실하기도 했고, 그걸 위해 노력할 열의도 가지고 있었다.

로즈니스의 요구대로 완벽한 옷차림을 하려니 란지에의 손길이 큰 도움이 되었다. 캐미아까지 넷이서 응접실로 향하는 동안 로즈니스는 란지에를 흘끔 보며 피식 웃었다. 보리스는 영문을 몰랐지만 뭔가 사연이 있는 것만은 틀림없어 보였다.

“어서들 오너라.”

처음 보리스가 저택에 왔을 때 백작 가족과 마주앉았던 응접실이었다. 하지만 이번에는 사람이 여럿이었다. 백작 부처는 물론이고 로즈니스가 말하던 아르장송 자작 가족, 그들의 하인들, 그 외에도 미리 누구라는 얘기를 듣지 못한 사람들이 세 명 더 들어와 있었다. 성장盛裝한 부인과 스물 안팎으로 보이는 부드러운 인상의 젊은이, 그리고 보리스 또래의 소년이 있었다. 갑자기 로즈니스의 얼굴이 빨개졌다.

“아, 아…… 안녕하세요, 아멜리 이모님, 그리고 이모부님. 엘리노 아주머님도 오셨네요. 오신다는 소식을 듣지 못해서 더욱 반갑게 생각됩니다. 사촌분들도 모두 편히 쉬시다 가셨으면 좋겠어요."

보리스는 백작의 소개를 기다려야 하는 입장이었다. 로즈니스와 나란히 테이블 앞으로 가자 백작이 보리스를 가까이 부르더니 어깨에 손을 얹고 말했다.

"이 아이는 내가 오래전에 양자로 들인 트라바체스 출신의 아이로 보리스 다 벨노어라고 하네. 본래는 어른이 될 때까지 친부와 함께 지낼 예정이었는데 불의의 사고로 친부가 사망하는 바람에 일찌감치 내가 데려오게 되었네. 이제 우리 가족의 일원이니 얼굴을 잘 익혀두도록 하게나."

임시에 불과한 양자인데도 친척들에게 소개하는 말투에는 조금의 거리낌도 없었다. 보리스는 오히려 거부감을 느꼈다. 사실을 말하자면 친척들조차 속이는 꼴이 아닌가? 백작 가문의 명예란 그런 건가?

소개를 마치고 나자 오랜만에 만난 친척들은 다과를 들며 점잖게 이야기꽃을 피웠다. 아르장송 자작 부인은 보리스를 약간 불편할 정도로 쳐다보았는데, 그 점에서 언니와 꼭 닮았다고 할 만했다.

"역시, 벨크루즈는 온 대륙에 이름이 나는 게 당연해요. 여기 오니 가슴속까지 탁 트이네요. 날씨도 너무 좋고, 모레는 멋진 파티가 될 것 같아 가슴이 설레는군요."

엘리노 아주머니라는 사람은 키가 작고 상냥한 인상의 여자였다. 말하는 것도 온화해서 아멜리 이모라는 사람과는 대조적이었다.

곧장 아멜리가 말을 받았다.

"여기도 좋지만 역시 가장 멋진 곳은 하이아칸이지요. 하이아칸의 남쪽 섬 중 어딘가에 별장 하나 갖는 것이 평생의 꿈이라니까요. 딱 한 번 가보았지만 천상의 땅이었죠. 혹시 가보셨나요?"

"아뇨. 하지만 전 여기로도 충분히 만족스러운걸요. 왕국에서 가장 경치 좋은 곳이 여기잖아요. 벨노어도 아름답기로 이름난 성이고요."

그러나 자작 부인은 손님으로 온 주제에 도무지 물러설 줄을 몰랐다.

"하이아칸 남쪽 섬에 못 가보셔서 그러시는 거랍니다. 가보시면 생각이 달라질 거예요. 단순한 시골 풍경이 아니라 새파란 바다와 흰 백사장 너머로 바라보이는 녹색 섬들이……"

그때 백작 부인 이자보가 입을 열었다.

"아멜리, 그 이야기는 그만해라. 이미 그곳에 별장을 알아보고 있으니까. 일이 잘되면 초대해줄 테니 모두 함께 가보면 되지 않겠어."

각각 백작 부인과 자작 부인이 된 자매는 나이가 엇비슷했지만 나란히 있으니 언니 쪽이 훨씬 나이 들어 보였다. 그만큼 언니의 권위도 강했다. 부드러운 말투였지만 '쓸데없는 소리는 그만하라'는 의미가 강하게 들어 있는 한마디에 자작부인은 즉시 입을 다물었다. 아르장송 자작이 아내에게 눈치를 주는 모습도 언뜻 보였다.

"그래, 이제 인사들 했으니 아이들은 저쪽 보리스의 방으로 가서 함께 놀도록 해라. 오랜만에 만났으니 너희끼리도 친분을 쌓아야지."

백작 부인이 말하자 로즈니스가 먼저 일어나 어른들에게 나가보겠다고 인사했다. 나머지 아이들도 일어섰다. 스물 가까이 되어 보이는 젊은이도 함께 일어서며 말했다.

"저도 동생들과 오랜만에 이야기나 나누지요. 특히 로즈니스는 아주 오랜만이니까요. 그럼 좀 있다 뵙겠습니다, 어머니."

문샤인 탑에 있는 보리스의 방에 들어서자 어린 손님들은 다들 놀라는 기색이었다. 그도 그럴 것이 그들 또래가 쓴다고는 상상하기 힘들 정도로 크고 화려한 방이었던 것이다. 그러나 솔직하게 입 밖에 낸 사람은 한 명뿐이었다.

"우와, 이 방 정말 좋잖아. 멋진 곳이군."

엘리노 아주머니의 둘째 아들이라는 소년의 이름은 에롤 폰 하미즌이라고 했다. 에롤은 휘둥그레진 눈동자를 천장까지 굴렸다가 보리스를 향해 씩 웃었다. 귀족치고는 소탈한 미소였다.

"로즈니스의 오빠라면 형이군. 잘 부탁해."

로즈니스가 약간 과장되다 싶을 정도로 까륵 웃으며 끼어들었다.

"아냐, 얘. 오빠는 사실 나하고 나이가 같아. 하지만 쌍둥이는 아니니까 그냥 우리끼리 오빠 동생 하기로 한 거야."

줄리나라는 소녀가 불쑥 말했다.

"로즈니스는 양오빠하고 벌써 굉장히 친한 모양이구나?"

줄리나 드 아르장송은 아멜리 이모의 열두 살 먹은 둘째 딸이라고 했다. 그런데 말투가 곱지만은 않았다. 근본도 모르는 양오빠를 맞아들여놓고 좋다고 나대는 것이 천박하지 않냐는 듯한 어조였다.

로즈니스는 곧장 민감하게 반응했다.

"남매끼리 의좋게 지내라고 부모님께서 늘 말씀하시지 않아? 줄리나 너한테는 오빠가 없어서 잘 모를지도 모르겠네."

줄리나라는 소녀도 지지 않았다.

"무슨 소리야? 실비 언니하고 나한테 오빠 역할을 해주는 사람이 얼마나 많은데. 켈티카의 사교계에서는 좋은 가문 출신 아이들끼리 의남매를 하는 것이 요새 유행이니까. 폰티나 공작 가문의 젊은 상속자만 해도 언니한테 얼마나 잘해준다고. 하긴 로즈니스 너야 시골에서 사니까 우리 유행은 잘 모르겠네."

로즈니스는 아직 어려서인지, 또는 성격 탓인지 은근히 비꼬는 것을 잘 참지 못했다. 그런 와중에 줄리나의 이야기 속에서 최근 관심 있었던 이름이 튀어나오자 참지 못하고 묻고 말았다.

"폰티나 공작 가문? 거기가 어딘데?"

"어머, 넌 폰티나 공작가도 모르니? 안리체 왕비마마의 친정 가문 아니야? 거기라면 사교계에서도 으뜸으로 쳐주는 가문인데 그런 곳도 모르다니, 너 나중에 켈티카 사교계에 데뷔하려면 고생 많겠다."

줄리나의 거만한 말투에 발끈한 로즈니스가 감정을 숨기지 못하고 얼굴을 붉혔다. 그러나 귀족답게 처신하라고 교육받아온 터라 하인들에게 하듯 소리지르고 싶은 것을 꾹 참으면서 대꾸했다.

"그건 네가 걱정할 일이 아니야. 내가 듣기로 폰티나 가문에는 대단한 미인인 딸이 있다더라. 그런 누이동생이 있는 사람이라면 분명히 안목도 높겠지."

"흥, 두말하면 잔소리지! 우리 언니를 봐. 요즘 귀족 젊은이들 사이에서 얼마나 인기 있는지 넌 모를걸. 폰티나 가문의 딸이라면 클로에를 말하는 거겠지? 그 애가 예쁘긴 하지만 우리 언니를 따라가려면 한참 멀었거든?"

클로에라는 소녀가 실제 인물이긴 한 모양이라고 보리스는 무심코 생각했다.

줄리나는 로즈니스와 달리 말을 조심하는 기색이 없었다. 로즈니스는 시골 장원에서 자란 터라 고풍스러운 예의를 꾸준히 교육받아왔지만, 또래 귀족 아이들과 그들끼리 사교계를 만들면서 경쟁해온 줄리나는 벌써부터 어른들처럼 가시 돋친 말투를 익숙하게 썼다. 거기서 그치지 않고 줄리나는 곧장 다음 말까지 내뱉었다.

"실비 언니는 조금만 더 나이를 먹으면 공작 부인이 될 거라고!"

"조용히 해라, 줄리나."

말없이 앉아 있던 실비엣이 동생에게 주의를 주었다. 보리스는 그녀를 흘끗 보았다. 열다섯 살이 되어 슬슬 처녀티가 나는 실비엣은 날씬한 자태에 갸름한 얼굴이 꽤 매력적이었지만, 솔직히 눈이 번쩍 뜨일 만한 미인은 아니었다. 그뿐 아니라 보리스는 실비엣의 얇게 내리깐 눈매와 무표정한 얼굴에서 좋지 않은 느낌마저 받았다. 청초하게 보이는 듯해도 음험한 인상이랄까.

줄리나는 입을 다물었지만 로즈니스를 향해 의기양양한 미소를 보이는 걸 잊지 않았다. 그때 나이 많은 젊은이가 입을 열었다.

"오랜만에 만나자마자 신경전이라니 보기 좋지 않구나. 사촌들끼리 의좋게 지내야지. 로즈, 줄리, 그리고 실비도."

로즈니스가 급히 고개를 저었다.

"아니에요, 오스카 오빠. 이번에 다들 만나게 되어서 정말로 반가운걸. 근방에는 또래 친구가 없으니까 몹시 심심하거든요. 그래서 다들 오는 날을 얼마나 기다렸는지 몰라요."

평소의 로즈니스를 생각할 때 뜻밖이랄 정도로 어른스러운 대응이라 보리스는 조금 의아했다. 보아하니 로즈니스는 이 친척 오빠에게 다분히 호감이 있는 듯했다. 로즈니스의 말에 어느 정도 분위기가 누그러져 이것저것 친근한 대화가 오가기 시작했다.

"다들 예쁘게 컸구나. 실비는 완연히 아가씨가 됐는데? 켈티카 사교계에서 얼마나 인기 있을지 보지 않아도 알겠어."

오스카 폰 하미즌은 몸이 약해 보였지만 미소가 입가에서 떠나지 않는 젊은이였다. 실비엣과 줄리나는 작년 파티 때도 왔지만 조금 먼 친척인 하미즌 일가는 몇 년 만에 온 것이라 했다. 로즈니스가 처음 응접실에 들어서며 얼굴을 붉힌 것도 이 때문이었다. 더 어렸을 때 그녀는 이 상냥한 오빠를 몹시 좋아하며 따랐던 것이다.

그러나 몇 살 더 먹고 다시 보니 오스카 오빠는 지나치게 연

약해 보였다. 전과 같은 관심은 일어나지 않았고 친근감만 남았을 뿐이었다. 로즈니스는 스스로도 자신의 변화가 신기하게 생각되었다. 그것이 무엇 때문인가는 깨닫지 못하면서도.

"보리스라고 했지? 난 오스카 폰 하미즌이다. 로즈니스하고 육촌이 되니까 너와도 마찬가지이겠군. 앞으로도 잘 지내자."

"반갑습니다, 오스카 형."

둘은 악수를 나누었다. 보리스는 악의 없는 상대에게 거짓말을 하는 것에 약간 죄책감을 느꼈지만 쉽게 눌러 없애버렸다. 살기 위해서 하는 일에 무슨 죄책감을 품겠는가.

뿐만 아니라 이국의 귀족 아이들 사이에 섞여 있기도 편치 않았다. 그들이 불쾌하게 굴었기 때문이 아니라, 아무 걱정 없이 느긋한 그들과 생존을 위해 임무를 수행하고 있는 자신이 너무 다르게 느껴져서였다. 또래들도 그랬지만 나이가 많은 오스카 역시 마찬가지였다. 안온한 귀족 사회에서 보호만 받으며 자란 그는 비슷한 나이였던 형 예프넨과는 분위기부터가 달랐다.

그러나 혼자 방랑하다가 백작을 만났을 때, 백작이 아버지로서 로즈니스를 보호하는 것을 보고 느꼈던 소외감은 이제 들지 않았다. 지금에 이르자 그들과 자신의 길은 아예 달라 보였다. 어른들의 그늘에서 살아가는 그들보다 강해야만 갈 수 있는 길이었다. 부당함이나 슬픔은 없었다. 거리감이 느껴질 뿐이었다.

간식을 준비하기 위해 캐미아와 함께 나갔던 란지에가 혼자 돌아와 보리스에게 다가왔다.

"월넛 선생님께서 오늘은 수련을 쉬실 것이냐고 여쭤보라 하셨습니다."

오늘부터는 손님들이 많이 오게 되니 로즈니스도 보리스도 공부는 파티 이후로 미루라고 백작이 말해둔 터였다. 로즈니스는 그런 이야기에 뛸듯이 기뻐했지만 보리스는 공부든 파티든 임무의 일환에 불과한지라 딱히 기쁜지도 몰랐다.

란지에도 그것을 모르지 않을 터인데 굳이 이렇게 묻는 까닭이 뭘까? 월넛 선생이 사정을 모르고 오늘 일정을 물었다면 그가 백작의 뜻을 전해주면 그만 아닌가.

"선생님께서는 연습장에 나가 계신가?"

"예."

로즈니스가 이상하다는 얼굴로 이맛살을 찌푸리며 입을 여는 찰나였다.

"오늘은……."

그때, 보리스는 뭔가를 깨닫고 즉시 대답했다.

"곧 간다고 전해줘. 기다리시게 한 것에 대해서도 벌을 받겠노라고 말씀드려."

"알겠습니다."

란지에는 고개를 가볍게 숙여 보이고 밖으로 나갔다. 보리스가 나가는 란지에를 잠시 눈으로 좇다가 고개를 돌렸을 때, 곁에서 누군가의 시선이 느껴졌다. 눈을 돌려보니 실비엣이 관심 있는 눈빛으로 보리스를 바라보고 있었다.

타인들의 연회

백작 부인의 생일은 마침 보름이었다. 날씨가 쌀쌀해진 터라 파티는 실내에서 열렸다.

손님은 꾸준히 도착해서 파티가 열리는 당일 오후에는 백 명에 달하는 방문객들로 성 전체가 북적거렸다. 절반은 친척이고 나머지는 친분이 있다는 사람들이었는데, 그들 중 상당수가 초청에 대한 답례니 생일선물이니 하는 것들을 듬뿍 가져와 내놓았다. 그뿐이 아니라 성의 풍광에, 파티의 훌륭함에, 백작 부처의 젊음과 아량에, 갖은 칭찬을 해가며 특히 백작 부인의 비위를 맞추려고 애를 썼다. 상류사회의 경험이 없는 보리스의 눈에도 빤히 보일 정도였다.

백작의 영애인 로즈니스는 당연히 공주 대접이었다. 이틀

동안 멋지게 차려입은 사람들로부터 귀엽다느니, 영리하다느니, 흠잡을 데 없는 예법이라느니 입에 침이 마르도록 떠받들어지다 보니 사촌인 줄리나와 신경전을 벌인 일 따위는 깨끗이 잊혔다. 로즈니스가 이 파티를 손꼽아 기다리는 이유도 이해가 갔다.

반면 처음에 로즈니스 앞에서 잘난 체하던 사촌 아가씨들은 별로 주목을 받지 못했다. 보리스는 아르장송 자작은 그다지 세력 있는 가문이 아닌 것 같다고 생각했다. 백작 부인의 친정이라는 크레산느 가문이 지체 높은 귀족이라는 것은 분명했지만, 그렇다 해도 이만한 인원이 모인다는 것 또한 불가사의였다. 만일 친정 집안의 위세 때문이라면 아르장송 자작 부인에게도 비위를 맞추어야 정상이 아니겠는가? 그러나 모든 사람들의 관심과 아첨은 백작 부인 한 사람에게 쏠려 있었다.

의문이 풀린 것은 수도에서 왔다는 귀족이 술을 한잔 마시고 떠들어대는 소리를 들은 직후였다.

"이번에…… 왕비마마께서는 안 오시려는 모양이군? 혹시 마마께서 행차하시려나 싶어서 예물도 두 배로 준비했더니만……."

아노마라드 왕비 안리체와 벨노어 백작 부인 이자보는 소꿉동무 사이라고 했다. 그것도 절친했던 모양이다. 이자보가 벨노어 백작과 결혼하고도 안리체 왕비는 몇 번인가 이 생일

행사에 모습을 드러냈다. 어린시절의 친구가 중요한 변경백邊境伯인 벨노어 백작의 부인이 된 만큼 정치적인 고려도 있었을 것이다. 그렇다 해도 왕비가 이런 남부까지 친히 행차한다는 것은 작은 일이 아니었다.

안리체 왕비의 친정 오빠인 폰티나 공작은 체첼 다 아노마라드가 공화 정부를 무너뜨리고 신 아노마라드의 국왕이 되는 데 결정적인 역할을 한 인물이었다. 왕비는 당시 작전 참모로 지략가라는 평판이 자자했다. 안리체 다 폰티나가 없었다면 지금의 체첼 국왕도 없다는 말은 물론, 켈티카 궁정에 두 국왕이 있다는 소리까지 나오는 판이었다. 그녀의 친구라는 위세가 크지 않을 리 없었다.

"왕비마마께서는 올해 왕자님 문제로 바쁘시잖나. 웬만큼 보살펴드려야 하는 분이셔야 말이지."

보리스는 이 파티에서 불편한 존재였다. 사람들은 백작가에 갑작스러운 양아들이 생겼다는 사실을 쉽게 받아들이지 못했다. 보리스 역시 그들에게 억지로 적응하려 노력하지 않았다. 이날 파티의 큰 화제 가운데 하나가 바로 보리스였다. 사람들은 양아들이 생겼다 해도 백작 작위와 성城을 물려받는 것은 로즈니스일 거라고 속삭였다.

보리스는 일부러 월넛 선생과 오후 늦게까지 수련을 했고, 땀에 젖은 몸을 씻고 옷을 갈아입은 뒤 느지막이 나타났다.

사람들의 눈길이 쏠리자 란지에에게 배워둔 아노마라드식 예법으로 무난하게 인사했다. 잠시 후, 파티장 안에는 두 번째 소문이 돌기 시작했다. 저 소년, 사실은 백작이 다른 데서 낳아 온 자식 아닐까? 백작 부인의 표정을 봐. 영 탐탁잖아하는 것 같잖아?

파티 자체는 트라바체스 시골뜨기의 눈이 휘둥그레지기에 충분했다. 무한한 음식과 넘치는 술, 끊이지 않는 음악과 춤, 모든 것이 풍요로운 강대국 사람들의 머릿속에서나 고안될 법한 풍경이었다. 그런 곳에 온 손님들 또한 열정에 불타 온몸을 바쳐 노는 것도 아니면서, 이런저런 속삭임과 나지막한 웃음으로 밤을 새우는 데 익숙한 자들이었다. 갑자기 큰 소리를 내거나, 약간이라도 과장된 동작을 취하는 사람은 여지없이 세련되지 못한 인간이라는 눈총을 받았다. 부채를 살짝 부치거나 나른하게 잔을 들어올리는 것 이상의 행동은 뭐든지 사람들의 속삭임을 불렀다.

아이들은 한쪽에 모여 있다가 가끔씩 나아가 저택 구석의 연습실에서 가다듬었을 어른다운 춤 솜씨를 선보이곤 했다. 멋지게 해내면 작은 갈채가 쏟아졌다. 그러나 그것조차 로즈니스의 경우에 이르면 잘하고 못하고도 없었다. 그녀가 치마 끝자락을 올려 들고 사뿐사뿐 걸어나오기만 해도 사람들은 나지막이 비명을 울리고 사랑스러워 어쩔 줄 몰라 했다.

특히 백작 부인을 둘러싼 사람들의 표정은 가히 희극적일 정도였다. 천사나 요정이 나타났다 해도 그 이상 감명 깊은 표정은 불가능하지 않을까 싶었다.

"어쩜 저렇게 깜찍할까!"

"휴……. 벨노어 양은 정말 하늘이 내린 미모네요."

"세상에, 저렇게 앙증맞고 예쁜 딸을 가질 수 있다면 무얼 내놓아도 아깝지 않겠어요!"

"켈티카에 간다면 내로라하는 집안들마다 너나없이 청혼하지 않고는 못 배길 텐데!"

보리스는 엉겁결에 로즈니스에게 붙잡혔다. 로즈니스는 어떤 것을 보여주면 사람들이 더 감탄할지 본능적으로 알고 있었다. 키도 반 뼘 차이나 날까 싶은 귀여운 의남매가 손을 맞잡고 멋진 춤을 추어 보인다면 누구도 눈을 뗄 수 없을 것이다. 그건 제대로 된 계산이긴 했다. 한 가지 문제만 제외한다면.

"나, 난……."

거절하고 말고 할 틈도 없었다. 어느새 둘은 홀 가운데까지 와 있었다. 그새 로즈니스가 뭔가 시작하려 하는 것을 깨달은 사람들이 눈길을 집중했다. 마침 음악이 바뀌었다. 로즈니스가 가장 좋아하는 3박자 가야르gaillard 춤곡이었다.

그러나 불행히도 보리스에게는 익숙하지 않은 곡이었다. 란지에가 기본적인 춤은 몇 가지 가르쳐주었지만, 세 번에 한

번 도약해야 하는 가야르처럼 어려운 것은 잠깐 해본다고 익

힐 만한 춤이 아니었다.

"오빠, 한 곡 추시겠어요?"

웃음거리가 되느냐 마느냐 하는 순간이었다. 많은 눈이 쏠

려 있었다. 그때 구원자가 나타났다.

"도련님, 주인님께서 급히 부르십니다. 잠시 같이 가시지

요."

란지에가 둘 사이를 갈라놓듯 다가와 말하자 로즈니스의

표정이 찌푸려졌다. 자기가 짠 계획이 어긋나는 것은 로즈니

스가 가장 싫어하는 일이었다. 그러나 란지에는 곧 뒤를 돌아

보며 말했다.

"에롤 도련님이시군요. 도련님은 가야르에 능숙하시지

요?"

의도가 뻔한 권유였는데도 두 사람 다 쉽사리 받아들였다.

이유는 달랐지만 서로의 목적이 부합했으므로 의기투합은 어

렵지 않았다. 로즈니스는 에롤 폰 하미즌과 손을 잡았고 보리

스는 란지에와 함께 사람들 틈을 빠져나왔다.

란지에는 곧장 정원으로 나갔다. 백작이 이런 곳으로 자신

을 부르다니 이상하다고 생각할 무렵이었다. 성 구석구석을

환하게 밝힌 램프들로부터 멀어져 어스름한 그늘을 드리운

나무 사이로 온 란지에가 걸음을 멈췄다.

"여기 잠시 계시지요."

"이리로 오신다고?"

란지에는 보리스의 반문에 미소도 아닌 입 끝의 움직임만을 보여주었다.

"그럴 리가요."

보리스는 상황을 짐작하면서도 다시 묻지 않을 수 없었다.

"그러면 왜 날 이리로 데려온 거지?"

"이야기나 할까 하고요."

보리스는 란지에의 얼굴을 빤히 보았다. 상대의 얼굴에는 아무 변화도 없었다.

물론 그들은 늘 이야기를 나누어왔다. 아니, 정확히는 이야기라기보다 일방적인 조언을 받아왔다. 보리스는 란지에가 어떤 사람인지 내심 궁금하기도 했지만 그의 이야기를 듣게 될 일은 없으리라고 생각하고 있었다. 친절하고 예의 바르긴 하지만 경계를 풀지 않고, 배려를 아끼지 않지만 단지 의무인 양 수행한다. 그런 란지에에게 내심의 이야기를 끌어낼 기회는 좀처럼 없었다.

둘은 나무 아래에 나란히 앉았다. 그러고도 한참이나 말이 없었다. 먼저 침묵을 깬 쪽은 란지에였다.

"당신도 부모님이 안 계시군요, 그렇지요?"

'당신'은 '도련님'과는 크게 다른 어감이었다. 그러나 불쾌하게 느껴지지는 않았다. 자신은 도련님 따위가 아니었으니까.

"네 부모님은 살아 계실지도 모른다고 하지 않았던가?"

"아, 그랬죠. 하지만 별 의미는 없습니다. 살아 있다 해도 달라질 것이 없어서."

바람이 불었다. 란지에는 손목을 채운 단추를 하나 풀더니 양손으로 머리를 쓸어 넘겼다. 이런 식으로 자연스럽게 행동하는 모습은 처음 본 느낌이었다. 지금까지 란지에가 스스로를 위해 뭔가 하는 것을 본 일이 있던가?

란즈미를 만났던 때를 제한다면 딱 한 번, 처음 만남 때 백작의 서재에서 책을 읽고 있던 모습이 유일했다. 문득 보리스는 자신이 줄곧 관찰당했을 뿐, 상대를 자세히 보지 못했던 것이 아닌가 하는 생각이 들었다.

"당신에게는 형제도 없었습니까?"

예프넨의 얼굴이 눈앞을 스쳤다. 말해도 좋을까 싶었다. 아마도, 형이 한 명 있었다는 정도는 말해도 상관없겠지. 더 이상 의미도 없으니까.

"형이 있었지만…… 지금은 없어."

란지에는 잠시 침묵하다가 말했다.

"아마 당신을 잘 돌봐주는 형이었겠지요, 그렇지 않나요?"

보리스는 무심코 자신이 고개를 숙였음을 깨닫고 란지에를 도로 쳐다보았다. 그리고 물었다.

"내가 보살핌에 익숙한 사람으로 보인 건가?"

란지에는 고개를 저었다.

"아닙니다."

"그러면?"

"누군가를 그리워하는 듯 보였죠."

갑자기 가슴 한구석에, 여전히 꽂혀 있는 굵은 바늘의 고통이 되살아났다. 애써 잊고 숨기려 한 감정이었다. 지금껏 잘 감췄다고 생각했는데 어떻게 알았을까?

"넌……."

"그냥 지켜본 겁니다. 다른 할 일이 없는 저니까요."

가는 손가락이 귓가의 머리카락을 만지작거리고 있었다. 흘러내린 소맷자락 안으로 보이는 란지에의 손목은 검을 잡는 자신과 대조적이었다. 그러나 신체적 연약함과는 달리 강한 중심 같은 것이 그에게서 느껴졌다.

"하지만 이제 내겐 가족이 있어."

란지에가 갑자기 동작을 멈추고 보리스를 쳐다봤다. 무표정했는데도 힐난하는 눈빛이라고 느낀 보리스는 마음을 다잡고 침착한 표정을 만들어냈다.

"시간이 갈수록 익숙해지겠지. 아버지와 어머니는 좋은 분들이고 로즈니스는 귀여워. 모두 친해질 만한 사람들이라고 생각하니까. 난 자신이 있어."

란지에는 앞서의 눈빛을 거두지 않은 채 말했다.

"그보다는 백작 가문에서 자라면 미래에 도움이 될 테니까, 라고 말씀하시는 편이 훨씬 그럴듯하게 들릴 겁니다."

"그게 무슨 뜻이지?"

그 말은 언뜻 '백작가의 도련님이 되고 싶어서 싫은 사람들을 견뎌내는 거지?'라는 뜻 같기도 했지만, 실제로는 함의가 더 깊었다. '그렇게 말하는 편이 더 그럴듯할 테니, 그쪽을 택하라'는 의미로 해석한다면, 이미 보리스가 거짓말을 하고 있다고 전제한 것 아닌가?

"솔직하지 못하시군요. 아니, 솔직해지지 못할 상황이 언제든 있다는 것은 알고 있습니다. 제가 실례되는 질문을 하고 말았군요."

란지에가 한발 뺐지만 보리스는 물러서지 않았다.

"난 더 설명이 필요한데. 그럼 내게 이 집의 가족이 되는 것 말고 다른 목적이라도 있단 말이야? 뭘 봐서 그렇게 생각한 거지? 불쾌함을 떠나서 이유부터 듣고 싶은데."

도박에 가까운 질문이었다. 비밀을 알고 있다면 털어놓으라고 다그친 셈이었다.

"아뇨. 전 아무것도 모릅니다. 다만……."

란지에도 이번에는 모르는 체하며 도망치려 하지 않았다.

"당신의 태도가 진심으로 이 집 식구가 되기를 바라는 것과 거리가 먼 것만은 알고 있습니다."

보리스는 가만히 숨을 삼켰다. 그리고 일부러 냉랭하게 대꾸했다.

"그건 개인적인 문제일 뿐이야. 적응이 느린 것이 사실일지 모르지만 아직 시간은 많으니까."

"가장 큰 증거는……."

란지에의 목소리가 살짝 굳어지고, 높아졌다.

"당신은 제가 하인에 불과하다는 사실을 가끔, 실은 자주 잊는다는 겁니다. 바로 지금처럼."

보리스의 눈썹이 미세하게 꿈틀거렸다.

"나만을 시중드는 하인에 익숙하지 못해서겠지. 트라바체스에서 살 때는 어려서부터 돌봐준 유모가 있었을 뿐이야. 너와 내가 동갑인데 너는 오직 나만을 위해 움직여야 한다는 것이 그리 쉽게 당연해지지는 않아."

란지에는 수긍하는 것처럼 고개를 숙였다가 이윽고 쳐들더니 보리스의 눈을 똑바로 쏘아보았다.

그늘진 사색 눈동자. 지금껏 한 번도, 성안의 누구에게도 내보이지 않았던 자유로운 눈빛이 어린 주인을 보고 있었다. 늘 내리깔고 있던 눈과는 판이하게 달랐다. 서로 범접해선 안 될 경계를 가진 진짜 인간으로서, 상대가 달아나지 못하도록 움켜잡는 본심의 눈동자다.

그런 눈을 가진 자가 누군가를 주인으로 섬긴다는 것은 불가능하다⋯⋯. 왜 지금까지 저 눈에 숨은 것을 깨닫지 못했을까.

"고마운 말씀입니다. 그러나 그뿐이 아니라는 걸 부인하지는 마시지요. 당신은 조금도 적응할 생각이 없습니다. 백작의 아들이 됐다고 믿지도 않고, 로즈니스를 누이로 여기지도 않습니다. 친척들에게 자신을 소개하고 싶어 하지도 않죠. 저같은 하인을 함부로 대하지 못하는 것도 당연합니다. 이 성안에서 당신의 태도는 하룻밤 파티를 위해 임시로 빌린 예복을 몸에 걸친 사람과 같습니다. 빌린 옷을 험하게 입을 수는 없는 법이죠."

란지에의 말 속에서 항상 '주인님'이었던 사람이 그냥 '백작'이 되고, 로즈니스 역시 이름만으로 지칭되었지만 낯설게 들리지 않았다. 본래부터 그랬어야 했던 사람인 것만 같았다.

"로즈니스의 하녀인 캐미아를 아실 겁니다."

보리스는 말없이 기다렸다. 이제는 란지에가 그렇게 생각하는 이유를 모조리 들어보고 싶었다. 한 인간으로서, 그가 낯설면서도 경이로웠다.

"그 아이가 한때 당신을 좋아했다더군요. 처음엔 비슷한 처지의 또래 친구로, 다음에는 갑작스레 신분 상승을 이룬 왕자님을 보는 느낌으로요. 그렇지만 이제는 좋아하지 않는 모양입니다."

보리스는 그런 일이 있었는지도 몰랐다. 그렇지 않아도 너무 많은 경계 대상에 캐미아까지는 들어와 있지 않아서였을 것이다.

"캐미아는 당신이 둘 가운데 어느 쪽도 아니라는 걸 본능적으로 알아챘습니다. 당신은 먼발치에서 바라볼 동경의 대상도, 가깝게 지낼 또래 친구도 아닙니다. 그저 멀리만 있는 사람에 불과합니다. 당신의 신분이 높다거나 태도가 딱딱해서가 아닙니다. 당신의 세계는 또래들이 흔히 머무는 친근한 풍경이 아니고, 화려하거나 멋져서 동경할 만한 곳은 더구나 아닙니다. 싸늘하고, 메마르고, 접근하기조차 힘든 황량한 외국에 불과하니 누가 가고 싶을까요."

그러자 보리스가 말했다.

"조금 의미가 다를지 몰라도…… 너 역시 마찬가지인데?"

란지에는 희미한 미소를 지었다.

"제 세계는 당신보다 훨씬 따뜻한 열의 세계입니다. 당신은 얼음의 세계에 살고 있겠지만 말이지요."

이상한 말이었다. 란지에는 이어 말했다.

"그래서 제가 당신의 세계를 궁금해하나 봅니다."

란지에의 눈동자는 불꽃같은 진홍빛이었다. 그리고 보리스는 얼어붙은 안개 같은 회색 눈을 하고 있었다.

"넌 어째서 이 성에 머무르지? 단지 란즈미 때문인 거야?"

그게 아니라면, 너 역시 이곳에서 자신의 가능성을 시험하고 있는 건가?

란지에가 대답했다.

"언제까지나 여기서 살 생각은 없습니다. 어느 날인가 떠나게 되겠지요. 지금이 아닐 뿐."

아마 보리스보다는 나중일 것이다. 그러나 그런 사실을 털어놓을 생각은 없었다. 란지에를 믿는 것은 위험했다. 매력적인 사람일수록 상대방을 속이기 쉬울 것이다.

"왜 너는 내게 이런 이야기를 하지? 내가 만일 아버지께 지금 오간 이야기를 몇 마디만 전해도 쫓겨나고 남을 텐데. 네가 란즈미 때문에 여기 남아 있고자 한다면 그 목적에 충실해야 옳잖아?"

란지에는 약하게 웃었다.

"그런 짓을 할 사람들은 제게 왜냐고 묻기 전에 벌떡 일어나서 한두 마디 소리친 다음 가버립니다."

보리스는 자신이 란지에가 방금 말한 것과 같은 연기를 해내야 할 것인가 짧게 고민했다. 그때 란지에가 말을 이었다.

"그렇게 할 만한 사람에게 이런 이야기를 꺼낼 저도 아니고요."

도대체 란지에는 보리스의 성격을 어디까지 파악했단 말인가? 왜 이렇게까지 확신하지?

"어찌됐든 좋아. 다음 행동은 내가 내키는 대로 정할 거야. 그러나 묻는 말에는 대답해줘야겠어. 네 말대로라면 난 정말로 너와 아무 관계 없는 존재겠지. 그런 내게 굳이 이런 이야기를 하는 저의가 뭐지? 위험을 감수해도 네가 얻을 것은 없잖아. 설마 심심해서라고 답할 참은 아니겠지?"

"위태로워 보여서죠."

짧게 끊는 말이 보리스의 귓가를 강하게 파고들었다. 란지에가 뭔가 더 말하려는 순간이었다.

"아니 란지에, 너 여기서…… 도련님도 계시네? 여기서 뭘 하고 계시죠? 지금 파티장에는 예순여섯 해 묵은 아라종 백포도주가 한 상자나 나와서 난리라고요. 가서 맛보지 않으실 거예요?"

지나가던, 그러나 실상은 그들처럼 파티장을 벗어난 사람들을 찾으러 나온 하녀에게 들키고 말았다. 하녀는 두 사람이 무슨 이야기를 하고 있었는지 궁금해할 틈도 없이 바삐 다른 나무 그늘로 뛰어갔다.

란지에가 보리스를 보며 미소 지었다.

"백포도주 한 잔 가져다드릴까요?"

란지에는 금방 돌아오지 않았다. 보리스는 혼자 앉아 생각에 잠겼다.

란지에가 어딘가에서 정보를 얻었을지도 모른다. 그렇다면 어디에서 나왔을까? 보리스가 오게 된 사정을 알고 있는 사람들을 하나씩 의심해봐야 했다. 백작 내외와 그 비서는 일단 제쳐놓고, 로즈니스도 가능성이 거의 없었다. 란지에의 태도를 유독 싫어하는 그녀가 마주앉아 긴 이야기를 나눴을 리 없었다. 동행했던 기사들은 더 말할 것도 없었다. 어린 하인 따위를 사람 취급할 리 만무한 자들이었으니까.

그렇다면 의심 가는 사람은 윌라와 캐미아였다. 란지에가 한 이야기로 미루어 짐작해볼 때 캐미아가 뭔가 이야기했을 가능성이 컸다.

란지에가 '비슷한 처지의 또래 친구'라는 말을 쓴 것이 신경쓰였다. 캐미아가 처음 보리스를 만났을 당시의 모습을 발설했을 가능성이 느껴지는 말이었다. 연애 상담과 비슷했을 둘의 대화 내용을 상상해본다면, 보리스가 사람들을 속이고 있다는 것을 란지에가 눈치챘다 해도 이상할 것은 없었다. 그러나 이 이야기를 백작에게 해야 할지는 여전히 감이 서지 않았다.

당신의 세상이 궁금하다는 말은 무슨 뜻일까? 어떻게 해석해야 할까? 보리스의 성격을 꿰뚫어 본 듯했던 말들을 되새기다 보니 오한이 끼쳤다. 지나치게 총명한 란지에를 하인으로 삼은 것부터가 잘못이었을지 몰랐다. 보리스는 스스로를 알고 있었다. 그는 란지에가 이보다 더한 말을 한다 해도, 란지에와 불운한 누이동생이 함께 쫓겨나도록 백작에게 고자질하지 못할 사람이었다. 그런 성격을 간파당하는 것은 약점을 잡히는 것과 마찬가지였다.

마지막으로, 위태로워 보인다는 말은 무슨 의미였을까? 자신의 연기가 서투른 나머지 란지에조차 속이지 못할 정도였다는 뜻일까? 아니면 다른 의미가 있을까?

생각할수록 란지에를 이대로 내버려두어도 괜찮을지 망설여졌다. 란지에도 자신과 누이의 안전이 걸린 만큼 알아챈 사실을 함부로 발설하지는 않을 것이다. 만에 하나 백작의 귀에 들어간다 해도 캐미아에게 책임을 떠넘기면 그만일 터였다. 란지에가 그런 일을 해낼 정도로 냉정하다면, 순진한 체하며 보리스와 캐미아를 옭아 넣고 자신은 빠져나갈 수도 있을 것이다. 물론 보리스가 반격을 하지 않는다는 전제 아래서. 그러나 반격을 한다면?

마치 으뜸패를 쥐었지만 상대방을 거지로 만들 것이 걱정되어 던지지도 못하고 쥐고 있는 꼴이었다.

거기까지 생각했을 즈음에도 란지에는 돌아오지 않았다. 파티장까지 세 번은 왕복하고도 남을 시간이 흘렀다. 보리스는 돌아가기 위해 일어났다. 그에게 란지에를 기다려야 할 의무는 없었다.

파티장의 불빛이 발끝에 닿기 시작할 즈음이었다. 그는 풀숲 너머에서 익숙한 목소리를 들었다.

"듣지 않겠다고? 내가 어떤 일을 할 수 있는지 잊기라도 한 거야?"

잘 아는 사람은 아니었지만 목소리만 듣고도 알아챘다. 아르장송 자작의 딸인 실비엣이었다. 그러나 그가 알던 실비엣과는 전혀 다른 말투였다. 눈을 차분히 내리깔고 단정하게만 말하던 그녀가 아니었다. 지금의 말투가 수백 번은 그래본 듯 자연스럽지 않았다면 누군가의 흉내를 내는 줄 알았을지도 모른다. 그만큼 교만하고 날카로웠다. 심지어 희롱하듯 자신만만했다.

대답이 없자 실비엣의 목소리가 높아졌다.

"아까 죄송하다고 말했지? 용서를 바란다면 내 구두에 입을 맞춰봐! 그러면 내가 어떻게 할까? 어떻게 할 것 같니? 내가 한 말이 농담처럼 들려?"

처음에는 끼어들 생각이 아니었다. 그러나 대답하는 목소리를 듣는 순간 보리스는 저도 모르게 그쪽으로 걸음을 옮기고 있었다.

"제겐 보리스 도련님 외에 다른 분을 시중들 의무가 없습니다."

란지에가 왜 빨리 돌아오지 않았는지 그제야 알았다. 그러나 무슨 영문인지는 아직 몰랐다. 모르는 상태에서 끼어들어도 될까, 하는 생각에 보리스는 주춤 걸음을 멈추었다. 그 순간 실비엣의 목소리가 다시 들려왔다. 딴판으로 달라진 어조였다.

"변함없는 고집이야, 정말. 하나도 달라지지 않았네. 왜 내 말을 듣지 않지? 너도 켈티카에서 살았다면서. 고향에 돌아가보고 싶지 않니? 내가 네게 약속할 수 있는 것은 매우 많은데, 그게 뭔지 궁금하지도 않아?"

란지에는 대답이 없었다. 실비엣의 목소리가 차츰 낮아졌다.

"나하고 있으면 좋은 일이 아주 많을 거야. 뭐, 일상부터가 이런 시골구석에 박혀서 철모르는 어린애 시중이나 드는 것보다 훨씬 재미있지. 너도 알다시피 저택마다 돌아가며 근사한 파티니 사냥이니 여흥 모임이 줄을 잇는 생활을 상상해봐. 얼마나 멋지니?"

속삭이는 듯한 목소리는 꽤 매력적이어서 그걸로 많은 사람을 휘둘렀을 듯했다. 반면 내용은 란지에의 흥미를 전혀 끌 것 같지 않았다. 다시 말해 상대를 파악하지 못한 유혹인 셈이었다.

"켈티카는 돈 함부로 뿌리는 귀족들이 흔한 곳이니 너 정도면 충분히 큰돈을 쥘 수도 있고 말이야. 재주 있다고 정평

이 난 시종이라면 곁에 두고 싶어서 고액의 연금을 내거는 귀족들이 줄을 선다는 건 공공연한 비밀이잖아? 나와 함께 가자. 왜 이 정도의 조건이 네게 기회가 안 된다는 거니?"

보리스는 그들의 대화를 엿듣고 있는 자신을 이해할 수가 없었다. 그리 명예로운 행동은 아니었다. 그러나 보리스는 여전히 떠나지 않고 란지에의 대답에 귀를 기울이고 있었다.

"아가씨에게는 제가 필요 없습니다."

실비엣은 당황한 듯했다.

"왜지?"

"제게 아가씨가 필요 없으니까요."

침묵이 흘렀다. 사이를 두고 철썩, 하는 소리가 정원을 울렸다.

"건방진……. 언젠가 네 가장 소중한 걸 빼앗아 가고야 말 거야. 그때 네가 엎드려 눈물을 흘리고 발끝에 입을 맞춰도 날 막을 순 없을걸?"

그 순간 나서야 한다는 생각이 강하게 들었다. 보리스가 모습을 나타내자 두 사람의 눈이 쏠렸다. 둘 다 놀란 얼굴은 아니었다.

"한참 돌아오지 않아서 그만 안으로 들어가려던 참이다. 내가 시킨 일은 어떻게 된 거지?"

일부러 딱딱한 말투로 말하고 실비엣 쪽을 보았다. 그러자 그녀가 냉큼 입을 열었다.

"아, 보리스로구나. 내가 잠시 일 좀 시키고 있었어. 네 하인이라고 그런 것도 안 된다는 건 아니지?"

실비엣의 목소리는 어느새 평소대로 돌아와 있었다. 좋게 넘어가는 척해도 될 상황이었다. 그러나 보리스는 반사적으로 대꾸했다.

"물론입니다. 필요할 때 돌려주시기만 한다면 말이죠."

"흥……."

실비엣의 눈초리가 살짝 치켜 올라갔다. 그녀의 눈매와 잘 어울리는 표정이었다. 보리스는 이어 한 걸음 나서며 잘라 말했다.

"제 하인의 잘못을 꾸짖는 건 제 의무라고 생각합니다. 실비엣 누님은 손님이시니 손님답게 처신하시는 것이 좋겠습니다."

실비엣의 얇은 입술이 살짝 떨렸다. 두 어린아이에게 놀림당하고 있다는 생각이 들자 이루 말할 수 없이 불쾌했다. 하나는 하인, 또 하나는 어디서 굴러들었는지도 모를 양자 녀석인데!

그러나 어디까지나 자신은 벨노어 가문에 온 손님이었다. 보리스가 어떤 성격인지 아직 잘 모르는 터라 더욱 조심해야 했다. 혹시라도 울며 소란을 피워서 자신을 곤란하게 만들지 어떻게 알겠는가? 마뜩잖지만 이렇게 말할 수밖에 없었다.

"어린아이가 뭘 알겠어? 더 이야기할 필요도 없지."

실비엣은 즉각 몸을 돌려 자리를 빠져나갔다. 보리스가 바라보자 란지에는 어딘가 어색한 웃음을 지었다. 좀 전에 그를 놀라게 했던 눈빛과 마찬가지로 이런 표정 역시 처음이었다.

"죄송합니다. 포도주를 아직 가져오지 못했군요. 그냥 안으로 들어가시겠습니까?"

보리스는 그 말에 대답하는 대신 방금 자신이 왜 그랬을까 의아해하면서 란지에를 가만히 보았다. 실비엣은 보리스가 잠시 몸담아야 할 가문의 친척이었다. 기분을 상하게 해서 좋을 것은 없었다. 평소 란지에를 이런 식으로 옹호하려던 생각도 가져본 적이 없었다. 직전까지 란지에와 나누던 대화를 돌이켜 봐도 우호적이라기보다는 서로 민감하게 다그치고 있지 않았던가?

잠시 후 란지에가 말했다.

"불편한 일을 겪게 해드려서 죄송합니다."

문득 파티장으로 돌아가고 싶지 않아졌다. 자신은 아노마라드의 귀족도 아니고 실비엣의 친척도 아니다. 하인은 아니지만 가진 것 없는 처지라는 면에서 차라리 란지에와 더 비슷하지 않을까? 빈손인 주제에 대담하게 행동했구나 싶자 맥이 빠졌다.

"됐어. 부탁이 하나 있는데 들어주겠어?"

죄송하다고 말한 뒤여서인지 란지에는 순순히 대답했다.

"제게 부탁하실 필요는 없지요. 그냥 명령하십시오."

"란즈미에게 가자."

그제야 '부탁'이라는 말을 쓴 이유를 알았다. 란지에는 잠시 눈을 내리깔았다가 말했다.

"그러시지요."

란즈미의 방에 처음 갔던 날은 낮이었으나 지금은 밤이었다. 햇빛 내리는 창가에 기대앉아 있던 병약한 소녀는 거기에 없었다. 아니, 없는 줄로 알았다. 캄캄한 방 한쪽에서 약한 빛이 새어 나왔다. 침대 쪽이었다.

란지에가 가져온 램프를 높이 들어 방안을 비추었다. 하녀 중 누군가가 램프를 침대 머리맡에 둔 채 깜빡했을지도 모른다. 그건 몸을 잘 가누지 못하는 란즈미를 생각할 때 위험천만한 일이었다. 란즈미에게뿐 아니라 성 전체에 위험했다. 자칫 화재가 일어날 수도 있으니까.

란지에가 침대 쪽으로 몇 걸음 내딛다 말고 움찔했다. 쳐든 램프 빛에 침대 앞에 앉아 있는 낯선 그림자 하나가 드러났다. 다음 순간 란지에가 보인 태도는 깜짝 놀랄 만한 것이었다. 램프를 떨어뜨리다시피 놓은 그는 다짜고짜 상대방에게 달려들었다. 무기 하나 없는 빈손인 주제에 망설임조차 없었다. 그렇게 신속한 반응을 보이는 그를 처음 보았다.

두 팔로 상대의 목을 끌어안다시피 조르는 순간, 그림자가 일어나 란지에의 몸을 번쩍 들어올렸다. 상대는 어른이었다. 그것도 몹시 키가 큰.

"쉿! 소란 피우지 말란 말이다. 중요한 순간이야."

익숙한 목소리……. 월넛 선생이 이곳에 왜?

월넛의 손에 붙잡혀 높이 들어올려졌다가 바닥에 내려선 란지에는 경계심을 풀지 않은 얼굴로 월넛을 쏘아보았다. 나오는 말도 거칠었다.

"무슨 일입니까? 어떻게 여길 들어오셨습니까? 여긴 멋대로 들어오실 수 있는 곳이 아닙니다."

"쉿. 조용히 해. 나쁜 의도는 없으니까 가만히 있어봐."

그렇게 쉽게 상대를 믿을 란지에가 아니었다. 란지에는 월넛의 어깨를 밀치다시피 하며 침대 쪽으로 다가갔다. 그때까지 뒤에 서 있던 보리스도 란지에가 내려놓은 램프를 집어 들고 가까이 갔다. 그제야 알았다. 침대가의 희미한 빛은 램프가 아니었다.

베개에 푹 파묻힌 란즈미의 자그마한 얼굴에 정체 모를 빛이 감돌고 있었다. 그 빛 때문에 란즈미는 한층 창백해 보였다. 그러나 자세히 보니 백랍 같던 피부에 발그레한 화기가 감돌고 있었다.

"란즈미....... 란즈미?"

란지에는 누이동생에게 무슨 일이 있었는지 파악하지 못하자 사나운 눈빛으로 월넛을 돌아보았다. 월넛은 대답 없이 침대로 다가갔다. 무릎을 꿇고 팔꿈치를 침대에 올리더니 기도하듯 눈을 감았다. 두 손이 모여 삼각형을 만들었다.

잠시 후 월넛의 입에서 소년들이 알아들을 수 없는 말이 흘러나오며 수인이 맺어졌다. 손바닥을 펼치고, 앞으로 내밀어 겹쳤다가 다시 본래대로 모으는 순간 덜거덕, 하고 창가의 덧문이 흔들렸다. 세찬 바람이었다. 그제야 밤인데도 창문이 열려 있었음을 깨달았다. 보름밤의 달빛이 쏟아지고 있었다.

그대가 영원히 소녀이겠는가.
어머니 달빛이 문을 두드리건만,
말없는 영혼이여, 그대가 영원히 소녀이겠는가.

마지막 말은 여러 사람이 동시에 말하듯 신비로운 음색을 띠었다. 마치 파이프오르간처럼. 보리스는 눈을 크게 떴다. 검사인 줄로만 알았던 월넛 선생이었다. 그것도 아주 뛰어난 검사였다. 그런 그가 마법까지 쓸 줄 안단 말인가?

바람에 사로잡힌 창 덧문이 요란한 소리를 냈다. 월넛의 커다란 손이 란즈미의 빛나는 이마에 놓이자 소녀의 몸이 푸르스름한 빛에 휩싸였다. 다음 순간, 란지에는 자신의 귀를 의심했다.

"오빠……."

지금 들은 것이, 그토록 간절히 듣고 싶었던 동생의 목소리란 말인가?

란지에의 어깨가 가늘게 떨렸다. 오랫동안 굳게 닫혀 있었는데, 껍질만 남고 혼은 떠나버린 양 침묵했었는데. 헤매다 집에 돌아온 아픈 영혼처럼 망설이는 듯, 더듬거리는 듯해도 그가 기억하고 있는 어린시절의 목소리 그대로…….

"란즈미!"

월넛이 물러서자 란지에가 동생을 끌어안았다. 란즈미의 눈은 여전히 감겨 있었지만 살짝 열린 입술이 가늘게 떨렸다. 목소리를 되찾은 감격을 스스로도 느끼고 있을까?

보리스는 월넛이 자신의 옆구리를 쿡쿡 찌르는 것을 느꼈다. 두 사람만 있도록 내버려두고 나가자는 뜻인가 했지만 늘 그렇듯 월넛은 예상이 통하는 사람이 아니었다.

"어때, 내 솜씨가? 구경했으면 학생답게 감탄한 표정을 지어야지. 나 좀 우쭐해지게."

보리스가 어이가 없어 대꾸를 못 하고 있는 동안 란지에를 안은 란지에는 숨을 죽인 채 귀를 기울이고 있었다. 자칫하다가 다시 목소리가 떠날까 염려하는 것처럼 손끝도 움직이지 않았다.

월넛이 말했다.

"누이동생은 이제 괜찮아. 지금은 몇 마디밖에 못 하겠지만 차차 대화도 가능해질 거야."

보리스가 물었다.

"어떻게 하신 거죠? 마법도 아시나요?"

그때 란지에가 몸을 일으키더니 월넛 쪽으로 고개를 돌렸다. 한 손은 여전히 란즈미의 손을 꼭 쥔 채였다.

"감사합니다. 하지만 어떻게 하신 건지 꼭 여쭤야겠군요. 란즈미는 일곱 살 때의 사건 이후로 지금까지 한 번도 입을 연 일이 없었습니다. 그런 아이가 갑자기 달라졌으니 부작용이 염려되지 않을 수가 없습니다."

"걱정하지 마라. 내가 그 아이의 마음과 몇 마디 이야기를 나눠봤어. 오빠를 많이 생각하더군. 아주 착해. 지금처럼 옆에서 지켜봐주는 사람만 있으면 성인이 되었을 땐 보통 사람으로 돌아올 수 있을 거다."

란지에가 란즈미의 손을 놓고 일어났다. 한 걸음 다가오더니 깊이 허리를 굽혀 절했다.

"말씀대로라면 평생 이 은혜는 잊지 않겠습니다. 반드시 갚도록 노력하겠습니다."

월넛이 예의 유쾌한 목소리로 대꾸했다.

"내 말이 틀렸다간 사생결단이라도 낼 것 같군그래."

란지에가 고개를 들더니 살짝 미소를 지었다.

"아마도 그럴 것입니다."

세 사람이 란즈미에게 다가가보니 어느새 그녀는 눈을 뜨고 있었다. 모두의 얼굴이 밝아졌다. 궁금한 것이 많았지만, 드물게 들려오는 소녀의 가느다란 목소리에 대답해주기 위해 그들은 서로에게 아무것도 묻지 않았다.

보리스는 왠지 몸속이 따뜻해지는 기분이 들었다. 아주 따뜻한 어둠이었다. 그가 결코 진심으로 어울릴 수 없었던 아래층의 파티보다 지금의 고요가 훨씬 마음에 들었다.

겨울나기

"실비엣 아가씨는 저를 이용하고 싶어 하는 것뿐입니다. 제가 응하지 않으니 화를 냈고요."

파티의 밤 이후로 란지에는 보리스를 '당신'이라고 부르는 일도, 백작이나 로즈니스를 경칭 없이 입에 담는 일도 없었다. 다만 란즈미가 입을 연 후로 얼굴과 태도가 눈에 띄게 밝아졌다. 그날 밤, 란즈미의 방에서 대화도 없이 밤을 새운 후로 둘 사이에는 묘한 유대감 같은 것이 생겨났다.

찾아왔던 손님들이 하나둘 떠나고 마지막으로 아르장송 자작 일가도 켈티카로 돌아갔다. 실비엣은 보리스에게 그날 얘기를 꺼내지는 않았지만 못마땅하게 여기는 눈치는 분명했다. 그녀가 떠난 후 보리스는 오랜만에 그날 밤의 일을 질문했다.

"이용이라고?"

보리스에게는 민감한 단어였다.

"귀족들에게 사교 모임에서 인정받는 것은 대단히 중요한 문제인가 봅니다. 친분 있는 귀족들은 돌아가면서 여러 주제로 모임을 여는데, 살롱 모임일 때는 외모가 빼어나고 예법에 능한 남녀 시동을 흔히 대동합니다. 요즈음 그들에게 시동은 꽤 중요한 장식품이라 시동의 훌륭함이 귀족 자신의 가치를 재는 척도가 되기까지 하는 모양입니다."

란지에는 거기까지만 말하고 적절히 말을 그쳤다. 그러나 보리스는 궁정식 어법에 익숙하지 못한지라 어렴풋이 짐작이 가더라도 정확히 묻지 않을 수 없었다.

"단지 그것뿐?"

란지에가 미소를 짓더니 말했다.

"도련님은 좋은 의미로 귀족답지 않으신 분이십니다."

보리스도 이젠 그 말이 무슨 뜻인지 알고 있었다. 그리고 귀족처럼 되고 싶은 생각도 없었다. 란지에가 말을 이었다.

"두 번째 이유는 인기 경쟁에서 우위를 점하려면 상대방의 정보를 알아내는 것도 중요하기 때문입니다. 귀족들은 상대방의 시동이 마음에 들 경우 한동안 바꾸어 데리고 있는 경우가 있습니다. 그런 자리의 시동이란 노리개에 불과한 처지라 그런 교환을 거부할 자격은 없고, 대신 상대 귀족의 정보를 캐 오는 임무를 저절로 맡게 됩니다."

보리스는 정보를 캐 온다는 말에서 트라바체스 영주들의 항쟁 준비 같은 것을 떠올렸지만, 이어진 이야기는 전혀 달랐다.

"그 귀부인은 누구와 친하게 지내고 누구를 미워하는지, 최신 장신구나 고급 향신료 같은 것은 어떤 경로로 구하는지, 그 집의 자식들은 누구와 혼담이 오가고 있는지, 드러나면 명예에 치명타를 입을 만한 비밀은 없는지. 영리하면서 새로운 귀족의 총애도 받을 만한 아름다운 시동이라면 더할 나위 없는 조건인 셈이지요."

잠시 침묵이 흐르다가 란지에가 불쑥 말했다.

"도련님께서는 아노마라드가 한때 공화국이었던 시절도 있다는 사실을 아십니까?"

"공화국?"

보리스에게는 신물 나는 단어였다. 트라바체스 공화국은 그에게서 모든 것을 빼앗아 갔다. 그에게 공화국이란 선량한 사람들을 죽을 때까지 싸우게 하는 악의 근원과도 같았다. 그런데 이 나라도 공화국이었던 때가 있다니?

"그게 정말이야?"

"아노마라드 왕국력 975년에 시작되어 985년에 사라졌지요. 딱 십 년의 역사였습니다."

985년이라면 바로 작년이었다. 보리스는 놀라움을 숨기지 않고 말했다.

"그런…… 그래도 다행히 도로 정상으로 돌아왔군."

그런데 란지에의 표정이 조금 이상했다.

"지금 정상이라고 하셨습니까?"

잠시 후 그는 다시 말했다.

"다행이라고요?"

보리스는 란지에의 얼굴을 천천히 살폈다. 그제야 란지에는 공화국에 대해 자신과 전혀 다르게 느낀다는 것을 직감했다. 그럼에도 불구하고 이해는 가지 않았다.

"너는 공화국이 마음에 든다는 건가? 네가 왜 그렇게 말하는지 모르겠지만 난 한때 공화국에 살았던 사람이야. 그게 얼마나 끔찍한지 충분히 알 만큼 오래."

란지에의 얼굴은 서서히 평소의 무표정으로 돌아왔다.

"모든 공화국이 트라바체스와 같지는 않습니다. 아노마라드 공화국의 십 년은 안타까울 정도로 짧았죠. 트라바체스처럼 타락한 공화정으로 변질될 시간조차도 없었으니까요."

"짧아서 잘해낼 시간이 없었다, 하지만 오래되면 타락한다? 너무 까다로운 조건 같은데."

비꼬려는 것은 아니었다. 보리스가 보기에 공화정은 근본부터 잘못된 체제였다. 통치 기간이 길고 짧고는 문제가 아니었다.

"그 십 년 내내 공화 정부의 세력은 켈티카 일대에 한정되어 있었습니다. 옛 귀족들이 여전히 왕국 대부분을 차지했고, 그들은 체첼 국왕과 폰티나 공작의 깃발 아래 모여 갓난아기에 불과한 공화국을 파괴했죠. 오랫동안 뿌리박힌 왕정이 고작 몇 년으로 뒤집히기에는 아노마라드가 지나치게 넓었습니다."

란지에의 어조는 점차 진지해졌다.

"그러니 공화국의 십 년은 팔 년, 아니 오 년이라고 정정해야 할지도 모릅니다. 후반에는 생존하려고 발버둥치는 것밖에 하지 못했으니까요. 하지만 단명한 공화국을 위해 수많은 사람들이 목숨을 걸었습니다. 귀족만이 아니라 누구나 사람답게 살 수 있는 나라를 위해서."

보리스는 입을 다물고 단호하게 흘러나오는 말을 들었다. 란지에는 평소에도 농담을 섞어 말하는 성격이 아니었지만 지금은 심지어 열정적이기까지 했다. 그런 태도가 보리스에게 알 수 없는 불편함을 주었다. 그들 또래의 소년이 어른들이나 생각할 법한 문제에 이렇듯 구체적인 의견을 가지는 것조차 낯선 일이었다.

"난 이 나라의 역사는 잘 몰라. 하지만 내가 태어나고 자란 나라가 겪은 일은 알고 있어. 난, 공화국이라면 이름부터 증오할 정도로 충분히 당한 사람이야. 그래, 난 공화국이 실제로 어떤 장점을 지녔든 그런 것에는 관심도 없어. 내가 원한 건 내가 좋아하는 사람들이 내 곁에서 살아줬으면 하는 것뿐이었는데 공화국이 모조리 빼앗아 갔지."

"공화국이 빼앗아 갔다고요?"

"그래. 난 평범한 사람들이 평화롭게 살 수 없는 나라란 아무 쓸모도 없다고 생각해. 공화국은 내가 알기로…… 귀족을 없애고 평민들의 의견을 모아 나라를 다스리는 것이라지? 내가 봤을 때 그런 일은 불가능해."

이 시점에서 보리스와 란지에는 상대의 말에 조금도 납득하지 못하겠다는 표정을 하고 있었다. 보리스가 말을 이었다.

"물론 트라바체스에는 귀족이 없으니 내 아버지도 귀족은 아니었어. 하지만 내가 여기에 와서 보니 벨노어 백작과 내 친아버지는 영지의 크기나 권한의 범위가 다를 뿐, 근본적으로는 같아 보였어. 그런 식이라면 귀족이 없는 나라가 대체 무슨 의미가 있지?"

둘은 저도 모르게 열성적으로 말하기 시작했다.

"도련님께선 가짜 귀족과 진짜 평민을 착각하고 계십니다. 도련님의 아버님이란 분은 물론 이곳의 귀족들과 마찬가지였겠죠. 공화국이란 그렇게 이름만 바꾼 귀족들이 다스리는 곳이 아닙니다. 저 같은 하인들조차 대표를 뽑아 나라의 문제에

의견을 내도록 만들어진 곳이 진짜 공화국입니다."

"그래? 아노마라드는 십 년간 그런 공화국이었다는 말이야?"

"아뇨. 그렇지 못했습니다. 하지만 적어도 그렇게 되려 했습니다. 아마 트라바체스도 초기엔 그런 공화국으로 시작했겠지요. 그러나 잘 운영되지 못해서, 무엇보다도 과거에 귀족이었던 자들의 특권을 빼앗지 못했기 때문에 지금 같은 결과가 오게 되었겠지요."

"네 말대로라면 네가 말한 진짜 공화국이란 아직껏 한 번도 세상에 존재한 적이 없는 유령이나 다름없군. 그렇다면 언젠가 정말로 그렇게 되리란 걸 어떻게 믿지? 어떻게 아무 근거도 없는 상상을 가지고 사람들을 희생시킬 수가 있지?"

보리스의 목소리가 격해졌다.

"난 차라리 안정된 왕의 지배를 원해. 어차피 인간은 영원히 살지 않아. 사랑하는 사람들도 마찬가지로 곧 죽지. 그들을 한시라도 일찍 죽게 하는 모든 것을 난 증오해."

란지에도 물러서지 않았다.

"도련님처럼 생각한 사람이 많았기 때문에, 우린 아직 이대로 살고 있는 겁니다. 특권을 갖고 태어난 사람들은 영원히 모르겠죠. 인간이기 때문에, 인간이 인간답게 살기 위해 삶 대신 죽음을 택할 수도 있다는 것을."

"전혀. 인간은 살기 위해 존재해. 죽음을 보상할 수 있는 건 아무데도 없어. 죄 없는 누군가의 생명을 빼앗아버리고서, 당신 덕택에 다른 사람들이 잘살게 됐습니다, 그러면 끝난다고 생각해? 가치 있는 죽음 따위가 있어? 죽음을 정당화할 이유가, 한낱 말이, 정말로 세상에 있다고 생각해? 변명일 뿐이야. 살아남은 자들이 자기 좋을 대로 하는 변명!"

"나면서부터 인간인 자들에게 인간 이전의 문제는 관심 없겠죠. 인간이 아니게 태어난 자들은, 인간이 되기 위해 오히려 죽을 수도 있는 겁니다. 태어날 때부터 품고 있는 자유의지를 깨닫고 나면 그럴 수밖에 없죠. 공화국은 인간을 인간답게 합니다. 세상에 태어나는 모든 인간을 말입니다!"

지금껏 이 정도로 둘이 대립한 주제는 처음이었다. 보리스도 자신이 과격하게 말한 것에 놀랐고, 란지에 역시 상대가 이토록 명확한 의견을 갖고 있을 줄은 몰랐다는 표정이었다.

둘은 말을 멈췄다. 이윽고 이성을 되찾은 란지에가 말했다.

"됐습니다. 도련님께서 그렇게까지 생각하고 계신 줄도 모르고 얘기를 꺼냈군요. 사실 사라진 공화국의 이야기를 하는 것부터가 금기죠. 도련님은 백작 가문의 양자이시니까 그렇게 생각하시는 것이 당연합니다."

보리스는 란지에가 더이상 토론을 하지 않으려는 것을 알았다. 이만한 대립으로 자기 신념을 꺾을 란지에가 아니었다.

다만 하인이라는 위치상 적당히 끊으려는 것이다. 그걸 알았지만, 보리스는 아직 할말이 있었다.

"네가 공화국 이야기를 꺼낸 건 귀족들이 타고난 특권을 휘둘러 평민들을 괴롭힌다고 말하기 위해서인가? 그게 작은 문제란 건 아냐. 다만 공화국이 네 말대로 죽음을 대가로 치를 가치가 있는 곳이라면…… 적어도 아주 큰 이상으로 만들어진 곳이어야 할 것 같아. 난 증오로 이루어진 나라는 싫어. 누군가에게는 죽어야만 할 인간도 다른 사람에겐 소중한 가족이니까."

란지에는 잠시 침묵하다가 말했다.

"맞는 말씀입니다. 그러나 대부분의 인간은 증오와 이상을 완벽히 구별하지 못합니다. 이상을 가로막는 것을 증오하게 되고, 증오하는 마음이 힘을 가져다주어 이상으로 달려가게도 합니다. 그러나 궁극적인 가치를 이상의 실현에 두어야 하리란 점은 저도 같은 생각입니다."

보리스는 이제 평온해진 란지에의 얼굴을 보고 있다가 말했다.

"넌 어쩌다가 그런 생각을 갖게 됐을까? 아니, 그런 것은 묻지 않을게. 다만 귀족 사교계의 관습을 잘 아는 것은…… 혹시, 그러니까 실비엣 누님의 제안에 대한 이야기도……."

"앞서 말한 귀족의 시동, 그 자리에 있어보았으니까요."

보리스의 눈이 조금 커졌다.

"실비엣 아가씨가 저를 원하는 것도 제가 좋은 장식품이 되어줄 것을 알기 때문입니다. 그러나 그런 생활로 돌아갈 생각은 없습니다."

그런 최악의 처지를 자신이었다면 도저히 감당하지 못했을 것이다. 란지에는 어떻게 할 수 있었을까. 트라바체스 사람들이 한번 준 신념을 꺾지 않는 '강인함', 집안의 이름을 포기하지 않는 '자부심'이라고 부르는 천성을 모자람 없이 가진 란지에였다. 귀족들의 지저분한 요구들을 받아들이고 남의 약점을 캐는 첩자 노릇을 하며 살아갈 종류의 인간은 결코 아니었다. 하지만 그는 했다고 했다. 그런 강인함도, 자부심도 꺾을 이유라면 하나밖에 없었다.

란즈미.

"어쩌다가 그런 일을 하게 된 거지?"

"아시지 않습니까. 아마 제가 그들의 취향에 맞는 얼굴을 하고 있나 봅니다. 그래서 당시 저와 동생이 뒷골목에서 쓰러져 죽지 않고 살아남는 데 약간의 도움이 되었지요."

살아남는다는 말을 듣는 순간 정신이 번쩍 났다. 그새 흐려졌던가. 살아남아야 할 이유가 있는 사람에게, 살아남기 위해 못할 일은 없음을.

그 이유가 란지에게 살아 있는 누이동생이라면, 보리스

에게는 이미 죽은 형이었다. 산 자와 죽은 자. 란지에가 아픈 동생의 미래를 보호하기 위해 살아남으려 한다면, 보리스는 불행했던 형의 과거를 보상받기 위해 살아남으려 했다.

다른 듯하면서도 상통하는 감정이었다. 그런 둘이 어째서 전혀 다른 생각을 품게 된 걸까? 보리스는 사랑하는 사람들을 지키지 못한 나라를 떠나고 싶어 했지만, 란지에는 자기가 바라는 나라가 없다면 직접 만들어내고도 남을 태도를 보여주었다. 어쩌면 보리스보다 더 강한 사람일 것이다. 잃어버린 사람들을 끝끝내 잊지 못하는 보리스와 달리 더 많은 사람의 미래를 위해 자신은 물론, 자신의 소중한 것들까지 희생시킬 수 있을 듯한 란지에는.

서서히, 해묵은 감정처럼 예감이 머리를 쳐드는 것을 느꼈다. 두 소년의 처지는 비슷했다. 그러나 그들의 신념이 뻗어간 방향이 다르듯 걷게 될 길도 판이할 것이다.

잠시 한 지점에서 만났으나 다시 갈라져 나아갈⋯⋯. 다시 만났을 때 둘은 완전히 다른 사람이겠지. 그리고 다시는 같은 길을 걸을 수 없겠지.

겨울이 서서히 내렸다.

보리스의 생활은 약간 바뀌었다. 여전히 낮이면 월넛 선생이 시킨 연습을 꾸준히 했고, 밤이 되면 어느새 윈터러를 되찾기 위한 것만은 아니게 된 검술 수련을 거듭했다. 그러나 평소 로즈니스와 놀아주거나 생각에 잠겨 보내던 낮시간에 그는 책을 읽기 시작했다. 월넛 선생이 오기 전처럼 아무 책이나 들춰보다가 내려놓고 하던 것과는 달라졌다.

처음에 서재에 드나들겠다고 백작의 허락을 얻은 이유는 란지에가 원하는 책을 편히 읽을 수 있도록 배려해주려는 생각에서였다. 그러고도 한동안은 서가에 꽂힌 책들의 장정이나 구경하면서 란지에가 혼자 책을 읽도록 내버려두었다. 누가 들어온다 싶으면 알려주는 정도에 그치면서. 그런데 며칠 동안 틈을 내어 한 권을 다 읽은 란지에가 그 책을 보리스에게 건네주며 말했다.

"천천히 읽어보시지요. 재미있을 겁니다."

가죽 장정의 두툼한 책이라 처음에는 엄두가 나지 않았다. 그러나 서재 구경도 할 만큼 한 터라 시간도 때울 겸 책장을 넘기기 시작했다. 책 제목은 이러했다.

『마법 왕국의 역사』

마법 왕국이라고 하니 한 군데밖에 떠오르지 않았다. 한때 필멸의 땅에 존재했던 마법 왕국 가나폴리. 그러나 몇 페이지를 읽어나가도 가나폴리의 이름은 코빼기도 보이지 않았다. 익숙하지 않은 문어체 때문에 진도마저 더뎠다.

……마법 왕국이라는 분류가 모든 구성원들의 특성을 반영한다고 볼 수는 없다. 한 가지 사례를 제외한다면 평민 개개인조차 크고 작은 마법을 일상적으로 사용했던 경우는 기록에 남은 바가 없기 때문이다.

그러나 아노마라드가 위치한 이 대륙, 그리고 바다 너머에 존재했고 존재할 다른 모든 대륙들에는 역사상 특정한 시기에 마법사들이 한 사회의 중추적 역할을 담당한 왕국들이 존재했다.

그러므로 이러한 국가들 모두를 '마법 왕국'이라고 부르는 것은, 무가치할 정도로 넓은 범주를 도입하는 실수가 될 것이다. 일견 지나친 단순화가 될 위험을 무릅쓰고라도 본서에서는 기준을 마련하여 마법 왕국이라는 정의의 범위를 다음과 같이 한정 짓고자 한다.

뭔가 그럴듯한 이야기가 나올 것 같아 보였다. 빨리 책장을 넘겼다.

'마법 왕국'이란 다음의 조건 가운데 절반 이상을 만족시키는 왕국을 말한다.

첫째, 지배자, 즉 국왕이 자국 백성들에게, 사실 여부를 떠나 가장 강력한 마법사로 인정받는다.

둘째, 새로운 지배자가 즉위할 때는 물론, 내각의 중요한 인물들이 중용되는 과정에 마법 수준의 측정이 공식적 또는 비공식적으로 요구된다.

셋째, 왕국의 지배층, 즉 귀족에 해당하는 자들조차 그들의 자식이 다른 무엇이 되기보다 고위 마법사가 되기를 원한다.

넷째, 왕국에서 가장 이름난 역사적 인물들 열 명 가운데 절반 이상이 마법적 업적으로 존경을 획득했다.

다섯째, 예전에 존재했던 마법이나 마법사의 이름이 민간에서 널리 기억된다.

여섯째, 왕국에서 보편적으로 쓰였던 마법적 기술들 가운데 현재의 마법으로는 구현 불가능한 것들이 존재한다.

일곱째, 왕국이 크게 번성했음에도 불구하고 최후를 맞은 원인과 과정이 불분명하다…….

그 밖에도 책의 서장은 뜻밖의 희한한 정의들로 가득차 있었다. 처음에는 복잡하게만 보였지만, 1장에 들어서서 그런 정의들이 자유자재로 사용되는 것을 보자 묘하게 흥미가 일어났다. 미리 정의를 해놓고 할말을 전개한다는 것은 굉장히 유용하구나 하는 생각이 들었다.

더 읽어나가자 드디어 보리스가 아는 유일한 마법 왕국, 가나폴리의 이름이 등장했다. 형과 함께 황야를 헤매던 때 야니카 일당이 언뜻 들려주었던 이야기는 비록 거짓일지라도 몹시 매력적이었다. 지금도 잊지 않았을 정도로.

열심히 책장을 넘기다 보니 눈에 들어오는 글귀가 있었다.

가나폴리는 앞서 언급한 바 있는 유일한 예외, 즉 왕국의 지배자에서 평민에 이르기까지 모든 구성원들이 마법을 사용할 수 있었던 진정한 마법 왕국이었다.

쉽게 믿어지지 않는 이야기였다. 그러면 가나폴리에서는 갓 태어난 아기들도 마법을 썼다는 말일까?

좀더 읽어보니 가나폴리는 심지어 앞서 언급한 조건들이 한 가지도 남김없이 해당되는 놀랄 만한 곳이었다. 가나폴리의 지배자는 국왕으로 불리기보다 '모든 마법의 지배자'라고 불릴 때가 더 많았고, 내각을 비롯한 지배층의 인물들은 모두 뛰어난 마법사였다. 그들은 당연히 자식이 마법사가 되기를 원했다. 이런 식이니 역사상의 위대한 인물들 가운데 마법사가 아닌 사람이 있을 리 없었다.

보리스는 마법을 배워보지 못해 몰랐지만, 현재 대륙 최고의 마법 교육기관인 '네냐-야플리아', 통칭 '네냐플'이라고 불리는 학교에는 교정 전체를 둘러싼 거대한 결계가 있다고 했다. 땅은 물론 풀, 나무, 바위 하나에 이르기까지 모두 장악하고 있다는 이 결계의 이름은 '안고니나의 커튼'이었다. 그리고 안고니나는 가나폴리 최후의 다섯 대마법사 가운데 한 명의 이름이었다.

가나폴리의 예언서에는 '필멸의 땅'이라는 이름이 왕국이 종국에 이르러 갖게 될 이름으로 이미 기록되어 있었다는 놀라운 이야기도 있었다. 그 예언서는 지금도 루그란 왕국의 왕가에 보관되어 있다고 했다.

지금은 도저히 구현이 불가능한 가나폴리의 보편적 마법은 대표적으로 두 가지였다. 하나는 하늘을 나는 배, 즉 비행선이었고, 또 하나는 인간과 똑같은 모습에 어느 정도의 판단력과 감정까지 갖추고 있었다고 하는 '인형'이었다.

큰 비행선은 수백 명의 사람을 태우고 십여 일이나 날아갈 수 있었다고 해서 보리스는 몹시 놀랐다. 백 명이 넘는 사람이 한꺼번에 하늘을 날 수 있다니, 그것도 열흘 넘게 버틸 식량까지 모조리 싣고서? 상상만으로도 가슴이 뛸 정도였다. 어떻게 생겼을지 모르지만 수많은 사람이 동시에 구름을 뚫고 날아가는 기분은 형용할 수 없을 듯했다.

물론 그런 거대한 비행선은 흔치 않았고, 주로 쓰인 것은 너댓 명이 타고 한 달 가까이 여행할 수 있었다는 작은 비행선이었다. 이 책을 쓴 사람의 묘사로는 보리 이삭처럼 갸름하고 날렵한 선체에 돛 대신 수천 마리의 빛나는 나비들이 내려앉은 모습이라고 했다. 그림이 있다면 좋겠다고 생각하며 여러 페이지를 뒤적여보았지만 없어서 다소 실망했다.

잠시 후, 보리스는 책의 저자가 가나폴리에서 살았던 것도 아닌데 어떻게 이렇게 잘 알까 의아해졌다. 그러나 거짓말이라 해도 꽤 아름다운 상상이 아닌가, 그렇게 생각하자 입가에 미소가 떠올랐다.

이어 사람을 닮은 인형 이야기가 나왔다. 인형의 모습은 불사의 미인, 그 자체였다. 식사도 휴식도 필요하지 않았고 마법으로 만들어진 만큼 마법으로 파괴되기 전까지는 영원히 살아갔다. 인형은 마법사가 불어넣은 의지에 따라 호위나 보초, 그 외에 지저분해서 누구나 싫어하는 단순노동 따위를 맡았다. 이런 인형들 덕택에 가나폴리 사람들은 대단히 편하게 지낼 수 있었던 모양이었다. 단순하긴 해도 의사소통 능력도 있었고, 간단한 판단과 약한 감정도 갖고 있었다고 했다.

그러나 역시 문제는 있었다. 아침부터 밤까지 쉬지 않고 옷만 꿰매는 아름다운 인형에게 반해버린 젊은이도 있었다. 인형에게 불어넣은 마법사의 의지가 과하여 장난삼아 시비 거는 사람을 잔혹하게 죽여버리는 사고도 있었다고 했다. 그러나 인형이 대신해주는 일에 익숙해진 사람들은 인형을 없애지 못했다. 그래서 인형들은 가나폴리가 멸망하던 날까지 그들 곁에 있었다.

멸망의 날.

그런 놀랄 만한 마법들과 함께 번영했던 가나폴리는 보리스도 들었다시피 갑작스럽게 멸망을 맞았다. 오늘날에는 원인도, 과정도 모른다고 했다. 그후 지독한 후유증이 땅을 오염시키는 바람에 현재의 사람들은 당시의 아름답던 문명을 자취조차 구경하지 못하게 되어버렸다.

발을 들여놓을 수 없는 땅에 세워졌던, 세상에서 가장 아름다운 왕국의 이야기였다.

"재미있으십니까?"

사흘째, 꽤 열심히 탐독하고 있는 보리스의 어깨 너머에서 란지에가 질문을 던졌다. 보리스는 돌아보고 씩 웃으면서 재미있다고 대답했다.

책을 다 읽는 데는 보름 가까이 걸렸다. 어려운 부분은 중간중간 넘어갔지만 애써 이해하려고 몇 번씩 되풀이해 읽은 곳도 있었다. 그후로 란지에는 보리스가 재미있어할 만한 책을 계속 골라주었다. 월넛이 검술 선생이라면 란지에는 보리스의 독서 선생이 되었다. 란지에가 권하는 책들은 모두 자신이 먼저 읽은 것들이었다. 얼마 지나자 보리스 스스로도 한두 권 골라 펼쳐보고 마음에 들면 읽어보는 일도 생겼다.

겨울이 깊어질 즈음 자신과 관련 없다고 생각했던 서재의 책들이 갑자기 도전해야 할 끝없는 바다처럼 다가왔다. 검술 수련과 독서만으로 그해가 저물어갔다. 그동안 보리스가 읽은 책은 다음과 같았다.

『조개 반도 해적의 역사』

『잊힌 역사, 동부 대륙과 그 너머』

『역사 속의 무구武具들』

『마법 학교의 역사적 사건들』

『비밀 결사의 역사』

『주가呪歌의 역사와 변천』

『아노마라드 구舊왕국사』 등등.

란지에가 권해주는 책을 읽다 보니 자연히 알게 된 일이지만, 란지에는 '역사'라는 말이 들어간 책이라면 뭐든 좋아하는 소년이었다.

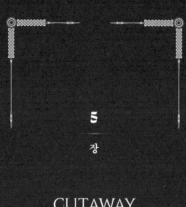

5

장

CUTAWAY

그리고 봄이 왔다

왕국력 987년의 봄이 밝았다.

벨크루즈의 봄은 아름다웠다. 성을 둘러싼 구릉은 물오른 가지와 각색 꽃망울로 뒤덮였다. 정원에는 가문의 문장에도 들어있는 하얀 마르그리트꽃이 피어나 초록 들판 곳곳에 흰 리본을 매어놓은 듯 보였다. 숲에서는 앵초와 제비꽃에 이어, 나무들이 차례로 꽃망울을 터뜨렸다. 라일락이 향을 뿜는가 싶더니 성문 앞 복숭아꽃이 연분홍빛 구름처럼 탐스럽게 피어올랐다. 시냇가에 나가자 뾰족하게 핀 수선화가 옆얼굴을 살짝 돌린 것이 보였다. 물 흐르는 소리마저 향기로운 봄이었다.

생일이 지나 로즈니스는 열세 살이 되었다. 그러나 나이만 먹었다뿐이지 행동은 여전히 철없는 어린 아가씨 그대로였다.

오히려 아직 열두 살인 보리스 쪽이 사뭇 달라졌다. 태도는 진중해도 겉모습만은 또래 꼬마와 다를 것 없던 보리스는 갑작스레 성장했다.

키만 해도 겨우내 상당히 자란다 싶었지만 어느 날 옷장 문짝이 반 뼘이나 낮아져 있어 깜짝 놀랐다. 작년까지만 해도 란지에보다 작았는데 이제는 훌쩍 뛰어넘었다. 로즈니스하고는 한 뼘쯤 차이가 나서 누가 보아도 오빠 같아졌다.

체격도 소년다워졌다. 무엇보다 팔다리의 근골이 강해졌다. 머리도 길어졌다. 월넛이 장난삼아 묶어주던 머리는 이제는 묶지 않고 훈련하기 어려울 지경이었다. 본래 어른스럽던 눈빛은 한결 깊어졌다. 아직 수염이 나지 않는데도 강하게 발달된 턱선은 갓 면도한 듯 파르스름했다.

갑작스러운 성장에 모두들 놀라워했지만 가장 놀란 사람은 보리스 자신이었다. 한동안은 하루가 다르게 달라지는 자신의 모습을 받아들이기 힘들어서 일부러 거울을 보지 않고 지냈을 정도였다. 왜 이렇게 됐을까 생각해보았지만 규칙적으로 몸을 단련한다는 것, 그리고 주위 환경이 조금 좋아졌다는 정도밖에는 떠오르지 않았다.

돌이켜보면 고향 롱고르드에서도 잘 먹지 못하거나 힘든 일을 해야 했던 적은 없었다. 그러나 이곳의 기후와 자연은 보리스가 나고 자란 트라바체스와 완연히 달랐다. 사철 서늘한 기후 탓에 생장이 억눌려 관목만 무성한 그곳과 달리 아노마라드, 특히 남부 아노마라드는 온갖 동식물이 풍요로이 나고 자라는 땅이었다. 마치 모든 물자가 필요의 몇 배로 남아도는 벨노어 성과도 같았다. 잔에서 술이 넘쳐 쏟아져도, 음식이 즐비한 식탁에 새 요리를 가져와도 누구도 탓하지 않는 화려한 파티. 세 벌은 만들고 남을 옷감을 들여 주름이 풍성한 드레스를 지어 입고, 창고에서 썩은 곡식을 비료 삼아 밭에 뿌리는 곳에 그는 살고 있다.

그런 곳에 적응해버린 자신의 몸이 달갑지 않았다. 비록 고국을 사랑하진 않았지만 자신은 그 땅의 사람이었다. 롱고르드, 관목과 니들그래스의 초원은 보리스의 고향이었다. 예프넨의 추억이 깃든 땅이었다.

"응?"

보리스는 책을 넘기던 손을 멈추고 뒤를 돌아보았다. 책 읽기에 취미를 붙여버린 양오빠 주위를 맴돌며 심심해, 심심해를 연발하던 로즈니스가 이상한 얘기를 꺼냈던 것이다. 책에 정신을 팔고 있어 정확히 듣지 못했다.

"방금 뭐라고 그랬니?"

로즈니스는 삐친 듯 입술을 내밀었다.

"나 어쩐지 오빠가 점점 좋아지는 것 같다고. 이제 곧 가버릴지도 모른다는 게 좀 아쉽단 말이야. 이 말 했어."

"……."

보리스는 로즈니스의 녹색 눈을 물끄러미 보았다. 로즈니스를 처음 만났던 무렵이 떠올랐다. 로즈니스는 아노마라드를 꼭 닮은 아이였다. 그래서 처음부터 그리 좋지는 않았다. 함께 지내면서 어떤 성격인지 알아가게 되고, 그리 나쁜 아이는 아니란 것도 알았지만 그래도 친근감은 들지 않았다.

솔직한 로즈니스, 미인이 되고 싶어 하는 아이, 오만하지만 잊어버리기도 잘하는 꼬마 아가씨. 재미있는 일을 보고 못 견뎌하며 깔깔 웃어댈 때는 거만함도 사라지고 단지 사랑스럽기만 한 소녀.

그러나 보리스는 언제나 거리를 두고 로즈니스를 대해왔다. 이곳에서 머무는 한 다투거나 무례하게 굴 수는 없으니 적당히 비위를 맞춰주는 쪽이 편하다는 것도 알게 되었다. 로즈니스는 보리스가 벨노어 백작과 하기로 한 거래의 일부분에 불과했다. 자신에게는 거래 기간 동안 그녀를 점잖게 대해야 할 의무가 있었다.

그러나 끝나면 그것으로 그만이었다. 아마 다시는 돌아보지 않을 것이다. 보고 싶어지지도 않을 것이다. 그렇게 여겨왔는데 정이 들었다고 말하는 것을 들으니 보리스의 마음도 약간 흔들렸다. 조금 미안한 기분이 들었다.

"떠나더라도 나중에 다시 와줄 거지? 나 보러 올 거지?"

로즈니스가 미소를 지으며 보리스를 보고 있었다. 이 성안에 수많은 사람들이 살고 있어도 정해진 몇 명 외에는 결코 보여주지 않는 미소였다. 그걸 알기에 보리스는 더욱 마음이 무거워졌다. 내가 상대를 사랑하는 한, 날 사랑해주지 않을 사람은 없다는 자신감이 깃든 미소였으니까.

그렇기에…… 역시 너에게 마음을 열 수는 없다.

넌 내 추운 세계로 들어오지 못할 테니까. 찬바람만 새어 들어도 놀라 달아날걸.

"응. 보러 올게."

그렇게 대답하면서도 이상할 정도로 죄책감이 들지 않았다. 실은 돌아올 리 없는데도, 보리스는 로즈니스의 미소에 화답하듯 웃음까지 지었다.

로즈니스는 버릇대로 다그쳐 물었다.

"정말이지? 꼭이다, 약속하는 거야?"

"그래."

자신이 여길 떠나 어디로 가게 될지는 몰랐다. 그러나 이곳으로 돌아오지 않으리란 점만은 확신할 수 있을 것 같았다. 그리고…….

잊어버리겠지. 너의 존재 같은 건.

그리고 너 역시 조금 더 지나면 나를 잊겠지.

성장이란 어쩌면 그런 것일까.

밤이었다.

날씨가 어떻든 항상 창문을 열어놓는 월넛의 방 창가에 흰 새가 한 마리 앉아 있었다. 푸드덕, 날개 소리를 내더니 조용히 부리를 까딱거렸다.

침대에서 사람이 일어났다.

"요즈렐?"

창가로 다가온 월넛이 손을 내밀자 흰 새가 선뜻 올라가 앉았다. 사람 팔뚝만 한 몸에 순백색 깃털과 황금빛 부리를 가진 새였다. 큰 비둘기라고 하기엔 꼬리털이 길었고, 자태 또한 훨씬 우아했다. 빨간 눈동자가 술잔 속의 포도주처럼 말갛게 빛났다.

"네가 직접 오다니 웬일이냐? 네 동생들은 어쩌고?"

월넛이 팔을 올리자 황금빛 부리가 귓가로 다가가 조그맣게 재재거렸다. 새의 울음소리가 아니었다. 월넛이 천천히 고개를 끄덕였다. 얼굴이 어두웠다.

"그렇구나. 알겠다."

월넛은 새를 존중하는 것처럼 가볍게 고개를 숙여 보인 다음 팔을 창밖으로 내밀었다. 새는 푸드득, 날아갔다. 하얀 자태가 검푸른 하늘 너머로 사라졌다. 달은 없었다.

"예, 좋은 결과를 보여드리기 위해 노력하고 있습니다."

오랜만에 볕 잘 드는 응접실에서 벨노어 백작 내외와 마주 앉았다. 열어놓은 창문 너머로 복숭아꽃 향기가 흘러드는 오후였다. 몇 마디 일상적인 대화가 오간 다음에 백작은 수련의 성과를 물었다.

"그렇단 말이지. 선생과 잘 맞아서 다행이다."

"늘 감사하고 있습니다."

예전 같았으면 수련이 잘되어가고 있다 해도 대답하기 전에 조금쯤 망설였을 것이다. 그러나 이제는 달랐다. 보리스는 명료하게 대답했다. 그게 사실이든 아니든.

물론 보리스도 부담을 느끼고 있었다. 백작은 며칠 전에 대결의 날이 5월 17일로 정해졌다고 알려주었다. 상대 소년은 월넛 선생이 말했던 실버스컬 대회를 준비할 정도의 실력이라 했다. 보리스를 부추기기 위해 백작이 거짓 소문을 말해줬을 수도 있다. 그러나 아무래도 좋았다. 최근 보리스는 빠르게 강해지고 있었다. 아직 윈터러를 빼앗지는 못했지만.

스물네 시간 중 단 한 시간이라는 조건이 얼마나 긴장과 집중을 배가시키는지 이제 보리스도 알고 있었다. 그 한 시간만을 위해 나머지 스물세 시간이 존재하는 것 같았다. 몸 상태를 무너뜨리지 않도록 규칙적으로 식사하고, 휴식하고, 잠들었다. 훈련 외에는 흥분할 만한 일을 피했다. 그리고 밤이 오면 완전히 다른 사람으로 변한 월넛을 상대하는 것이다.

언제부터인가 월넛도 막대가 아닌 검으로 보리스를 상대했다. 조건이 같아진 것이다. 둘의 실력 차이는 아직도 현격했지만, 보리스도 슬슬 몸을 어떻게 다루어야 하는지 깨닫기 시작한 참이었다. 그건 단지 검술 동작 몇 가지를 익히거나 근력이 강해지는 차원의 문제가 아니었다. 어떤 흐름을 뒤쫓고, 그것을 거스르거나 가로지르며, 그런 동선들이 만나는 교차점을 찾아야 했다.

현재 상태를 지속시키고자 할 때, 교착 상황을 깨고자 할 때, 따라가는 체하다가 의표를 찔러 반격하고자 할 때, 모든 것은 흐름을 아는 데서 시작되었다. 흐름의 방향을 알고서야 거스를 수도, 피할 수도, 뛰어넘을 수도 있었다. 비록 능숙하게 대처하는 기술은 부족했지만 흐름을 읽는 법만은 하나씩 확실하게 깨쳐나가고 있었다. 월넛도 보리스의 그런 변화를 알고 있었다.

"그런데 그 문제 말인데……."

백작이 빙긋 웃더니 다른 화제를 꺼냈다.

"네가 대결에서 이긴다면 주겠다고 했던 보상 말이다. 네가 다른 것을 원치 않는다면 꼭 해주고 싶은 게 있구나."

"뭐죠?"

보상 이야기는 봄이 오기 전부터 몇 번인가 나오곤 했다.

원하는 것을 말하라고 했지만 딱히 떠오르는 것이 없어 줄곧 답을 미루어왔다. 그런데 백작이 보리스가 원하는 것을 안단 말인가?

"네 가족을 돕고 싶구나."

보리스는 무슨 소린가 싶어 눈을 약간 치켜떴다가 나지막이 말했다.

"가족은 남아 있지 않습니다."

"물론 네가 물려받았어야 할 집을 차지한 삼촌을 말하는 것은 아니란다. 내가 말하는 건 다른 사람인데 어때, 네가 맞힐 수 있을까?"

다른 가족이 있었던가?

존재를 몰랐던 가족이 어딘가에 살아 있을 수야 있었다. 그러나 그런 가족에는 관심 없었다. 그런 사람이 있든 없든, 살든 죽든 관계할 바가 아니었다.

"죄송하지만 무슨 이야기인지 모르겠습니다. 설명해주십시오."

백작은 곁의 아내를 돌아보며 빙긋 웃었다. 백작 부인도 평소 같지 않게 부드러운 표정이었다. 두 사람 사이에서는 이미 이야기가 오간 모양이었다.

"네겐 형이 있다면서?"

충격이 보리스의 가슴을 치고 지나갔다. 형이라니?

백작 부인이 입을 열었다.

"네 아버지는 트라바체스에 자주 드나들지 않니. 진네만 가문에 대해서도 어느 정도 알아보셨다. 원한다면 네 삼촌의 요즘 소식도 들려줄 수 있을 정도야. 하지만 역시 형의 소식을 더 알고 싶지? 진네만 가문에 아들이 둘이었다는 이야기를 듣고 벌써 작년 겨울부터 죽 행방을 찾고 계신단다. 어째서 너와 헤어졌는지는 모르지만 그래도 친형제간인데 보고 싶지 않았을까 하셨어. 곧 좋은 소식이 전해져올 거다."

"실은 이미 좋은 소식이 있어요."

"어머, 그래요?"

보리스는 그 자리에 못박힌 채 무슨 말을 해야 좋을지 몰랐다. 그의 형은 예프넨 한 명뿐이고, 예프넨은 죽었다. 직접 죽음을 보았고 손수 얼굴에 흙을 뿌렸으니까. 눈앞에 앉은 두 사람은 무슨 이야기를 하고 있는 건가?

"알려진 것과 흡사한 외모에 나이도 딱 맞는 젊은이를 찾았다는 소식이 오늘 전해져왔다오. 다만 기억을 잃은 듯해서 무얼 말해도 이해하는 눈치가 아니라는군. 진네만 가문의 일이나 보리스의 이름을 말해줘도 통 알아듣지 못하는 모양이오. 그렇지만 실성한 것은 아니고 하니 곧 좋아지겠지."

"잘되었군요! 언제 데려올 수 있답니까?"

그들은 죽은 사람을 보았다고 말하고 있었다. 있을 수 없는 일이었다.

그러나 그 순간 그것이 사실이기를 바라는, 간절히 사실이기를 바라는 부조리한 감정이 솟아나 가슴속을 꽉 메웠다. 숨조차 내쉬기 힘들었다. 애써 잊으려 했던 고통스러운 소원이 되살아났다. 예프넨이 자신을 보며 미소 짓는 얼굴을 단 한 번만 다시 볼 수 있다면, 남은 생애를 모두 내놓아도 아깝지 않을 텐데.

그러나 사실이 아니었다. 불가능한 갈망이었다.

"그 사람이…… 아닙니다."

이게 거짓말이라면, 틀린 말이라면 얼마나 좋을까.

"뭐라고?"

백작이 미심쩍어하며 보리스를 보았다. 닮았다는 사람과 아직 대면도 하지 않았는데 나온 말이었으니까.

"형은 죽었으니까요."

백작과 백작 부인은 충격을 받은 얼굴이었다. 백작은 당황한 나머지 더듬거리기까지 하면서 말했다.

"이미, 그, 죽었다고?"

보리스의 시선은 두 사람을 떠나 창밖을 향했다. 무표정하고 초점 없는 눈이었다. 당연한 사실인데도 입 밖에 내기까지 헤아릴 수 없는 싸움이 필요했다. 갑자기 기운이 쭉 빠졌다.

"제 손으로 직접 묻어주었습니다."

백작 부부는 더 말이 없었다. 보리스의 뺨은 잠깐 사이에 시체처럼 회색을 띠고 있었다.

형은 죽었어.

죽은 사람은 돌아오지 못해.

4월이 끝났다.

월넛이 웬일로 낮부터 보리스를 불렀다. 흰 꽃이 점점이 흩어진 풀밭에 앉아 둘은 잠시 마주보았다.

"자신 있냐?"

보리스는 월넛이 무엇을 묻는지 순간적으로 헷갈렸다. 보리스가 곧 싸워 이겨야 하는 귀타프라는 소년 이야기인가, 아니면 윈터러 이야기인가.

월넛이 물을 때는 백작 부부 앞과 달리 보리스도 쉽게 대답하지 못했다. 무심코 짚은 손끝에 하얀 꽃술이 부서졌다. 잠시 망가진 꽃을 내려다보고 있었다.

"넌 참 한심한 녀석이란 말이야."

말은 그렇게 했지만 월넛은 싱긋 웃었다. 보리스도 월넛이 버릇처럼 하는 저 말이 무슨 뜻인지 알고 있었다. 그간 겪으며 알게 됐지만 월넛은 약삭빠르거나 야심찬 사람에게 끌리는 성격이 아니었다. 보리스의 욕심 없는 담백함이 오히려 월넛의 마음에 들었던 것이다.

처음 그걸 깨달았을 때는 어떻게든 이용해야 할까 하는 생각이 들었던 것도 사실이었다. 그러나 얼마 후 보리스는 그런 생각을 접었다. 윌넛에게 솔직해지고 싶어서라든가, 남의 마음을 이용하고 싶지 않다든가, 그런 것이 아니었다. 아직 경험이 부족한 자신이 노련한 사람을 상대로 도박을 걸다가는 상황을 아예 그르칠 가능성이 크다는 것을 깨달았던 것이다.

자신의 고지식한 순박함을 좋아하는 상대였다. 그러면 계속 그렇게 행동하면 된다. 본능에 따르는 건 쉬우니까, 꾸며낸 행동보다 당연히 성과도 좋다. 섣불리 뭔가 시도하다가 신뢰를 잃는 것보다 훨씬 나았다.

"자신이 없다 이거야? 내가 갑자기 사라져버리면 어쩔 거야?"

그 질문도 어느 쪽인지 알기 어렵기는 마찬가지였다.

'내가 갑자기 가버리면 어떻게 그 애를 이길래?'

'내가 갑자기 가버리면 윈터러를 어떻게 되찾을래?'

머리 위로 깃털구름이 휘감겨 흐르는 하늘이 보였다. 느긋한 날씨였다. 그런 이야기를 들으며 고민하기에는 너무 좋은 날씨, 저절로 행복해져야 할 것만 같은 날씨였다. 그래도 행복해질 수 없는 사람이 하늘을 올려다보고 있었다. 많은 것을 잃은 덕택에 갑자기 커버린 자신, 마음에 들지 않는 이 땅의 넉넉함, 유릿조각처럼 몸에 박힌 어둠, 가슴만 아프게 해놓고 재빨리 사라져버리는 희망.

"떠나시나요?"

어쩐지 사실일 것 같았다. 월넛의 농담 속에는 항상 과육 속의 씨앗 같은 진실이 있었다.

"그래, 간다."

뜻밖이어야 했다. 그러나 보리스는 아무 감정도 드러내지 않았다. 언제까지나 곁에 있어주는 것은 없었다. 무엇이 사라진다 해도 놀라지 않을 셈이었다.

"어디로요?"

"아주 멀리."

월넛이 몸을 일으켰다. 바람이 불어와 높이 묶은 머리채가 휘날렸다. 거칠고 강한, 비탈 위의 나무 같은 사내였다. 달빛을 삼키고 자란 이끼투성이 바위 같은 사내였다.

"내일이면 간다. 돌아오긴 힘들지."

그러나 보리스는 월넛을 바라보며 또 한 번 찾아온 예감을 느꼈다. 다시 만나리라. 예상치 못한 곳에서. 그들의 생애는 여러 가닥으로 꼬인 실처럼 한 매듭 얽혀 있으리라.

"네 검 말인데……."

당연히 해야 할 이야기였다. 월넛은 말을 하며 망설이는 성격이 아니었다. 그러나 이번만은 달랐다.

"알고 있었는지 모르겠지만 처음부터 네 검을 빼앗아 가질 생각은 없었어. 아니, 가질 수도 없는 검이지. 그 검은 내 신념과 맞지 않으니까. 내겐 평생을 두고 지켜야 하는 중요한 신념이 있거든."

"……."

보리스가 대답하지 않자 월넛이 양손으로 관자놀이를 비볐다. 오해받을 걸 알지만 약간이라도 이해시킬 방법은 없을까 궁리하는 중이었다.

"그렇지만 돌려주는 것은 안 될 일이야. 불안해서 견딜 수가 없어."

보리스가 고개를 쳐들자 월넛은 더욱 난감한 미소를 지었다.

"당장 뭐가 어떻게 된다고 그러느냐고 할지도 모르지만, 문제는 미래야. 세 살 먹은 어린아이한테 식칼을 들려서 놔둘 순 없거든. 당장 발등에 떨어뜨리지 않더라도 말이지. 정말, 진심으로 하는 말이야."

월넛은 솔직할 때는 한없이 솔직해지는 사람이었다. 보리스도 알고 있었다.

"그래, 뭐, 내가 하는 말은 다 사탕발림일 뿐이고 실제로는 검에 욕심이 나서 저러는 거라고 생각할 수도 있겠지. 그래도 어쩔 수 없어. 난 걱정스러워. 오해를 사는 한이 있더라도 그걸 네 곁에 두고 싶지가 않아."

"걱정할 필요는 없어요."

그제야 입을 연 보리스가 자리에서 일어섰다. 이제 전처럼 월넛이 훌쩍 들어올릴 만한 키는 아니었다.

"어차피 제게서 빼앗아 가셨고, 저는 제 능력으로 되찾겠다고 약속했죠. 하루가 남아 있으니 그 약속, 지켜보겠습니다. 아직 한 번의 밤이 더 남지 않았나요."

"하지만……."

월넛이 뭐라 말하려 하자 보리스가 먼저 말했다.

"걱정하지 마세요. 맡기셨던 것은 돌려드릴 테니까요. 떠나실 때 제 방에 들러서 가져가세요."

오히려 제자가 스승에게 베푸는 모양새가 되어버렸다. 월넛은 당황한 기색으로 입가를 매만졌다.

어차피 보리스가 오늘밤 갑자기 윈터러를 빼앗는 데 성공할 리는 없었다. 그렇다면 결과는 정해진 거나 마찬가지다. 보리스가 납득하지 못할 것은 진작에 알았다. 그렇더라도 아무 설명도 하지 않을 수는 없었다. 변명으로 들릴 것을 뻔히 알더라도.

그러나 월넛은 말하지 않는 쪽을 택해버렸다.

"이해해줘서 고맙다."

단도가 필요하다는 것을 이해해줘서 고맙다는 뜻이 아니었다. 윈터러를 넘겨줄 수 없어서 해온 고민을 이해해줘서 고맙다는 의미였다. 표면적으로는 전자로 보였을 테지만 월넛은 그냥 자신에게 느껴지는 대로, 고맙다고 말했다.

월넛이 돌아서려 하자 보리스가 처음부터 물었어야 했을 말을 던졌다.

"그런데 왜 가시는 건가요?"

월넛은 보리스를 내려다보더니 손을 끌어당겨 잡았다. 그리고 가볍게 악수를 했다.

"부름을 받았기 때문이야."

설명은 그것뿐이었다. 손을 놓은 월넛은 저벅저벅 자리를 떠났다.

그날 밤, 마치 처음 윈터러를 놓고 대립했던 밤처럼 홀릴 듯한 달빛 아래 둘은 마주했다.

월넛과 보리스는 마지막으로 힘껏 대결했다. 서로를 위해서. 어느 때보다 치열한 것이 당연했다. 보리스는 가벼운 찰과상이 아니라 제대로 베이거나 찔린 상처를 여럿 입었다. 월넛도 옷깃 여기저기가 칼끝에 긁히고 찢겼다.

한 번, 또 한 번, 숨 돌릴 틈도 없이 달려드는 보리스 때문에 월넛도 몇 번인가 주춤거렸다. 물론 월넛이 전력을 다한다면 보리스 정도 한칼에 베는 것은 아무것도 아니었다. 그러나 월넛은 소년이 다치는 것을 원치 않았다. 오늘밤은 더더욱 그랬다. 그런 까닭에 수세를 취하며 보리스의 공격을 흐트러뜨리는 데만 치중했다.

　보리스는 달랐다. 잠시의 틈도 용납하지 않았다. 한 시간 내내 완전한 긴장 상태였다. 좀더 보리스의 실력이 좋았더라면 이날 둘 중 한 명이 상대를 죽이지 않고는 끝내지 못했을 정도로 전의에 불탔다. 그런 차이가 이날 둘의 현격한 차이를 어느 정도 좁혀주었다. 검에 대해 잘 모르는 사람이 보았다면 둘이 팽팽한 대결을 벌이고 있다고 보았을지도 모른다.

　그러나 한 시간은 짧았다.

　"그만. 끝났다."

　월넛은 갑자기 맞닿은 검을 세게 밀쳐 보리스를 바닥에 쓰러뜨렸다. 지금까지 적당히 치고받아주던 힘이 아니었다. 보리스는 바닥에 처박혀 한동안 움직이지 않았다. 움직일 수 없어서가 아니었다. 이제 끝났기 때문이다. 매일 밤의 대결은 끝이 나버렸다. 한 번도 이기지 못한 채.

　"일어나라."

　월넛은 검을 놓고 보리스의 몸을 부축하여 일으켜 앉혔다. 그리고 흙 묻은 머리를 쓸어 넘겨주었다.

　"너 같은 학생은 처음이다."

　보리스는 대답이 없었다. 월넛은 혼자 피식 웃었다.

　"후훗, 실은 누군가를 제대로 가르쳐본 것이 처음이야. 아직껏 가르칠 마음이 나는 녀석을 만난 적이 없었어."

보리스가 약간 고개를 들었다. 눈이 마주쳤다.

"하지만 너처럼 마음을 열 줄 모르는 녀석도 처음 본다."

월넛은 진실을 꿰뚫어 보았다. 확실히, 보리스는 월넛을 싫어하지 않았다. 그러나 월넛이 예전에 만났던 아이들이 선생을 흠모하며 뭐든 배우려고, 가르쳐달라고 덤비던 모습과는 사뭇 달랐다. 혼자만으로도 완벽한 세계의 주인. 벽이 일부 무너졌다면 어디서든 돌을 주워 쌓을 것이고 도움의 손길도 거절하지 않을 것이다. 그러나 벽 안쪽으로 누군가를 들여놓지는 않는다.

그동안 보리스는 많은 것을 배웠다. 하지만 선생이 이끄는 대로만 따르는 것이 아니라 자기 페이스를 가지고 찾아낸 방식들을 하나씩 자기 것으로 만들어나가고 있었다. 검술 초보가 압도적인 선생에게 배우면서 자기 페이스를 유지한다는 것은 사실 불가능한 일이었다. 그것이 가능한 이유는 보리스가 별나게 천재적인 소질을 가져서가 아니었다. 성격의 문제였다.

본래 강해지는 것보다 자신의 길을 흔들림 없이 걷는 것만이 목표인 보리스였다. 그런 마음이 그의 페이스를 만들었다. 월넛은 그 세계에 끼어들 수 없었다. 몇 번인가 열릴 듯하다가도 결국 열리지 않았다. 보리스의 마음에도 바깥을 향해 열린 부분이 있긴 했다. 거기에 몇 번인가 중첩되면서 교감이 있었지만 그뿐이었다. 잡힐 듯 잡힐 듯하면서도 사로잡을 수 없는 소년이었다.

"다시 만나게 될지도 모르지. 그럴 것 같은 생각이 들어. 백작에게는 말하지 않고 조용히 떠날 생각이야. 너도 모르는 체해라. 욕을 해대겠지만 나 같은 떠돌이를 고용한 이상 어쩔 수 없는 업보로 치라지. 그동안 즐거웠다, 너처럼 이상한 녀석을 만나서."

보리스는 다시 고개를 숙였다. 나지막이 말했다.

"안녕히 가세요."

"대결에서는…… 이길 정도로 가르쳤다. 만일 진다면 가르친 걸 네 페이스에 잘 섞지 못한 탓이야."

둘은 가끔 그랬듯 방으로 올라가는 대신 아무도 없는 주방 쪽으로 함께 걸어갔다. 월넛은 늘 숨겨두는 틈새에서 브랜디를 꺼내어 모조리 마셔버렸다. 떠나는 판이니 끝장을 보는 모양이었다. 보리스가 자기도 한 모금 달라고 우겼지만 아이들은 안 된다고 잘라 말하더니 대신 짓궂게 물통에서 물을 한 그릇 퍼 건넸다. 물그릇과 브랜디병이 부딪혔다.

보리스가 짧게 말했다.

"좋은 여행을 위해."

월넛과 헤어진 보리스는 땀에 젖은 몸을 찬물로 씻고서 침대로 기어 들어갔다.

다음날 새벽, 월넛은 약간 무거운 머리로 일어나 앉아 아침 식사를 하고 떠날 것인가 심각하게 고민했다. 낮에도 사람들의 눈에 띄지 않게 훌쩍 사라지는 것쯤은 일도 아니었다. 간단한 음식을 슬쩍해서 떠날 수도 있다. 하지만 여기는 송로의 벨크루즈였다. 대륙의 미식가들이 한입이라도 먹을 수 있다면 영혼이라도 팔 듯 덤비는 검은 보물을 며칠거리로 먹을 수 있는 축복받은 고장이 아닌가.

처음에 월넛이 벨노어 백작의 아들을 가르치겠다고 응낙한 것도 실은 송로가 유혹한 탓이었다. 그런 고장에서 식사 한끼란 대단한 가치였다. 끙끙 고민한 끝에 월넛은 중얼거렸다.

"쓰읍, 참고 가야지 어쩌겠어."

안타깝지만 시간이 부족했다. 월넛을 부르는 자는 약속한 날짜의 반나절도 어길 수 없는 상대였다. 이 부름의 중요성도 잘 알고 있었다. 흰 새의 공주인 요즈렐이 직접 온 것만 보아도 알고도 남았다.

짐이랄 것 없는 소지품을 간단히 꾸린 월넛은 윈터러를 꺼내려고 침대 밑으로 손을 넣었다. 그리고 멍해졌다.

"선생님, 이제 가십니까?"

등뒤에서 들려온 목소리에 황급히 고개를 돌렸다. 스스로는 몰랐지만 이때 월넛의 표정은 낭패하여 심각하게 일그러져 있었다. 평소 모습과는 크게 달랐다.

보리스가 문간에 서 있었다.

둘은 서로를 쏘아보았다. 자신이 얼마나 분개했는지 깨닫는 데도 잠깐 시간이 걸렸다. 월넛은 마음을 가라앉히며 눈빛을 달리했다. 그리고 짧게 말했다.

"날 보기 좋게 속였구나."

보리스는 웃지도 않고 말했다.

"선생님도 처음에 제 검을 몰래 가져가셨습니다. 배운 대로 했으니 칭찬해주셔야죠."

월넛은 가만히 있다가 낮게 말했다.

"그래, 칭찬해주지. 잘했다."

성에 도착한 첫날, 보리스를 붙들고 거짓말에 대해 장광설을 늘어놓은 일이 있었다. 보리스는 지금껏 기억하고 있다가 그대로 실천했다. 전날 밤, 잠시도 틈을 주지 않고 열렬히 달려들었던 것은 상대가 지쳐 곯아떨어지게 하기 위해서였을 것이다. 또한 월넛은 브랜디를 마셨고, 물을 마신 보리스는 정신이 맑았을 터였다. 브랜디의 존재를 보리스가 미리 알고 있는 이상 거기에 뭔가 타지 않았다는 보장은 없었다. 그런 것을 어떻게 손에 넣었을까는 별문제로 치더라도.

언제부터 이 일을 계획했을까.

"……."

보리스가 손을 펴 내밀었다. 월넛이 맡겼던 단도가 놓여 있었다. 윈터러는 다른 곳에 두었는지 보이지 않았다. 하긴 그렇게 애써서 되찾은 검인데 부주의하게 들고 나타날 정도로 어리석은 소년이 아니었다.

월넛은 다가가 단도를 집었다. 손이 살짝 떨렸다.

"선생님께서 저를 걱정해서 그러셨다는 것은 알고 있습니다. 하지만 그 검은 저를 위해 죽은 제 형의 하나뿐인 유품입니다. 그리고 제가 태어났던 집안과 연결된 유일한 물건이기도 하고요. 아무리 위험하다 해도 제 몸에서 떼어놓을 수는 없습니다. 저는 그 검을 제 형처럼 여깁니다."

보리스의 목소리는 침착했다. 월넛에게 이런 사실을 말하는 것이 처음인데도 이제는 더듬거리거나 목이 메지도 않았다.

"그래, 그런 식이다."

월넛이 입을 열었다. 그의 목소리도 착 가라앉아 있었다.

"반드시 그런 식으로 해라. 약속이나 맹세를 결코 어기지 않을 사람처럼 굴다가 결정적인 순간에 단 한 번 뒤통수를 쳐라. 그러면 실패하지 않을 거다, 지금처럼."

부드러운 이별은 되지 못했다. 월넛은 화를 내지 않았지만 자신의 감정을 감추지도 않았다. 월넛이 느꼈을 기분은 명백했다. 거짓말을 잘해야 오래 살아남고 강해질 수 있다고 했지만 실제로는 그런 사람을 좋아하지 않았다. 보리스가 그런 사람이 아니라고 믿었기 때문에 마음에 들어 했던 것이다.

이리될 줄 알고 있었으면서도 보리스는 이 계획을 포기할 수 없었다. 윈터러는 내놓을 수 없는 검이었다. 말로는 월넛을 설득하지 못하리라고 생각했다. 이 방법뿐이었다.

몇 달 동안 생각해온 대로 보리스는 성공했다.

월넛은 작별 인사도 남기지 않았다. 보리스가 막고 선 문이 아니라 창가로 가더니 창턱을 훌쩍 넘어 사라졌다. 보리스도 놀라 창가로 뛰어가거나 하지는 않았다. 3층에서 뛰어내린다 한들 다칠 사람이 아니었다.

두 사람은 그렇게 헤어졌다. 다시는 되찾을 수 없을 아이의 마음을 갖고 어린시절의 선생은 떠나버렸다.

완연한 봄이었다.

바람이 남긴 손자국

"월넛 선생님 말입니다."

란지에가 입을 열었을 때 보리스는 창밖을 보고 있었다. 만개했던 복숭아꽃이 떨어지는 중이었다. 꽃잎 몇 점이 저무는 빛에 붙들려 하얗게 탔다. 스러진 자취를 더듬다 눈이 그만 시릿해졌다. 고개를 돌리자 란지에가 웃을 듯 말 듯한 표정을 짓고 있었다.

"왜 떠나셨는지 알고 계신 것 같군요."

보리스는 고개를 끄덕였다. 볕이 내린 정수리가 희었다.

"어디로 가셨는지는 모르시지요?"

역시 고개를 끄덕였다. 그날따라 꺼내 온 원터러를 무릎에 놓고 쓰다듬었다. 익숙한 찬 기운이 팔을 타고 올라왔다.

월넛이 떠나고 나니 생활에 맥이 빠진 듯했다. 여전히 훈련을 했지만 월넛과 함께하던 밤의 한 시간이 사라지자 진전도 멈춘 느낌이었다. 차라리 란지에처럼 책만 읽어도 좋은 처지가 부럽다 싶었다.

아니, 보리스는 곧 생각을 정정했다. 란지에는 지금처럼 보리스와 책이라도 읽을 때를 제하면 종일 누군가의 치다꺼리를 해야 하는 처지였다. 하루에도 몇 번씩 자존심을 꺾지 않으면 안 될 것이다.

"저는 왠지……."

란지에가 망설이던 미소를 입가에 올렸다. 보던 책을 테이블에 내려놓고 몸을 돌려 앉았다.

"도련님과 월넛 선생님께서는 특별한 방법으로 인질을 교환했을 것 같군요."

보리스가 처음 윈터러를 빼앗기고 월넛의 단도를 받았던 자리에는 란지에도 있었다. 하지만 란지에는 그 일이 어떻게 끝났는지 보지 못했다. 보리스의 손에 돌아온 윈터러를 보았을 뿐이다. 보리스는 이야기를 해줄까 하다가 결국 입을 다물었다. 란지에라면 이해해줄 것도 같았지만 그럼에도 불구하고 자신을 솔직히 내보이기가 싫었다.

"그 검은 사연이 있는 물건 같았습니다. 결국 도련님의 손으로 돌아왔군요."

보리스는 윈터러를 쥐고 뽑기 직전의 동작을 취해보았다. 갑자기 키가 자란 덕택에 이제는 허리에 차도 자세가 제법 나왔다. 가누지 못할 만큼 무겁지도 않았다. 하지만 아직 이만한 검을 자유자재로 휘두르기에는 버거운 나이였다.

란지에는 보리스가 하는 양을 무심히 보고 있었다. 역시 검 같은 것은 어울리지 않는 소년이었다. 문득 정말로 그럴까 싶었다.

"보겠어?"

보리스는 갑자기 윈터러를 란지에의 손에 건넸다. 란지에는 얼결에 검을 받아들었을 뿐 어디를 어떻게 쥐어야 하는지도 몰랐다. 그의 모습은 윈터러의 서늘한 흰빛과 잘 어울렸지만 보리스의 손에 있던 때와 달리 란지에에게는 장식에 불과해 보였다.

잠시 후, 란지에는 그럴듯한 자세라도 취해보는 대신 검을 그냥 테이블 위에 올려놓았다. 이어 길이를 가늠하기라도 하는 것처럼 팔을 벌려 양쪽 끝을 잡았다.

문득, 얼굴이 굳어졌다.

보리스는 이유도 모른 채 란지에가 하는 양을 지켜보고 있었다. 란지에의 손이 칼집을 천천히 쓰다듬으며 올라가 자루에 이르렀다. 집게손가락을 펴서 날밑의 너비를 재어보았다. 검의 아름다움이나 정교한 만듦새에 감탄하는 것이 아니었다. 숨겨진 것이라도 찾아내려는 눈빛이었다.

무엇을? 전에 느꼈다던 검의 사악함을?

"잠시 실례하겠습니다."

란지에는 자리에서 일어나더니 갑자기 빠른 동작으로 검을 뽑았다.

"······!"

그 순간, 란지에의 움직임은 검이라고는 만져본 적도 없어 보이던 좀 전의 모습과 판이하게 달랐다. 정말로 검을 다룰 수 있든 없든 발검 하나만은 확실히 익힌 자세였다. 뜻밖이었다. 그런 상대라고는 생각도 해보지 못했다.

란지에의 시선이 날을 훑으며 내려갔다. 오랜만에 보는 윈터러의 날은 여전히 희고, 어지러울 정도로 날카로웠다. 그러나 란지에는 겁내는 기색이 없었다. 아니, 표정조차 없는 얼굴은 윈터러가 지닌 싸늘함과 동류인 양 보였다.

"죄송합니다만······ 도련님, 이 검은 이것 자체로 하나뿐입니까? 혹시 다른 물건과 한 이름을 나누고 있지는 않습니까?"

처음에는 무슨 말인가 했다. 하지만 곧 깨달았다. 보리스는 저도 모르게 대답하려다가 마음을 고쳐먹고 말했다.

"있다는 말은 들었지만 그게 무엇인지는 나도 몰라."

"그렇습니까."

란지에는 검을 다시 꽂았다. 그 자세도 흠잡을 데가 없었다. 윈터러를 돌려주면서 란지에는 보리스의 시선을 의식한 듯 말했다.

"제가 검으로 할 수 있는 일은 방금 두 가지가 전부입니다."

"어떻게 그것만 배울 수가 있지? 한두 번 연습한 자세가 아닌데?"

란지에가 자조적인 미소를 머금었다.

"귀부인들의 놀이지요. 소녀처럼 생긴 시동들을 좋아하면서 가끔은 남성적인 매력도 느끼고 싶어 하는 악취미의 부인들이 많아서 그렇습니다."

란지에의 말은 종종 열세 살 먹은 소년의 입에서 나오는 것치고는 지나치게 신랄해서 보리스를 당황시키곤 했다. 란지에는 자리에 앉더니 검에 대해서는 완전히 잊어버린 얼굴로 말했다.

"도련님께서 제 과거를 물은 일이 있지요?"

그랬기에 란지에가 방금 한 말도 이해했던 것이다. 귀부인의 시동이라는 유쾌하지 않은 기억에 대해서.

"그래."

"제게도 도련님의 옛이야기를 해주실 수는 없겠습니까?"

갑자기 왜 그런 것을 묻는지 몰랐다. 처음 만났을 때는 얼음벽과 마주선 느낌이었는데, 어느 시기가 지나자 가끔 이렇듯 솔직하게 다가올 때가 있었다.

"내 이야기라고 해봤자…… 별로 들을 만한 것은 없으니까."

"누구의 삶은 얘깃거리로 가득차 있다는 말씀이십니까?"

뜻밖의 대꾸에 놀랐지만 란지에는 곧 피식 미소를 지었다. 그가 지은 것치고는 드물게 편안한 미소였다.

"남의 얘깃거리가 되기 위해 사는 사람은 없을 테니까요. 도련님의 평범한 삶 이야기가 듣고 싶군요."

상대가 꺼내고 싶지 않았을 이야기를 이미 들었으면서, 그런 부탁을 거절하는 것은 불공평해 보였다. 잠시 후 보리스는 고개를 끄덕였다.

그렇게 시작된 이야기였다. 백작이 정해준 범위를 벗어나지 않으려 애쓰다 보니 자연히 오래된 이야기가 주로 나왔다. 그게 몇 살 때였을까. 다섯 살? 아니면 여섯 살?

보리스의 인생에서 결코 지울 수 없는 존재인 예프넨의 이야기가 나오자 처음엔 떨렸지만 곧 괜찮아졌다. 가능한 한 조심스럽게, 그리고 자연스럽게 예프넨을 묘사하는 일에 저도 모르게 집중했다. 자신의 서툰 이야기로 예프넨이 지녔던 빛이 바래지 않도록 애썼다.

보리스가 기억하는 어린시절의 예프넨은 생각이 많은 소

년이었다. 혼자 구석에 숨어서 뭔지 모를 생각에 골똘히 잠겨 있는 형을 보리스는 반나절을 헤매서라도 반드시 찾아내곤 했다. 동생이 나타나서 '드디어 찾았다!' 하는 얼굴로 말갛게 미소 짓고 있으면 '은둔자 예프넨'은 어쩔 수 없이 슬슬 몸을 일으켰다. 그리고 장난 반 원망 반으로 동생의 머리를 슬쩍 쥐어박은 다음 곧장 놀아주러 뛰어나갔다.

란지에는 보리스가 어떤 기분으로 이야기하고 있는지 느낀 듯했다. 예프넨의 일을 입에 올릴 때마다 공감하는 표정으로 주의깊게 귀를 기울여주었다. 곧 보리스도 그 점을 깨달았다. 란지에의 얼굴에 나타난 배려는 란즈미를 향한 눈빛에서만 느껴지던 것이었다. 어쩌면 란지에는 아파하는 누군가를 보살피는 마음에 익숙한 건지도 모른다.

이야기는 점차 최근의 일로 이어졌다. 드디어 저택을 떠나던 날을 언급할 때가 왔다. 보리스는 잠시 망설였지만 결국 블라도 삼촌에 대한 이야기를 빼고 아버지가 사고로 늪에서 돌아가셨다고 말했다. 그렇게 말하고 나니 예프넨의 죽음이 잘 설명되지 않았다. 이야기를 지어내는 솜씨가 없는 보리스는 말문이 막혀 더듬거렸다. 지금껏 그렇게 자세하게 말해온 예프넨이 어떻게 죽었는지 모른다고 할 수도 없는 노릇이었다.

잠시 후 란지에가 말했다.

"그러니까…… 도련님의 형님께서도 돌아가셨는데, 도련

님께서 많이 상심하셔서 그때의 정황을 잘 기억하지 못하시는군요."

그런 이유가 아니었다. 늪에서 형을 내버려두고 자신만 살겠다고 도망쳤을 때, 그때의 기억을 저도 모르게 지웠다. 제 비겁함을 인정하고 싶지 않아서. 그러나 모든 사실을 알고 있었을 형은 그 일을 탓하지도, 다시 언급하지도 않았다. 예프넨에게 그건 용서를 하고 말고 할 문제가 아니었다. 겁에 질린 어린 동생이 당연히 그럴 수 있다고 생각했던 것이다.

"그……래."

란지에는 평소 냉정했지만 어떤 때는 놀랄 만큼 사려 깊었다. 보리스는 마음을 가라앉히고 란지에의 얼굴을 물끄러미 보았다. 그때 란지에가 말했다.

"죽었다 해도 누군가의 가슴에 남아 있는 사람이 전 오히려 부럽습니다. 사람은 가끔 산 채로도 다른 사람의 가슴속에서 죽어버리는 일이 있으니까요."

뜻밖의 이야기라 보리스는 어떻게 답해야 할지 몰랐다.

"도련님이라면 그럴 때 어떻게 하시겠습니까?"

"난……."

란지에도 보리스가 감히 짐작 못 할 힘겨운 일을 겪었는지도 모른다. 보리스는 상대를 위해 생각을 가다듬었다.

"잘은 모르겠어. 하지만 나를 자기 가슴속에서 죽여버린 사람이 있다면, 나도 그 사람을 똑같이 죽여버리면 되지 않을까? 그 사람을 더이상 생각하지 않는…… 그런 거지.”

그런다고 위로가 될 리 없다는 건 보리스도 알고 있었다. 란지에는 그냥 고개를 끄덕였을 뿐이었다.

“역시 그렇겠지요. 대신 마음속에 살아 있는 사람에게 더 잘해주고요.”

보리스는 수긍했다. 그러자 란지에가 표정을 바꾸어 빙그레 웃었다.

“그러니 도련님도 주위에 살아 있는 사람들에게 더 잘하십시오. 돌아가신 분은 그만 잊고요.”

뜨끔, 하면서 월넛이 생각났다. 월넛도 비슷한 이야기를 한 일이 있었다.

그리고 월넛이 자신에게 몹시 잘해주었다는 생각이 들었다. 그 사람도 처음엔 보리스에게 마음을 열지 않으려 했다. 그러나 사람이 사람을 좋아하게 되는 것은 이성으로 설명할 수 없는 변화이기에 그도 어쩌지 못했고, 보리스도 다 깨닫지 못했다.

마지막 순간 월넛은 완연히 실망한 얼굴로 떠나갔다. 서로 한마디 이해의 말도 건네지 않았던 것이다. 다시 만난다면 그때 했던 행농을 이해시킬 수 있을까.

아니……. 아닐 것이다.

설명하고 싶지 않았다. 받은 만큼 주지 못했다고, 계산할 빚이 남았다고도 생각하지 않았다. 여러 사람을 한꺼번에 사랑할 수 있는 심장은 그에게 없었다. 남은 삶은 추도식이어야 했다. 어쩌면 예프녠의 기억이 지워질 즈음…….

하지만 지워지지 않으리라.

"영원히 죽지 않는 사람도 있어. 몸이 죽는 것과는 달라. 너도 널 지워버렸다는 그 사람의 실체까지 죽이지는 못할 거야. 살인자가 아니니까. 나도 마찬가지야. 마음속의 한 사람을 죽인다면 난 살인자가 되는 것보다 더 큰 죄책감을 느낄 거야. 그러고 싶지 않아. 절대로."

란지에는 미소를 잃지 않고 보리스를 바라보았다. 반론하지 않는 것이 오히려 낯설었다. 란지에가 한참 만에 입을 열었다.

"어려서 저는 어머니하고만 살았습니다. 란즈미까지 세 식구였죠. 별로 부족한 것은 없었습니다. 집은 켈티카에서 사흘 거리쯤 떨어진 전원에 있었고, 몇 사람인가 고용인들도 있었습니다."

푸르고 깊은 터널로 들어가는 듯한 이야기였다. 란지에의 목소리는 담담했다.

"그때 저는 아무 일도 하지 않는 어머니가 어떻게 하녀를 부리고 아름다운 옷을 입고 저희 남매에게 좋은 식사를 주시는지 궁금해하지 않았습니다. 태어날 때부터 그랬으니 당연하게만 느껴졌죠. 그때 란즈미는 수줍음을 타기는 해도 곧잘 사고를 치곤 하던 호기심 많은 아이였습니다. 지금의 모습으로는 상상하기 힘드시겠지만 말입니다."

"……."

열린 창 너머로 복숭앗빛 꽃잎들이 작은 회오리에 휘말렸다. 봄의 폭풍이었다.

"한 달에 한 번, 또는 두 번 찾아오는 점잖은 신사가 있었습니다. 오시면 저희 남매에게 작은 선물을 주셨고, 그런 다음 어머니와 조용히 이야기를 나누셨지요. 저는 어렴풋이 그분이 어머니를 도와주는 후견인이라고 생각했습니다. 어머니보다 나이도 훨씬 많았고, 또 돈이나 서류 같은 것에 대해 복잡한 이야기를 하곤 하셨으니까요. 먼 친척인데 어머니의 재산을 대신 관리해주신다든가, 그런 분일 거라고 짐작해서 란즈미에게도 예의 바르게 대하라고 일부러 주의를 주었습니다."

란지에가 펼쳐놓은 책장이 창문을 흔들던 바람에 몇 장 넘어갔다. 바랜 양피지 책장 위로 바람과 햇빛이 흩날려갔다.

"오후에 시간이 나면 그분은 어머니 곁을 떠나 저와 몇 마디 나누는 일도 있었습니다. 제가 읽고 있는 책에 대해 묻기도 하고 켈티카란 어떤 곳인지도 이야기해주셨지요. 어린 저에게 그분의 식견은 존경할 만한 것이라 저도 모르게 깊이 따르는 마음이 생겼습니다. 저는 그분이 학자가 아닌가 생각했지만, 지금 돌이켜보면 정치가의 풍모가 강한 분이 아니었나 싶습니다. 어쨌든 저는 어느새 어머니만큼이나, 어쩌면 어머니보다 앞서 그분을 기다리게 되었습니다. 그리고 그분도 저를 사랑해주신다고 믿었습니다."

문득 란지에의 모습을 보았다. 한때 하인을 부렸다던 그는 이제 하인의 옷을 입고 말끔한 존댓말로 어린 주인을 대하고 있었다. 나이와 어울리지 않게 침착하고 어른스러워졌다. 세상을 홀로 견뎌내야만 했기에. 언제부터?

란지에의 이야기 속에는 불안한 행복이 들어 있었다. 곧 꿈처럼 깨어지고 말. 이어질 이야기를 짐작하면서도 그 행복이 부서지지 않길 바랐다. 자신에게 그랬듯 부질없는 희망인 줄 알면서도.

"아홉 살 때겠군요. 어느 날 어머니께서 저희 남매를 부르더니 짐을 꾸리게 하셨습니다. 이 집을 떠나 켈티카에서 살게 됐다고, 흥분하면서 또한 기뻐하고 계셨습니다. 저는 왜 좋다는 건지 영문도 모르면서 짐을 챙겨 집을 나섰습니다. 오래 살았던 집인데 막상 돌아보며 아쉽다고 느낄 틈도 없었지요. 포장이 쳐진 마차가 기다리고 있었습니다. 마차는 저희 가족을 곧장 켈티카로 실어다 주었습니다. 켈티카까지 사흘 걸린다는 사실도 그때 알았습니다. 대신 되짚어 가라면 혼자서는 절대 못 할 것 같더군요."

꽃잎이 하나둘 책장에 떨어졌다. 바람이 페이지를 넘기자 마룻바닥으로 날려갔다. 기억 속의 세월이 흐르는 것처럼, 아무도 읽지 않는 책 속의 이야기가 흐르고 있었다.

"어머니께서 저를 껴안으면서 그분을 만나게 된다고 하셨던 것이 기억납니다. 그래서 저도 드디어 켈티카에 온 보람이 있겠구나 싶었지요. 그때 제 소원은 그분이 저희 집에 사셔서 늘 좋은 이야기를 들려주셨으면 하는 것이었으니까요. 그것 말고는 더 바랄 것도 없었고요. 저희 가족은 마차에서 내려 어떤 좋은 여관에 들어가 그날 밤을 묵었습니다. 그러나 다음 날 일어났을 때 거기엔 저희 세 식구밖에 없었습니다. 마차를 비롯해서 저희를 켈티카까지 데려온 사람들은 흔적도 없이 사라진 후였지요."

란지에의 눈가가 희다고 느꼈다. 한 조각 꿈같은 오후의 빛이 눈을 아릿하게 했다. 아픈 사람처럼 뺨이 파리했다.

"어머니조차 영문을 몰라 여관 사람들을 붙들고 물었지만 돌아오는 것은 귀찮아하는 태도뿐이었습니다. 그날 저녁까지 어떻게든 상황을 알아보려 애썼지만 결국 여관에서 나오는 수밖에 없었습니다."

여관 사람들도 언질을 받았던 걸까? 아니면 단지 상관하기 싫었던 걸까?

"누군가를 찾아가야 하겠는데 어머니는 켈티카의 지리를 전혀 모르셨고, 저희에겐 타고 갈 말 한 필 없었습니다. 가져온 짐이 너무 많아서 여관에 팔지 않으면 안 되었습니다. 저희의 급한 사정을 알고 있는 것처럼 그들도 비웃으면서 물건에 제대로 값을 쳐주지 않았습니다. 처음엔 잠시 맡아달라고 했지만 그것조차 거부하더군요."

급전직하의 이야기가 느린 음악처럼 흘러갔다.

"어머니는 쉽게 절망하는 분이 아니셨습니다. 일단 결심하시자 드레스 상자며 아름다운 모자들, 구두들, 귀하게 여기던 그릇들을 모조리 팔고 쉽게 가져갈 수 있는 귀금속류만 단단히 챙기셨습니다. 그때는 초가을이었는데 저희한테도 최대한 많은 옷을 입힌 다음 나머지는 다 팔아버리셨지요. 그리고 여관을 떠나 며칠 동안 거리를 떠돌며 누군가의 집을 수소문하셨습니다."

란지에가 갑자기 보리스의 얼굴을 빤히 보며 미소를 지었다.

"찾았을 것 같으십니까?"

말문이 막혀 쳐다보고 있는데 란지에는 아무렇지도 않게 바람이 넘겨버린 책장을 한 장씩 되넘겼다. 책장 사이로 들어갔던 꽃잎 몇 점이 날아올라 손등에 떨어졌다. 꽃잎만큼의 핏기도 없는, 뼈대만 도드라진 손이었다.

"예, 찾았습니다. 나흘 정도 걸렸지요. 위풍당당한 저택이

더군요. 저와 란즈미가 꿈에서도 상상해보지 못했을 정도로."

란지에의 목소리에서 처음으로 새로운 감정이 느껴졌다. 경멸이었다.

"어머니께서도 약간 주눅이 드신 듯했지만 그래도 애써 당당하게 문지기와 이야기하시더군요. 잠시 후 저희는 저택 안으로 안내되었습니다. 그러나 들어간 곳은 응접실이 아니라 작고 구석진 방이었습니다. 집사처럼 보이는 사람이 오더니 어머니만 불러내어 나가더군요. 한참이나 기다렸습니다. 서서히, 뭔지 모를 불길한 기분이 치밀어 올라 견딜 수가 없었습니다."

란지에는 점차 세세한 부분까지 놓치지 않고 말하고 있었다. 흥분하지는 않았고 어조도 그대로였지만 평소 모습과 어딘가 달랐다. 아니, 실은 같았다. 평소 그가 보이는 모습이 약한 반영에 불과하다면 지금의 모습이야말로 본질에 가까웠다.

"란즈미를 내버려둔 채 저는 밖으로 나갔습니다. 정확히 말하자면 나가려 했습니다. 문 앞에서 지키고 있던 사람이 저를 거칠게 안으로 밀어넣더군요. 두 번, 세 번째인가 저는 갑작스럽게 뛰어나가 그자를 밀치고 앞으로 달려갔습니다. 여러 사람이 뒤쫓는 소리가 들렸지만 멈춰 되돌아가기엔 이미 늦은 뒤였습니다. 복도의 끝을 막은 문 너머에서 요란한 소리가 들려왔습니다. 비명과 고함, 물건이 깨어지고 구르는 소리가……. 문을 밀치고 응접실로 뛰어들었을 때, 저는 마침내 낯선 도시에서 헤매던 며칠 동안 간절히 보고 싶어 하던 얼굴을 보게 되었습니다."

"그……."

보리스는 입을 열다가 멈췄지만 란지에가 곧장 말했다.

"예, 그분이었지요."

그 기분이 어떠했을까. 다 짐작할 수는 없었다. 보리스가 예프넨을 잃었을 때의 심정을 란지에가 다 알 수는 없듯.

란지에는 말을 멈춘 채 자신이 넘기던 책장을 내려다보고 있었다. 얼굴에는 나타나지 않았던 감정이 그곳에 드러나 있었다. 책장은 찾으려 한 부분보다 훨씬 앞쪽까지 넘겨져 있었다. 그토록 침착하게 이야기를 하는 동안 반대로 손은 이성을 잃고 있었던 것이다.

"……."

둘은 말없이 책을 내려다보았다. 내려앉았던 꽃잎이 페이지 한구석에 얼룩을 남겼다. 손가락 끝으로 가볍게 찍은 듯한 자국, 바람이 눌러두고 간 손자국인 듯. 아련한 봄과 어울리지 않는 아픈 이야기들.

무척 긴 시간이 흐른 뒤 란지에가 말했다.

"그 사람이 제 아버지입니다."

이야기는 조각난 채로 좀더 이어졌다. 그 사람, 결국 란지에와 란즈미의 아버지였던 남자는 중대한 혼담을 성사시키기 위해 시골 별장에 숨겨두었던 평민 아내와 자식들을 내버리기로 마음먹은 자였다.

그자가 저지른 일은 그간 적지 않은 비극을 겪었던 보리스조차 치가 떨릴 정도로 잔인하고 야비했으며 교활하기까지 했다. 그자는 대도시 켈티카 한복판에 세 식구를 내버렸고, 그들이 찾아올 것에 대비해 철저한 대책을 세워두었다. 아니, 처음에 버린 것부터가 이미 잘 짜인 포석이었다. 갑작스럽게 나락에 떨어뜨려 비참하게 만들고, 절망하게 하고, 결국 포기하게 만드는 방법.

그 남자가 보는 앞에서 란지에의 어머니는 하인들에게 무자비하게 얻어맞고 발길질을 당했다. 란지에가 뛰어들었는데도 그자는 눈길 한번 주지 않았다. 애정 따위는 처음부터 없었다고 알려주려는 것처럼 계산된 무표정으로 일관했다.

반쯤 정신을 잃은 어머니와 충격으로 멍해진 란지에를 빈손으로 내쫓은 집사는 집안에 혼자 남은 란즈미가 안전하기를 바란다면 다시는 켈티카에 발을 들여놓지 말라고 경고했다. 두 식구가 어린 란즈미를 두고 떠나갈 리 없었다. 정신이 든 어머니는 며칠 동안 저택 주위를 맴돌며 딸만 돌려준다면 다시는 나타나지 않겠다고 비굴하게 눈물을 흘리며 사정했다.

꼭 열흘이 지나서 란즈미는 다시 두 사람 앞에 모습을 드러냈다. 그러나 이미 지금과 같은 상태가 되어버린 후였다.

"사죄는커녕 연민도, 경멸조차도 없었습니다. 그 사람은 돌멩이 세 개를 다루듯 저희 식구를 다루었습니다. 그의 가슴속에서 저희 세 사람이 죽었다는 것을 완벽하게 보여주었습니다. 그래서 저도 그를 죽였습니다, 다시는 살아날 수 없도록."

란지에는 잠시 말을 끊었다. 그가 감정을 다스리는 방법이었다.

"마음속에서 저지른 살해는, 어떻게 보면 현실의 살인보다 더 잔인합니다. 그곳에서 죽은 자는 시체는커녕 감정 한 조각도 남지 않으며 환생은 꿈도 꿀 수 없습니다. 그렇다고 텅 비어버리는 것은 아닙니다. 그 자리를 대신 메우는 것은 가슴이 먹먹할 정도로 질러지는…… 비명과 같은 것이죠."

산 자를 죽였다면 단 한 번으로 끝났을 비명이, 언제까지나 끝나지 않을 것이다.

"저도 죽어서 누군가의 가슴속에 남을 수 있다면 좋겠군요."

가벼운 어조였지만 진심이라는 것을 어느 때보다 잘 알았다. 보리스도 이 순간만은 그의 마음에 동화되어 자신 역시 그러기를 바란다고 말하고 싶었다. 죽은 사람의 마음속에서만 살아가겠다고 생각한 자신인데.

"그렇게…… 될 수도 있을 거야."

언젠가부터 느껴왔다. 란지에의 모습은 거울 속의 자신을 보듯, 닮았지만 정반대였다. 자신이 오른손을 들면 거울 속의 그림자는 왼손을 들어올렸다. 자신이 왼쪽으로 돌아서면 그림자는 오른쪽으로 돌아섰다. 그러나 돌아선 순간조차도 닮은 뒷모습을 가졌다는 사실만은 변함이 없었다.

두 사람이 속한 어둠 속에서, 둘은 아마 반대쪽으로 걸어나갈 것이다. 그리하여 다시 만났을 때 하나는 동쪽에서, 다른 하나는 서쪽에서 온 양 다른 모습을 하고 있을 것이다. 그때야말로 그들이 다시는 닮지 않을, 태생부터 다른 족속이 되는 때였다.

"그렇게 되겠지요?"

스노우가드

천만뜻밖의 이야기였다.

그 소년, 귀타프 메르데르와 대결할 날이 사흘 뒤로 다가왔다. 시합은 내기 당사자인 메르데르 자작의 집에서 하기로 했고, 출발은 내일로 예정되어 있었다. 그런데 백작이 갑자기 이상한 이야기를 꺼냈던 것이다.

"형의⋯⋯ 무덤이라고요?"

백작이 고개를 끄덕였다.

"일전에 네 이야기를 듣고서 이자보와 함께 많은 생각을 했다. 네 형인 줄 알았던 젊은이도 곧 다른 사람으로 밝혀졌고, 해서 네 이야기가 사실이라면 우리가 해줄 일이 뭐가 있을까 싶었지."

보리스가 자기 손으로 형을 묻었다는 말에 제대로 된 무덤이 없으리란 생각이 들었다고 했다. 그래서 다시 찾아가 좋게 장례를 치러주고 싶다는 이야기였다.

"이제 며칠 남지 않았지만 지금껏 우리집에서 잘 처신해주었고, 로즈니스도 너를 좋아하는 것 같아서 난 무척 만족스러웠다. 내가 베푸는 것이 이유 없는 친절이라고는 생각하지 마라. 너는 그만큼의 일을 해냈다. 마지막으로 지금까지 연습한 것을 유감없이 발휘해서 그 아이를 이겨주기만 한다면 더 바랄 것이 없을 정도다."

대결 이야기를 하는 자리에는 늘 란지에도 로즈니스도 없이 보리스와 백작 내외 세 사람뿐이었다. 보리스는 대답할 말이 잘 떠오르지 않았다. 아직 어려서일지, 또는 그럴 여력이 없었던 탓인지 예프넨에게 정식 장례를 치러주겠다는 생각까지는 해보지 못했다. 언젠가, 라고는 생각했는지도 몰랐다. 그러나 그리 가까운 미래로 여기지는 않았다.

"말씀은 고맙습니다만…… 좀더 생각해보겠습니다."

백작 부인이 거들었다.

"생각해볼 게 뭐가 있니. 험하게 묻힌 사람은 땅속에서도 편히 쉬지 못한단다. 무덤은 네가 괜찮다면 벨노어 영지 안에 만들어줄까 생각하고 있어. 네가 한때 우리 아들이었으니 네 형도 벨노어 가문과 전혀 인연이 없지는 않은 게 아니겠느냐.

또 너도 언제고 원할 때면 형의 무덤을 보러 와서 여기 묵어도 좋고."

본래 이곳을 떠난 뒤 돌아올 생각은 없었다. 아니, 가능하면 돌아오고 싶지 않았다. 그것 역시 선뜻 답할 수 없는 문제였다.

"조금만 생각해보고 말씀드리겠습니다."

"그래. 떠나기 전에 결정하는 것이 좋을 테니 내일 오전까지는 이야기하거라."

그렇게 말한 백작이 물러가도 좋다는 듯 고개를 끄덕였다. 보리스는 응접실을 나와 방으로 돌아갔다. 란지에가 마침 책장을 정리하고 있었다.

"예의 회담이군요. 요즘에는 잦은데요."

보리스는 고개를 갸웃했다. 그렇게 잦았던가?

"아마 그날이 다가와서겠지요. 차 한잔 드릴까요?"

란지에도 보리스가 다른 소년과 검술 시합을 벌인다는 것까지는 알고 있었다. 그러나 그것이 끝나면 성을 떠난다는 사실은 몰랐다. 보리스는 문득 란지에에게 말하고 싶은 충동을 느꼈다. 다른 것은 몰라도 적어도 떠난다는 이야기만은.

잠시 고민하던 보리스는 약간 다른 방향으로 입을 열었다.

"차는 됐고……. 란지에, 네가 전에 해줬던 이야기 말인데, 너희 어머니께서는 어떻게 되셨지? 지금은 너희 둘뿐이라고 했던 얘기가 생각나서."

란지에는 꺼내놓았던 책을 마저 꽂느라 고개를 돌리지 않은 채 간단히 말했다.

"헤어졌지요. 사고였지만 어쨌든 그렇습니다. 어머니의 행방이나 생존 여부는 모릅니다."

"그래……."

묻고 싶은 것은 그다음 부분이었다.

"그럼 너희 둘만 남게 되었을 때 넌 괜찮았어? 동생은 아프고, 갈 곳도 없고, 그런데도 두렵지 않았어?"

그 말을 하면서 보리스는 어쩐지 란지에라면 충분히 그러고도 남았을 것 같다고 생각했다. 그러나 뜻밖으로 란지에는 고개를 저었다.

"그럴 리가 있겠습니까? 저도 어린아이였는데요. 막막하고 허망해서 란즈미의 손을 잡고 강물에라도 뛰어들어 죽고 싶었지요."

그런 말을 하면서도 란지에의 표정은 가벼운 미소를 띤 그대로였다. 책을 다 꽂은 그가 테이블로 다가와 앉았다. 그제야 보니 테이블에 낯선 열쇠 꾸러미가 놓여 있었다.

"그런데도 지금까지 잘해냈구나. 동생도 돌보면서……."

"이런저런 우연이 도운 것뿐입니다."

란지에가 열쇠 꾸러미를 집어 들었다. 다섯 개를 하나하나

만지더니 그중 하나를 골라 끌렀다. 그것을 탁, 소리와 함께 보리스 앞에 놓았다. 보리스는 설명하라는 눈빛을 했다.

"4층 전시실로 들어가는 비밀 뒷문 열쇠입니다."

"전시실이라고?"

전시실이라면 로즈니스에게 언뜻 들은 일이 있었다. 백작이 개인적으로 수집한 고서적과 값진 필사본, 특히 오래된 태피스트리를 모아놓는 곳이라고 했다. 아주 중요한 손님이 아니면 보여주지 않기 때문에 보리스는 물론이고 로즈니스조차 함부로 들어갈 수 없는 곳이기도 했다.

"그곳은 왜?"

란지에는 여전히 대수롭지 않은 얼굴로 답했다.

"내일 떠나시지 않습니까? 가기 전에 한번 보시라는 마음에서요."

보리스는 흠칫 놀랐다. 내일 떠나면 돌아오지 않는다는 걸 란지에가 어떻게 알았지?

그러나 란지에는 이어 말했다.

"어차피 돌아오시겠지만, 그전에 보시라고 권하고 싶군요. 아마 많은 것을 느끼게 될 겁니다."

란지에는 나머지 네 개가 달린 열쇠 꾸러미를 주머니에 집어넣었다. 보리스는 테이블 위의 열쇠를 내려다보다가 그토록 중요한 곳의 열쇠치고는 소박하게 생겼다는 생각을 했다.

보석이나 장식은커녕, 노끈에 질끈 매어진 누르스름한 쇳조각에 불과했으니까.

좀더 정확하게 말하자면…… 진짜 열쇠를 본떠서 조악하게 만든 모조품인 것처럼 보였다.

"새벽으로 하지요. 4시경에 도련님을 깨우러 오겠습니다."

보리스는 또 한 가지 이상한 점을 느꼈다. 란지에가 의견도 묻지 않고 이렇듯 일방적으로 뭔가를 정해버렸던 일은 한 번도 없었다.

맨발에 닿는 바닥이 푹신하면서도 까슬까슬했다. 벨노어성에 온 후로는 늘 실내화를 신고 지낸지라 맨발의 느낌은 오랫동안 잊고 있었다. 진네만 저택에서는 곧잘 맨발로 뛰어다니곤 했는데.

캄캄한 복도였다. 램프를 겉옷 자락에 감춘 채 걷자니 몹시 조심스러웠다. 자수로 장식된 벽이 이어지다가 어느 즈음에서 싸늘한 대리석 벽으로 바뀌었다. 멈춰 선 곳은 남쪽 탑의 경계였다.

앞서 걷던 란지에가 벽 한쪽에 붙은 작은 쪽문을 열었다. 문은 잠겨 있지 않았다. 안은 하인들이 청소 용구 등을 두는 창고였다. 둘은 안으로 들어섰다.

창고 내부는 벽을 타고 좁고 길게 연결되어 있었다. 어쩌면 이런 식으로 성 전체를 빙 둘러갈 수 있을지도 모른다는 생각이 들 정도였다. 내부는 캄캄했다. 램프를 꺼내 들고 조심스레 걸었지만 빗자루나 먼지떨이 따위가 발에 종종 걸렸다.

이윽고 란지에가 멈춰 섰다. 그가 손짓하는 곳으로 다가가자 엷은 빛이 새어 나오는 틈새가 보였다. 그곳이 문이었다. 다만 웅크린 어른이 간신히 기어 나갈까 싶게 작아서 정말 드나들기 위해 만든 것인지 의심쩍었다. 더구나 벽과 똑같은 재질이어서 얼른 봐서는 눈에 띄지도 않았다.

열쇠를 꺼내 문을 땄다. 란지에가 말했다.

"저는 여기서 돌아가겠습니다. 너무 오래 계시면 날이 밝는다는 것을 잊지 마십시오."

보리스는 바닥에 무릎을 꿇으려다 말고 란지에를 올려다보았다. 램프 빛에 어렴풋한 얼굴이 묘하게 엄숙해 보였다. 다시 고개를 돌려 들어가려는 순간 등뒤에서 목소리가 들렸다.

"저를 다시 찾으실 필요는 없습니다."

무슨 말인가 생각하면서 보리스는 안으로 들어갔다.

붉은 양모 태피스트리 속에는 수백의 군대가 전투를 벌이고 있었다.

군마의 흙먼지 탓일까, 뿌옇게 흐려진 태양이 서녘 마루로 졌다. 천에 짜 넣은 것이라 병사 하나하나가 자세하지도 않았고 따라서 잔혹한 장면도 없었지만, 이상하리만치 섬뜩한 태피스트리였다. 전쟁의 한순간을 잘라 온 듯, 피 웅덩이에서 방금 꺼내 건 듯.

전시실은 서재와 맞먹도록 넓었다. 첫 광경은 수많은 깃발이 늘어선 전장戰場을 연상시켰다. 걸어놓을 벽이 모자랐는지 일부 태피스트리는 높다란 대에 걸어 좌우로 열을 지어놓았다.

보리스가 지나가자 시간이 멈춘 듯 보이던 그것들이 서서히 흔들리며 기척을 냈다. 빨리 지나치기에는 너무 뛰어난 예술품들이었다. 연속된 태피스트리 속 네 계절의 풍경은 조금씩 서로의 시간으로 접근한 듯싶었다. 달빛이 내리는 절벽과 성, 구름다리를 건너는 여왕과 시녀들, 룬Rune이 빼곡한 진陣에 앉아 눈을 감은 마법사, 숲을 향해 일제히 화살을 쏘아 보내는 궁수들……. 기사 서임을 받는 은빛 갑주의 젊은이는 숙였던 고개를 약간 들고 있었다.

태피스트리 너머에는 고서古書가 들었을 법한 상자들이 벽을 따라 죽 놓여 있었다. 보리스는 천천히 구경했다. 몇 개인가 상자를 열어보기도 했지만 알아볼 수 없는 말들뿐이라 다시 닫아두었다. 필사본 중 몇 개는 세밀화가 그려진 아름다운 책들이었다.

차츰 앞으로 나아가던 보리스는 어느새 풍경이 바뀐 것을 느꼈다. 태피스트리는 끝나고 낯선 물건이 좌우에 늘어서기 시작했다. 창, 방패, 단검, 갑옷…….

백작이 이런 것을 수집한다는 이야기는 란지에도 하지 않았다. 보리스는 뭔지 모를 이끌림에 걸음을 빨리했다. 그러다가 우뚝 멈췄다. 눈앞에 빈 진열대가 있었다. 지금까지 제자리에 놓인 물건들만 보다가 맞닥뜨렸기 때문인지도 몰랐다. 아니, 그뿐이 아니었다. 정체 모를 직감이 시선을 잡아끌었다.

진열대 위에는 십자형으로 팬 고정대가 든 상자가 있었다. 속에는 흰 비단이 깔려 있었다. 비단 위로 드러난 윤곽만으로도 의심할 바 없이 검 모양이었다. 보리스는 약간 망설이다가 손을 대어보았다. 천천히 훑어내려보니 주물을 만들고 남은 틀처럼 또렷했다. 그 자리에 없는 검, 그 검의 인상을 머릿속에 떠올리는 순간 전율이 등을 타고 내려갔다. 손이 멈췄다.

윈터러다.

자루 끝에 달린 균형추의 고리 모양과 약간 휘어진 좁은 날밑, 그리고 긴 검신……. 보리스에게는 너무나 익숙한 검이었다. 한때 몸을 짓누르며 걸음을 더디게 했던 검, 움켜쥐고 휘둘러보려고 무한히 시도했던 그 검의 모든 것을 기억하고 있었다.

시선을 내리자 더 놀라운 것이 보였다. 상자였다. 흉갑인 스노우가드가 들어가면 딱 맞을 크기였다. 역시 안은 흰 비단으로 싸여 있었다. 두 가지 물건을 기다리고 있는 받침대 아래 작은 금빛 명패가 붙은 것이 보였다. '윈터바텀 킷'.

보리스는 몸을 떨었다. 이 사실을 어떻게 받아들여야 하는가?

가리키는 것은 명백했다. 그러나 충격이 너무 커서 머리가 어떻게 되기라도 한 것처럼 판단력이 헛돌았다. 몇 번이나 숨을 가다듬고서야 겨우 제대로 된 생각이 가능해졌다.

배신.

방안 가득한 수십 장의 태피스트리가 다가올 전운을 느끼는 깃발처럼 떨고 있었다. 자신은 전장 가운데 떨어져 죽을힘을 다해 달아나야 하는 어린아이였다. 의지할 거라곤 잘 다룰 수도 없는 검 한 자루뿐. 그런 자신을 아예 빈손으로 만들기 위해 오랫동안 노려왔다는 명백한 증거가 눈앞에 있었다.

아노마라드로 오기까지 겪은 일들이 주마등처럼 스쳐갔다. 뜻밖의 만남, 갑작스러운 제안, 바뀐 운명, 그리고 지나칠 정도로 평온했던 가을과 겨울……

그동안 자신은 방심하고 있었다. 저도 모르게 마음을 놓고, 경계하고 있다고 믿으면서 실제로는 착각에 빠져 있었던 것이다!

왜 무력한 어린아이의 물건을 다짜고짜 빼앗지 않았을까? 그것은 눈앞에 놓인 윈터바텀 킷의 자리를 보면 알 수 있었다. 백작은 윈터러만이 아니라 완성된 윈터바텀 킷을 원했다.

그리하여 가면을 쓴 얼굴로 보리스를 돌보는 체하며 제 입으로 스노우가드의 위치를 말할 때까지 기다렸던 것이다.

예프넨의 무덤을 만들어주겠다고?

등에서 식은땀이 흘렀다. 그 가식적인 마음에 지레 감동하여 형을 묻은 곳의 위치를 알려줬더라면, 자신이 지금 살아남아 있기나 할까?

지독하다…….

분노보다도, 치욕보다도 더 견디기 힘든 것은 실망감이었다. 자신을 속인 자들이 아니라 속은 자신에 대한 실망감이었다. 처음인가? 아니었다. 이미 몇 번이나 마음을 다잡고 타인에게 속지 않겠다고 다짐하지 않았던가? 월넛이 윈터러를 가져갔을 때 느꼈던 절망감은?

저들을 신뢰하지 않는다고 생각했는데 실은 신뢰하고 있었다. 경계하고 있다고 생각했는데 실은 경계하지 않았다. 무심코, 그래, 무심코 믿었던 것이다. 어리석은 선량함에 빠져서, 꿀이 든 단지에 빠진 날벌레처럼…….

"후우, 후……."

숨을 가다듬었다. 실망하고 있을 때가 아니었다. 나가야 했다. 여길 떠나야 했다. 짧은 평화가 본색을 드러냈으니 이제 달아나야 했다.

그러나 이대로 도망칠 수는 없었다. 결코 잃어서는 안 될 물건, 윈터러를 가져가야 했다. 이제는 그것을 잠시나마 몸에서 떼어놓았다는 것조차 무한한 자책감을 불러일으켰다. 그리고 그 생각을 하는 순간, 보리스는 이곳에 들어오기 직전에 란지에가 한 말의 의미를 깨달았다.

자신의 충고를 받아들인다면 한시바삐 여길 떠나라고 말한 것이다. 돌아와 감사를 표할 것도 없이, 즉시.

그 말을 따를 때였다.

램프조차 없이 복도를 통과해 나아갔다. 창틈으로 엷은 빛이 들어와 그리 어둡지 않았다. 날이 밝는 중인 듯했다. 아침이 되어 사람들이 일어나기 전에 떠나야 했다.

급히 걸으면서도 온갖 생각이 맴돌았다. 란지에는 언제부터, 어디까지 알고 있었을까? 무슨 생각으로 자신을 전시실로 들여보내고 이런 깨달음을 얻도록……

"오빠! 어딜 갔다 왔어?"

순간 숨을 훅 들이켠 보리스는 온몸이 경직되는 충격을 느끼며 멈춰 섰다. 로즈니스가 보리스의 방 앞을 지키고 서서 그를 빤히 보고 있었다.

"일찍 일어난 거야? 산책해?"

처음에는 일부러 말을 꼬며 다그친다고 생각했다. 어디에 갔다 왔는지 알고 있으면서. 그러나 곧 그런 생각은 긴장한 자신이 만든 착각에 불과하다는 것을 깨달았다. 로즈니스는 무방비하게 웃으면서 말했다.

"오늘 오빠 싸우러 떠나잖아. 내가 행운의 선물을 주려고 했는데 방에 없어서 깜짝 놀랐어. 이렇게 일찍 일어나다니 너무 긴장한 것 아니야?"

로즈니스가 내민 손바닥에는 예쁜 네잎클로버가 수놓인 플란넬 주머니가 놓여 있었다. 보리스는 간신히 입을 뗐다.

"넌, 너도…… 너무 일찍 일어난 것 아니야?"

로즈니스는 씩 웃었다.

"아냐. 나 잠 안 잤어. 밤새워서 겨우 완성했단 말이야."

그제야 살펴보니 눈가가 푸석한 것이 밤잠이 부족해 보였다. 자신에게 일어난 충격적인 사건에 골몰하느라 로즈니스의 모습 따위를 자세히 볼 여유가 없었다.

"……피곤해 보이는구나."

주머니를 건네받고, 침착하게 행동해야 한다는 생각에 애써 미소를 지었지만 표정이 흔들렸다. 그러나 로즈니스도 피곤해서 상대의 표정에 그리 민감하지 않았다. 그녀는 착한 동생처럼 미소를 지으며 말했다.

"오빠, 너무 긴장하지 마. 오빠가 져도 난 그 백치랑 결혼 안 할 거니까. 그렇지만 열심히, 최선을 다해줘. 알았지?"

보리스가 겨우 고개를 끄덕이자 로즈니스는 하품을 하고는 손을 흔들며 자기 방으로 돌아갔다. 보리스가 맨발이라는 것도 눈치채지 못한 채.

사람들 몰래 탈출하기에는 늦었다는 느낌이 왔다. 곧 하녀 몇 명이 복도를 지나갔다. 전시실 안에서 생각보다 많은 시간을 보내고 말았던 것이다. 방으로 들어가자 창밖에 약한 비가 내리는 것이 보였다. 날이 밝지 않았다고 착각했던 이유가 그것이었다.

마차에 탈 때까지도 반쯤은 제정신이 아니었다. 어떻게 아침 식사를 하고 여행 준비를 마쳤는지 기억도 나지 않았다. 보리스는 유령처럼 움직이고 휩쓸린 끝에 그 자리에 앉아 있었다.

말끔한 사냥복 차림에 소년용 검, 비스듬하게 쓴 모자, 깨끗하게 닦은 부츠. 어느 모로 보나 벨노어 가문의 도련님으로 손색없는 모습이었다. 그 모습이 지금처럼 낯설었던 적이 없었다. 윈터러는 저택에 남겨져 있었다. 평소 지니고 다니지도 않던 걸 가져가려 한다면 당장 의심받을 것이 뻔했다. 눈치챘다는 기색을 조금이라도 보인다면 모든 것이 끝장이다.

비는 그쳤지만 날은 여전히 흐렸다. 그래서 백작도 말 대신 마차를 함께 탔다. 백작과 마주앉아 감정을 숨기는 일은 상상 이상으로 어려웠다. 그런 일에 익숙하지 못한 보리스는 굳어진 표정을 쉽게 풀지 못했다. 그러나 다행히 백작 역시 로즈 니스처럼 보리스가 대결을 앞두고 긴장해서 그렇다고 생각하는 모양이었다. 마음을 편히 가지라고 한마디한 뒤 혼자 생각하도록 내버려두었다.

함께 출발한 사람은 백작과 보리스, 비서 휴, 란지에를 비롯한 하인들, 그리고 열두 명의 호위 기사들뿐이었다. 백작 부인은 물론 로즈니스도 가지 않았다. 백작은 외지로 여행할 때면 수도로 가지 않는 이상 항상 열두 명의 기사를 대동한다고 했다.

"역시 내키지 않느냐? 아니면 오늘은 그런 생각까지 하기에는 힘겨워서 그러느냐?"

저택을 떠나고 한 시간이 지났을 무렵 보리스는 백작이 묻고 있음을 깨닫고 문득 정신을 차렸다. 언제부터 말을 걸고 있었는지 생각이 나지 않았다.

"예? 아뇨……. 예……."

얼결에 입을 열어 놓고 창피해졌다. 왜 더듬거리고 겁을 낸단 말인가. 좀더 대담하지 못하고. 저자는 자기가 원하는 것을 얻기 위해 세 계절을 끈질기게 기다렸는데, 왜 자신은 감정 하나 숨기지 못하고 어쩔 줄을 모를까.

"길이 젖어 늦어지긴 하겠지만 오늘밤 안에 도착하게 될게다. 내일까지 쉬면서 마음을 가다듬을 시간이 있겠지. 그때 조용히 생각해보거라. 이런 일은 떠올랐을 때 얼른 결정하는 편이 좋지."

이어 백작은 다정한 목소리로 덧붙였다.

"이자보가 말한 것처럼 험하게 묻힌 사람은 편히 잠들지 못한다고 하니까 말이다. 생전에 아꼈던 사람이라면 얼른 쉬게 해주어야 하지 않겠느냐."

새벽의 깨달음이 아니었더라면 마음이 동했을 법한 이야기를 들으며 보리스는 새삼스럽게 증오심을 느꼈다. 동시에 가증스러운 친절에 치가 떨렸다. 그제야 느낀 거지만 백작의 태도는 최근 눈에 띄게 부드러워져 있었다.

스노우가드가 형과 함께 묻혀 있다는 사실을 어떻게 알았을까. 보리스는 자신에게 일어난 일들을 천천히 되새겨보았다.

처음에 백작은 보리스가 이름을 말하자마자 진네만 가문을 알고 있다고 말했다. 아마 거짓은 아닐 것이다. 일 관계상 자주 트라바체스를 드나든다고 했으니까. 진네만 가문에서 일어난 항쟁과 결과도 그 당시, 또는 그후에라도 전해 들었을 가능성이 컸다.

블라도 삼촌의 손에 윈터바팀 킷이 한 가지라도 남아 있었더라면 당연히 칸 선제후에게 넘어갔을 테고, 그 소문이 곳곳에 나지 않았을 리 없다. 칸 선제후는 다른 사람의 눈이 두려워 좋은 물건을 감출 필요가 없는 명실공히 트라바체스의 일인자이니까. 그가 자랑하지 않았다는 것은 윈터바텀 킷을 손에 넣지 못했다는 뜻이 된다.

보리스는 백작을 만났을 당시 윈터러의 존재를 감출 수 있는 입장이 아니었지만 백작은 전혀 관심을 보이지 않았다. 아니 그래, 그때부터 이상하게 생각했어야 했다. 언뜻 보기만 해도 눈길을 끌 정도로 좋은 검인데 출처를 묻지도 않고 살펴보고 싶어 하지도 않는 것은 분명 이상했다. 보리스가 방심하지 않았더라면 벌써 깨달았어야 했다. 그때 백작은 윈터러를 눈여겨보고 스노우가드도 갖겠다고 마음먹었던 것일까?

이쯤 되자 한층 더한 의심이 생겼다. 처음에 백작을 만나게 된 사건 자체는 과연 우연이었을까?

여행중에 우연히 만난 소년이 좋은 검을 갖고 있었고, 그가 알고 보니 진네만 가문의 아들이었고, 그래서 윈터바텀 킷을 갖기 위해 즉석에서 계책을 꾸몄다는 가설은 어쩐지 신빙성이 없어 보였다. 그렇다면 백작은 진네만 가문의 일을 미리부터 알고 있었거나, 또는 적어도 윈터바텀 킷에 대해서는 알고 있었던 건가?

그 순간, 정말로 무서운 생각이 떠올랐다. 지금 보리스가 메르데르 자작의 집으로 가고 있는 목적, 즉 과거에 했던 내기에 얽매여 로즈니스를 그 집안의 백치 아들에게 주지 않기 위해 두 소년을 대결시키기로 했다는 이야기조차…… 실은 모조리 꾸며진 것이 아닐까.

진실 여부를 떠나 그런 상상을 하는 것만으로도 심장이 쿡쿡 찔리는 기분이 들었다. 과연 자신이 그토록 치밀한 백작의 손아귀에서 벗어나 윈터러를 가지고 탈출할 수 있을까?

그것은 전적으로 얼마나 연기를 잘해내는가에 달려 있었다.

빛 없는 밤을 뚫고

"어서 오게. 밤중에 오느라 고생 많았네."

"여기 오는 것도 얼마만인지 모르겠군그래."

벨노어 백작과 메르데르 자작, 두 사람은 어린시절 같은 학교에서 공부한 사이라고 했다. 켈티카에 있다는 왕립 그로메 학교는 아노마라드가 공화국이던 시절에도 문을 닫지 않고 잘 버텨낸 곳이었다. 물론 두 귀족이 학원에 다녔던 건 구舊 왕국 시절이었다. 그 시절과 구별하기 위해 현재의 아노마라드를 신新왕국이라고도 불렀다.

메르데르 자작의 집은 파노 산 산자락에 위치하여 저택이라기보다는 흡사 산장 같은 느낌을 주었다. 자작은 사교 모임 같은 것보다 탐험 여행이나 등산, 그리고 사냥을 유난히 좋아하는 사람이라고 했다. 호방한 인상에 몸집이 큰 남자였다.

"이 아이인가? 이야……. 양아들이라면서 어째서 이렇게 닮은 거야? 수상쩍잖아, 이 친구."

별로 말을 조심하는 성미도 아닌 듯했다. 그러나 백작은 화를 내기는커녕 크게 웃으면서 대꾸했다.

"이런, 의심 많은 친구야. 자네를 닮은 새끼 곰 같은 아들이나 얼른 데려와보게나."

그 아들은 마침 문을 열고 들어서고 있었다. 보리스는 자기 생각에 골몰하느라 두 사람의 대화에 주의를 기울이고 있지 않았으나 그때만은 저도 모르게 상대방을 돌아보았다.

"귀타프, 이리 와서 인사드려라."

"예, 아버지."

실버스컬 대회를 준비할 정도로 검을 잘 쓴다고 했던가? 그러나 어쩐지 검보다는 도끼, 심지어 철퇴라도 휘두르는 것이 적당할 모습이었다. 키는 보리스와 비슷했지만 벌어진 어깨와 팔뚝이며 목, 허리 같은 곳은 곰이라는 말이 딱 어울렸다. 인상 역시 날렵한 것과는 거리가 멀어 보였다.

두 소년은 악수를 나누었다. 귀타프는 그리 작은 편이 아닌 보리스의 손을 제 손에 묻어버릴 정도로 커다랗고 털이 부숭부숭한 손을 가지고 있었다.

"밤이 늦었으니 오늘은 푹 자고, 내일 몸이나 풀 겸 아이들

데리고 사냥을 가면 어떻겠나? 요새 근처에 멧돼지 몇 마리가 어슬렁거리는 것 같은데 한 마리 잡아서 바비큐 파티나 해보자고. 어때?"

귀족치고 소탈한 어조로 떠들어대는 메르데르 자작의 목소리를 들으면서 보리스는 꼬리를 무는 의문에 사로잡혔다. 이자는 정말로 귀족일까? 정말로 백작의 친구일까? 이 집은 그의 집이 맞을까?

"예쁜 딸아이는 왜 안 데려왔나? 이거, 나는 딸 없는 아버지라서 그런지 유난히 그 애가 귀엽던데 말이야. 꼭꼭 숨겨놓고 안 보여주긴가?"

"로즈는 가벼운 감기에 걸렸어. 집에서 안정을 취하고 있네. 안 그랬다면 오랜만의 걸음이고 하니 같이 왔으면 좋았을 걸 그랬지."

"저런! 얼른 나았으면 좋겠군."

물론 로즈니스가 아프다는 이야기는 거짓말이었지만 이제 사소한 거짓말 따위에 신경쓸 기분이 아니었다. 어느새 자정이 넘었다. 간단한 밤참과 함께 가졌던 인사 자리가 끝나자 백작과 보리스는 각각 침실로 안내받았다.

밤이 깊었고, 하루 종일 마차를 타서 피곤했지만 보리스는 쉽게 잠을 이루지 못했다. 일단 의심을 품고 바라보자 자신을 둘러싼 사람들이 모두 짜고 연극을 하는 기분이었다. 문득 로즈니스가 생각났다. 그 애도 연극에 동참하고 있었던 걸까?

조금 마음이 가라앉자 아닐 거라는 생각이 들었다. 로즈니스는 자만심 때문에라도 감정에 충실하고 솔직한 아이였다. 죽 곁에서 봐왔기 때문에 평상시의 행동을 그만큼 가짜로 해낼 순 없으리라는 확신이 들었다. 그러기에는 성격 자체가 미숙했다.

잠이 오기는커녕 정신이 점점 더 맑아져 보리스는 침대에서 일어났다. 침실에 들어온 지 한 시간은 넘었겠지 싶었다. 다들 잠들었을 때 주위 사정이나 살펴두는 것이 좋을 것 같았다.

살금살금 걸어가 창문 밖을 살펴보았다. 2층이라는 걸 알고 있었지만 사정이 급하다면 뛰어내릴 마음도 있었다. 그러나 창 아래쪽은 가시덤불이었다. 입구로 가서 손잡이를 돌려보았다. 문은 열렸지만 복도는 램프들로 환하게 밝혀져 있었다. 아까 메르데르 자작이 이 근처에는 짐승들이 종종 출몰하기 때문에 저택에 불을 끄지 않는다고 말했던 것이 생각났다.

갑작스러운 일에 대비해서 보리스는 검을 껴안은 채 자리에 누웠다. 윈터러를 버리고 도망칠 마음이 없는 이상, 그럴듯하게 연기하며 저택까지 돌아간 뒤에 달아날 방법을 구상하는 수밖에 없을 듯했다.

그러나 다음날은 내키지 않는 사냥이었다.

밤잠을 자지 못해 피곤했지만 어쩔 수 없었다. 백작은 열두 기사 중에서 일곱 명을 선발했다. 자작은 자신이 거느리고 있는 사냥꾼들을 십여 명이나 불렀다. 사냥개도 수십 마리였다. 저택 앞마당이 온통 개 짖는 소리로 가득찼다.

"사냥꾼 다섯 명과 사냥개 열세 마리를 빌려주지. 자네와 자네 아들, 그리고 우리, 누가 먼저 멧돼지를 잡나 경쟁해볼까?"

"좋지. 하지만 데려갈 사냥꾼은 내가 고르겠네."

"아하. 좋을 대로 하게, 이 사람아. 내가 자네를 놀리는 사람이던가?"

보리스는 저택을 떠난 후 처음으로 란지에를 가까이에서 보았다. 이상한 일이지만 줄곧 함께 있지 못하고 떨어져 있었다. 보리스가 쳐다보자 란지에가 눈을 약간 크게 뜨더니 몇 번 깜빡였다. 영문을 몰라 당황하고 있는데 백작이 말했다.

"하인은 두고 가거라. 말을 타고 달려야 할 테니까."

문득 깨닫는 바가 있었다. 보리스는 재빨리 고개를 저었다.

"제가 이런 일에는 워낙 경험이 없어 함께 가고 싶습니다. 허락해주세요."

"별 도움이 안 될 텐데……."

백작은 마땅찮은 얼굴로 둘을 내려다보다가 란지에에게 말했다.

"말을 탈 줄 아느냐? 탈 줄 안다면 데려가마."

보리스는 바짝 긴장했다. 하인이 말을 탈 줄 아는 경우는 드물었다. 하지만 란지에는 일전에 검을 뽑을 때도 특이한 재주를 보여준 적이 있었다.

란지에가 눈을 내리깐 채 대답해왔다.

"탈 줄 압니다."

"흐음……. 그래. 그럼 따라와도 좋다."

여전히 불만스러운 듯했지만 말을 꺼낸 이상 허락하지 않을 수도 없었다. 탈 줄 알 리가 없다고 생각하고 그런 말을 꺼낸 것이 뻔했다.

메르데르 자작이 으스대며 보리스에게 내준 말은 그 집에서도 특별히 정성 들여 키우고 있다는 흰 콧잔등의 검은 말이었다. 란지에에게는 비교적 얌전한 갈색 말이 주어졌다. 다른 사람들도 말에 오르고 일행은 서쪽 숲을 향해 달리기 시작했다.

아침 숲은 이슬에 젖어 있었다. 속력을 내자 오솔길 위로 내민 나뭇가지들이 머리 위에 물방울을 뿌렸다. 말발굽 아래 풀들도 사각거렸다. 아직 뜨겁지 않은 태양이 목 뒤를 따끈따끈하게 덥혀주었다. 피로로 인한 두통도 점차 가셨다. 오랜만에 타는 말의 흔들리는 느낌이 오히려 좋았다. 숲으로 들어갈수록 정신이 맑아졌다.

"저쪽이다!"

메르데르 자작은 신이 났다. 안 그래도 손님들에게 자기 사냥꾼과 개들의 솜씨를 보여주고 싶었는데 멧돼지가 일찍 나타나준 것이다. 한껏 들떠서 소리 높여 명령했다.

"아조프! 계속 쫓아라! 도윌은 남쪽 진로를 막고! 징검다리 시내 쪽 절벽으로 모는 거다, 알겠지!"

컹, 컹컹……. 개 짖는 소리가 요란하게 앞으로 몰려갔다. 멧돼지는 남서쪽을 향해 질주했다. 백작이 웃으면서 말했다.

"역시 전문가는 당하기 힘들군."

그러나 웃고 있을 때가 아니었다. 방금 개들이 질러간 숲 쪽에서 갑자기 다른 멧돼지가 세 마리나 쏜살같이 달려왔다. 개들이 들쑤셔놓는 바람에 놀란 것이 분명했다. 오늘 멧돼지들은 떼 지어 이동하고 있었던 모양이었다.

"이런!"

사냥꾼들이 활을 메길 틈도 없었다. 말을 탄 자들은 이리저리 흩어졌다. 개들은 가까이 있는 적의 털가죽을 맹렬히 물어뜯었다. 세 마리나 되었기 때문에 공격은 체계가 없었다. 사냥꾼들이 한 마리만 공격하게 하려고 개들에게 소리를 질러댔지만 흥분한 개들은 쉽사리 진정되지 않았다. 게다가 멧돼지들은 각자 다른 방향으로 달아나기 시작했다. 사냥꾼 한 사람이 악을 썼다.

"카를! 돌프! 크렐! 이쪽이다! 휘익! 이쪽이라니까!"

메르데르 자작의 사냥꾼들은 처음 나타난 멧돼지를 따라갔기 때문에 이곳에 남은 것은 백작 일행뿐이었다. 그러나 백작도 당황하지 않고 명령을 내렸다.

"둘로 나뉘어 왼쪽의 한 마리만 몰아라! 델레메르! 그로미어스! 너희들은 다른 멧돼지들이 공격하지 않도록 측면을 원호해라!"

기사들은 사냥에 큰 열의가 없었다. 그러나 백작의 명령이었으므로 별수없이 검을 뽑아 들었다. 백작은 곧장 한 무리를 지휘하며 달리기 시작했다. 모습이 숲 사이로 사라졌다.

곳곳에 솟은 큰 나무들 때문에 공간이 좁아서 사냥꾼들은 기사들의 이동을 방해했다. 누군가가 말발굽에 채여 비명을 지르자 한 기사가 욕설을 내뱉었다.

"저 자식이 죽고 싶어서 길을 막나……."

순간, 보리스는 저 말을 들은 일이 있다는 것을 깨달았다.

생생한 광경이었다. 자신을 향해 똑같은 말이 던져졌던 때, 보리스는 몸과 마음이 지치고 의지할 곳 하나 없는 신세였다. 그래서 더 정확한 기억인 것일까. 잊히지 않은 것일까.

"죄, 죄송합니다……."

사냥꾼은 그때 남은 거라곤 악밖에 없었던 보리스처럼 행동하지 않았다. 사냥꾼이 주춤거리며 비켜나자 델레메르라는 기사는 흥, 하고 콧방귀를 뀌더니 말머리를 다른 쪽으로 돌렸다. 그의 손에는 말채찍이 들려 있었다.

왜 지금까지는 저 모습이 비슷하다는 것을 깨닫지 못했을까? 자신은 비참한 인형처럼 농락당했을 뿐이었다. 진실이라고 믿었던 것은 모조리 깨어졌다.

여덟 명의 기사, 그랬다. 항상 열두 명의 기사를 대동한다는 백작이 트라바체스에서 돌아올 때는 여덟 명만을 데리고 있었다. 그때 여관 앞에서 시비를 걸었던 남자들은 넷이었다. 이쯤 되면 바보라도 알고 남을 셈이었다.

또 한 가지, 그날 여관 앞의 네 남자는 트라바체스 사람이 쓰지 않는 '귀족'이라는 단어를 썼었다.

"도련님, 이쪽으로."

곁에서 란지에가 속삭이는 소리가 들렸다. 보리스는 멍해진 머리를 추스르며 그를 뒤따랐다. 사람들이 흩어지고 있었다. 몇몇 기사들은 딱히 주어진 일이 없으니 멋대로 다른 멧돼지를 쫓기 시작했다. 그 가운데 한 무리를 따라 정신없이 달렸다.

정신을 차리고 보니 어느새 란지에와 보리스, 두 사람만이 숲 경계를 달리고 있었다. 앞선 란지에는 능숙한 솜씨로 말을 몰아 나아갔다. 옅푸른 머리가 일정한 리듬으로 흩날렸다. 말을 타는 란지에의 뒷모습은 흡사 귀족 자제 같았다. 사람들의 소리가 점차 멀어져갔다.

란지에는 뒤도 돌아보지 않았다. 멈추지도 않았다. 아름드리나무가 우거진 곳으로 접어들어 점점 더 깊은 숲속으로 달렸다. 나무 그림자 말고는 아무것도 보이지 않을 때까지.

과악!

어두운 수풀 구멍에서 검은 새들이 솟아나 달려들었다. 포물선을 그리는 날개, 한순간 스러지는 깃, 어둠 끝의 빛.

온갖 소리에 둘러싸였지만 오히려 고요하다고 생각했다. 물방울이 떨어지고, 잎이 소곤대고, 바람이 휘파람을 불고, 볕이 잔 그림자를 남기며 흘러갔다. 긴 터널의 끝에서 새 공기를 느끼듯 호흡이 점차 트였다. 착각일지라도 이대로, 좀더 달리고 싶다.

이윽고, 멈췄다.

히히히힝!

말이 길게 울부짖었다. 검은 말의 목에 땀과 함께 흰 윤기가 후광처럼 흘렀다. 어딘지 모를 숲속이었다. 나무로 둘러싸인 공터에는 봄볕이 뿌린 열기가 가득했다.

란지에가 말의 방향을 돌리더니 훌쩍 뛰어내렸다. 보리스도 말에서 내려섰다. 란지에가 입술을 약간 움직이더니 웃었다.

"결국 못 가셨군요."

"……."

보리스는 대답하지 못한 채 란지에의 얼굴을 바라보았다.

그러나 란지에는 대답을 듣고자 하지 않았다.

"자, 시간이 없습니다."

란지에가 타고 온 말의 옆구리에는 사냥 나온 다른 사람들처럼 간단한 도시락과 화살통이 매달려 있었다. 란지에는 도시락 꾸러미를 끄르더니 보리스에게 내밀었다.

"란지에, 넌……."

"받지 않으실 겁니까?"

도시락을 받았을 때 보리스의 팔이 휘청했다. 버틸 수 없을 만큼 무거워서가 아니었다. 기껏해야 빵과 치즈 따위가 들어 있어야 할 도시락이 예상외로 묵직했기 때문이다.

"이건?"

"멀리 가시려면 반드시 필요한 것이지요."

아마 돈이나 여행 물품들일 것이다. 이런 것을 어떻게 란지에가 손에 넣었을까?

"그리고……."

란지에가 이번에는 화살통을 내렸다. 그 안에 가죽과 끈으로 싼 길쭉한 꾸러미가 있는 것을 그제야 알아보았다. 보리스는 할말을 잃은 채 란지에를 보았다. 말을 하려 해도 목이 막혀 나오지 않았다. 꾸러미를 꺼내자 끝에서 익숙한 검의 머리가 드러났다.

자신이 가지고 나오려 했다면 백작의 눈에 틀림없이 발각

당했을 것이다. 그러나 하인인 란지에의 물건은 백작도 주목하지 않은 모양이었다. 그것은 보리스의 눈에도 마치 화살을 여러 개 싸 묶어놓은 것처럼 보였다. 활을 쏠 줄 모를 것 같은 란지에가 떠나기 전에 활과 화살을 달라고 했을 때 보리스는 그 이유를 전혀 몰랐다.

"어째서 이렇게까지 하는 거지? 넌…… 넌 내가 어떤 처지인 줄도 모르면서……."

"모릅니다만, 짐작은 갑니다."

란지에는 가벼운 표정이었다. 말 등을 쓰다듬더니 몸을 약간 기댔다. 오랜만에 그다운 표정이었다. 파티의 밤에 소매를 끄르고 머리를 넘기던 때처럼.

"다만, 죄송합니다. 좀더 일찍 확신했더라면 더 나은 기회를 잡았을 텐데. 저 역시 도련님을 조금쯤 의심하고 있었던 거지요. 제가 이 검을 일찍 살펴볼 기회가 없었던 것이 유감입니다. 그랬다면 제가 품었던 의문에 더 빨리 결론을 내렸을 것입니다. 지금보다 위험을 덜 무릅쓸 수도 있었을 것입니다."

보리스는 아직까지도 란지에를 완전히 믿어야 할지 확신하지 못했다. 상상도 못 한 큰 친절이었기에, 그리고 큰 친절을 베푸는 자들은 보통 더 큰 음모를 숨기고 있었기에.

"어떤 의문이었지?"

란지에의 눈동자가 점차 계산된 침착함에서 자유인만이 가

빛 없는 밤을 뚫고

질 수 있는 그것으로 변해갔다. 그는 자유의지를 갖고 보리스를 돕고 있었다. 충성심, 보답, 의무가 아닌 일대일의 사람으로서.

"저는 처음부터 도련님께서 양자가 되려고 온 것은 아니라는 느낌을 받았습니다. 그러나 한동안은 도련님 역시 백작의 음모에 동참하고 있다고 여겼지요. 저는 백작이 획책하고 있는 것이 무엇인지 알아내겠다고 마음먹었고, 그래서 처음부터 도련님을 관찰해왔습니다. 그리고 잘 모르시겠지만……"

란지에가 희미한 미소를 떠올렸다.

"도련님께서 오기 전부터 저는 이 집안의 비밀들을 손에 쥐고자 노력해왔습니다. 그것만이 제 살길이었기 때문입니다. 저는 본래 저를 사들였던 귀족으로부터 도망친 몸입니다. 백작은 그 사실을 알고서 저희 남매를 받아들였습니다. 아마 필요하다고 느낄 때 란즈미를 미끼로 제게 거절할 수 없는 요청을 하려 할 것입니다. 그것이 무엇일지도 짐작이 갑니다."

보리스는 숨이 가빠지는 것을 느꼈다.

"언젠가 닥쳐올 그날, 제시할 대항 카드를 쥐기 위해 벨노어 성에 온 첫날부터 저는 부단히 노력해왔습니다. 백작의 서재, 침실, 숨겨진 서랍들의 열쇠를 차례로 손에 넣었고 비밀로 하고 있는 서류들을 조금씩 읽어나갔습니다. 그즈음 도련님께서 오셨고, 도련님의 목적을 캐내려던 과정에서 윈터바텀 킷이라는 이름을 알게 되었습니다."

란지에의 하루 중 보리스와 떨어져 지낸 시간은 극히 짧았다. 란지에는 얼마나 열심히 살아왔단 말인가.

"그 이름과 월넛 선생님 때문에 보게 된 검을 연결하는 데는 시간이 좀 걸렸습니다. 전 윈터바텀 킷이 무엇을 가리키는 말인지 전혀 몰랐으니까요. 제가 읽으라고 권해드린 『역사 속의 무구武具들』이라는 책에도 이것에 대한 언급은 없지 않았습니까?"

란지에는 책 한 권조차 이유 없이 권하는 사람은 아니었다. 어쩌면 그때도 보리스의 반응을 떠보고 있었을 것이다.

"도련님께 직접 사실을 확인하는 대신 백작의 전시실 열쇠를 구해서 들어가보았습니다. 그리고 도련님께서 본 것과 똑같은 것을 보았지요. 물론 그렇게 하기까지 몇 달이나 되는 시간이 걸렸습니다. 그즈음 도련님께서는 제게 검을 자세히 볼 기회를 마련해주셨습니다."

복숭아꽃이 흩날리던 날 검을 뽑아 들었던 란지에의 모습을 떠올렸다. 그때 란지에가 살폈던 것은 윈터러의 모양과 전시실에 마련된 빈자리와의 유사함이었다.

"그날 도련님께서 돌아가신 형님의 이야기를 해주시지 않았더라면, 도련님 역시 그 검의 가짜 주인으로서 백작의 목표를 위해 봉사하고 있을 뿐이라고 결론 내렸을지도 모르겠습니다."

비록 보리스의 진실함을 알아보려는 방편이었다 해도 그 일로 두 사람은 한층 서로를 잘 알게 되었다. 또한 란지에는 보리스의 이야기를 들은 대신 쉽게 입 밖에 내고 싶지 않았을 자신의 과거도 말해주었다. 란지에가 살아가는 방식은 보리스가 짐작한 것 이상으로 지독한 줄타기였지만, 그런 상황에서도 란지에는 자신만의 기준을 잃지 않고 놀랄 만한 공평함을 발휘했다. 강자의 손아귀에 뛰어들어 활로를 찾는 약자가 가장 잃기 쉬운 것이 바로 그 공평함인데도.

란지에가 불쑥 말했다.

"이제 의심이 풀리셨습니까?"

의심하고 있었음을 란지에가 눈치챈 것이 부끄러웠다. 그러나 그냥 떠날 수만은 없었다.

"그렇다 해도 넌 왜 이런 위험을 무릅쓰지? 나의 일일 뿐인데, 너와 무슨 관계가 있다고?"

란지에는 이제 가벼워진 말에 올라타더니 말했다.

"제게 별로 재능은 없습니다만, 그나마 할 줄 아는 일이 힘의 흐름을 보는 것입니다. 힘이 어디에서 나타나 어디로 흘러가는지……. 그리하여 종막에 이르면 무슨 결과를 불러올지. 당신에게는 힘이 뭉쳐져 있지요. 그것을 흘려보내려는 것뿐입니다. 아직은 부딪쳐 폭발할 때가 아닙니다. 저는 당신 같은 사람을 좋아하지만⋯⋯."

무슨 말을 하려다가 갑자기 삼켜버린 것처럼 란지에의 목소리가 낮아졌다.

"저는 별로 순수한 인간이 못 됩니다."

보리스도 말에 올랐다. 마지막으로 물었다.

"이제 돌아가면 넌 어쩌지? 백작이 이 일을 알아차리면⋯⋯."

란지에는 끝까지 듣지 않겠다는 듯 고개를 젓더니 빙그레 웃었다.

"모든 일을 제쳐놓고 도련님을 우선으로 모시라 하셨으니, 주인님께서도 별말씀은 못 하시겠지요."

그게 우울한 농담이란 걸 보리스도 알고 있었다. 란지에가 이런 짓을 하고도 백작의 손에서 무사할까? 아니면 보리스가 따라잡지도 못할 만큼 영리한 란지에이니 무슨 다른 수를 꾸며두었을까?

알 수 없다. 그렇더라도 결국 가야 했다. 과정에 불과한 아픔은 이겨내겠다고 결심했기 때문에.

두 필의 말이 다각거리며 돌아섰다. 란지에는 서쪽으로 뻗은 사면을 가리켜 보였다. 그 아래는 백포도주의 산지 아라종으로 이어지는 길이었다. 보리스는 고개를 돌리지 않은 채 나지막이 말했다.

"잊지 않고…… 꼭 갚겠어."

말이 달리기 시작했다. 가파른 내리막이었다.

"다시 만날 때는 당신의 이름을 부르겠습니다."

보리스가 마지막으로 들은 말이었다. 말발굽 소리에 묻혀 목소리는 아득하게 울렸다.

다시 밤이 시작되었다.

어느새 평야로 접어들어 달리고 있었다. 왜 이렇게 어두울까. 누구의 눈에도 띄고 싶지 않은 자신을 숨겨주려고. 달빛도, 별빛도, 왜 이리 흐릴까. 알던 것을 모두 잊고 처음부터, 하나씩 새로이 알아가라는 것처럼.

어디로 가야 하는지 몰랐으나 돌이킬 수 없다는 것만은 알았다. 두려웠으나 동시에 망설이지 않았다. 남겨둔 것들이 마음에 걸렸지만, 동시에 껍질을 벗어버린 듯 홀가분했다.

다시 혼자였다. 그러나 전보다는 자라 있었다.

달려갈 것이다. 이 길이 어디로 가 닿든지. 어둡지만, 어두워서 모든 것을 감싸주는 밤 속으로.

빛 없는 밤을 뚫고.

6

장

INTENSIFY

첫 살해

날이 밝아올 무렵 보리스는 온몸에서 고통을 느꼈다. 뼈와 살이 어긋나 삐걱거렸다. 산을 내려오고 평야를 달리는 동안 너무 오래 말 위에서 흔들렸던 것이다. 벨노어 성으로 오고부터는 장시간 말을 탈 일이 없었다. 보리스의 온몸은 최근 승마에 맞게 단련되어 있지 않았다.

처음에는 반쯤 중독된 듯 앞으로만 달렸기에 앞일도 뒷일도 생각할 겨를이 없었다. 그러나 밤이 올 무렵부터 어지럽던 머리도 맑아져 냉정한 판단이 가능해졌다. 다시 혼자라는 사실이 뼈저리게 느껴졌다. 아무도 보살펴주지 않는 방랑자로 돌아온 것이다.

백작이 언제쯤 자신이 없어진 것을 알아챌까? 점심시간이 가까워오고 있었으니 아무리 늦어도 식사 자리에 나타나지 않을 즈음엔 수상쩍게 생각했을 것이다. 데리고 간 기사를 풀어서 주위를 수색할 테고, 란지에를 불러 추궁하겠지. 란지에가 뭐라고 대꾸를 할까. 짐작하기 힘든 노릇이었다.

메르데르 자작 역시 거느린 부하들이 있었으니 추적에 동참할 것이다. 벨노어 성으로도 곧장 연락을 넣겠지. 빠른 말을 탄 전령이 소식을 전하기까지 걸리는 시간은 대략 한나절. 그리고 나면 남은 기사들이 총동원될 테고, 그즈음이면 숨는 것도 쉽지 않을 것이다.

어디로 가는 것이 좋을까. 사람이 없는 곳? 오히려 사람이 많은 곳?

어느 쪽이 좋든, 사실 선택조차 불가능했다. 작은 마을이라도 찾기는커녕 자신이 있는 곳이 벨크루즈인지 아라종인지도 구별할 재주가 없었다. 비슷비슷한 산마루와 평야가 이어지는 가운데 기껏 동서남북을 판별하는 것이 전부였다. 아노마라드는 지독히 넓었다. 작은 점에 불과한 보리스가 밤낮으로 달리고 달린들 이 땅을 벗어날 수는 없었다.

추적은, 새벽이 하늘 곳곳으로 번져갈 무렵에 왔다.

보리스는 당황하지 않았다. 어차피 닥칠 일이라고 생각했다. 보리스가 말을 타고 하루 반 동안 갈 수 있는 거리란 뻔했다. 추적자는 기사 둘이었다. 그들은 소년을 보자 박차를 가해 속력을 내기 시작했다.

인적 없는 새벽녘의 들판과 질푸른 빛이 번져가는 하늘, 등 뒤로 솟은 산, 곳곳에 돌부리와 바위가 박힌 길 없는 땅……

"하아!"

푸르릅!

보리스의 말은 지쳐 있었다. 도망자와 추적자가 포물선을 그리며 들판을 꺾어 돌았다. 크고 작은 바위들이 시야로 뛰어들었다가 지나쳐갔다. 다리에 힘을 주었지만 오래 버틸 수 없음을 직감했다. 그래도 메르데르 자작의 말이 훌륭했기에 지금까지 잘 버텨준 셈이었다.

말라비틀어진 잡목이 흩어진 맨땅이 나타났다. 흙먼지가 일어나 바지며 망토를 하얗게 뒤덮었다. 보리스는 몸을 최대한 말 등에 붙였다. 오래전 형이 가르쳐준 대로 잘해내고 있다는 생각이 문득 들었다. 그러나 잘해내는 것만으로는 소용 없었다. 살아남지 못하면 무슨 소용인가? 나이에 비해 뛰어나든 어떻든 상대하는 어른들은 봐주지 않는다. 객관적인 평가 따위는 말장난에 불과했다.

싸워야 할 순간이 다가왔다. 두 마리 말은 이제 십여 걸음 뒤까지 따라붙었다. 한 명은 창을 들고 있었다. 보리스의 무기는 짧았고, 말 위에서 기사를 상대할 재주도 없었다.

어디서 내려야 할까? 둘러보니 저만치 낮은 허공에 무리

첫 살해

지은 새들이 빙빙 돌고 있는 것이 눈에 띄었다. 그들 가운데 한 마리가 쏜살같이 아래로 활강했다. 다른 새들도 뒤를 이었다. 새들은 곧 시야에서 지워졌다. 위험한 도박이 머릿속에서 떠오른 것은 그때였다.

조금 더, 조금 더 접근해갔다. 제 실력을 과신한 것이 아니라 다른 선택의 여지가 없었다. 말은 마지막 힘을 짜내어 미친듯 달리고 있었다. 너무 빠르다 싶을 정도로. 순식간에 가까워졌다. 여기쯤일까, 아니면 조금 더일까, 이미 지나쳐버렸을까…….

"하!"

고삐를 힘껏 움켜쥐며 강한 선회를 감행했다. 맹렬히 달리던 말은 쉽사리 방향을 틀지 못했지만, 필사적으로 몰아붙였다. 실패는 곧 죽음이었다. 간신히 오른쪽으로, 말은 아슬아슬하게 절벽 가장자리를 스쳐갔다. 발굽이 찬 돌부리가 부서져 까마득한 아래로 떨어져갔다.

타닥, 툭, 툭, 툭, 투두둑…….

"억!"

외마디 비명이 귓전을 때렸다. 말이 울부짖는 소리도 들렸다. 암반을 긁고 돌이 부서지는 파열음, 생각보다 더 폐부를 찌르는 소리들에 귀를 막고 싶었다. 그러나 고삐를 놓을 수가 없었다. 성공했을까, 둘 다 떨어졌을까.

으아아아악……

결국 한 명의 적이 속력을 이기지 못하고 굴러떨어졌다.

"저 쳐죽일 놈!"

뒤따르던 말은 간신히 낭떠러지 끝에서 멈춰 섰다. 보리스의 말이 지쳐 속력이 떨어지는 동안, 분노한 적의 말이 질풍처럼 몰아쳐 왔다. 눈앞은 잡목숲이었다. 보리스가 다시 한번 방향을 틀려고 애쓰는 동안 직진한 적은 곧장 따라붙었다.

결국 말은 잡목숲 속으로 뛰어들었다. 몸을 가리기에는 어림없었지만 진로를 방해하기에는 충분했다. 마음을 비워야 할 때가 왔다. 보리스는 말의 속력을 늦춰가다가 윈터러만 움켜쥐고 뛰어내려 한 바퀴 굴렀다. 말은 그러고도 몇 걸음 더 가서 쓰러질 듯 멈췄다.

"이 찢어 죽여도 시원치 않을 놈아!"

이를 가는 소리가 들려왔다. 말에서 내려 장검을 뽑아 들고 성큼 다가서는 모습이 저 호수의 괴물만큼이나 위압적으로 느껴졌다. 그러나 여기엔 보리스를 지켜줄 형이 없었다.

보리스도 윈터러를 뽑아 들었다.

"……"

떨지 않겠다고 마음먹었다. 비록 저 노련한 전사와는 비교도 안 되겠지만 자신도 온 힘을 다해 검을 갈고 닦으며 겨울을 보냈다. 산 자는 점점 강해진다. 살아남아서 더 강해질 것이다. 형이 물려준 검의 이름에 부끄럽지 않도록, 비록 죽더라도⋯⋯.

아니, 난 결코 죽지 않아!

"하아아압!"

지난겨울 내내 보리스의 유일한 상대는 월넛이었다. 그와 수십 수백 번을 되풀이하여 싸웠기에 다칠까 봐 몸을 사리는 버릇은 자연히 사라졌다. 지금의 적이 월넛이라고 생각했다. 그때처럼 해보리라 마음먹었다.

챙!

그러나 검이 첫 번째로 맞부딪치는 순간 보리스는 손목이 꺾어질 듯한 고통을 느끼며 압도적인 힘의 차이를 절감했다. 두 검이 떨어지며 간신히 뒤로 물러났지만 적은 전혀 사이를 두지 않고 몰아쳐 왔다. 월넛은 보리스를 가르치고자 했지만 이자에게는 적이었다. 더구나 생쥐만도 못한 어린아이였다. 망설일 이유가 없었다.

다만, 소년이 쥔 검만은 기사의 눈길을 끌었다.

새벽에서 아침으로, 붉게 변한 햇빛이 윈터러의 날에 닿을 때마다 현란한 광채가 어른거렸다. 보아하니 소년은 비교적 검을 가볍게 썼다. 보리스가 있는 힘을 다했기 때문이기도 했지만 사정을 모르는 기사의 눈에는 보기보다 가벼운 검이라는 인상을 주었다. 바스타드 검은 꾸준한 수련을 쌓더라도 스무 살 이전에는 제대로 쓰기 힘들다. 철로 만들어진 검이라면 일정한 무게가 있을 텐데, 저토록 가벼운 검의 정체는 뭐지?

백작은 부하들에게 윈터러의 존재를 말해주지 않았다. 두 번 검이 맞부딪치고 나서 보리스는 민첩하게 왼쪽으로 몸을 빼며 검을 바로 찔렀다. 기사는 소년의 검을 살펴보며 한눈을 팔다가 그만 팔꿈치를 찔리고 말았다. 얕보기에는 소년의 기본기가 탄탄했다.

"건방진 새끼가!"

그래, 장식품만은 아니었던 모양이다. 기사는 팔꿈치에 두 터운 가죽 보호대를 붙이고 있었는데 소년의 검은 간단히 그 것을 잘라버리고 제대로 된 상처를 입혔다. 피가 흘러내려 손목을 적셨다.

"소원대로 죽여주지!"

적의 검이 빨라졌다. 강한 힘으로 검을 밀치고 사슬 장갑을 낀 손으로 보리스의 손을 짓눌렀다. 동시에 배를 걷어차려 했다. 그러나 일전에 난데없이 시작했던 달리기로 다리가 단련된 보리스는 재빨리 상대방의 오금을 비스듬히 걷어찼다. 비틀거린 적은 급히 물러났다가 곧장 베기로 들어갔다. 어깨를 한 번 피하고, 다시 반대쪽으로 고개를 돌려 피한 보리스는 상대가 그를 죽이려 하지 않는다는 걸 눈치챘다.

백작은 보리스를 생포할 작정인 모양이었다. 스노우가드를 함께 얻어 윈터바텀 킷을 완성하기 위해서겠지. 보리스가 죽는다면 스노우가드의 행방을 말할 사람이 아무도 없을 테니까. 다만 팔이나 다리 하나쯤 잘라버린대도 문제될 것은 없었다. 기사는 의외로 보리스가 검을 연속해서 받아치자 의아해하며 신중한 공세를 취했다.

다시 한번 부딪쳤을 때, 윈터러가 희한한 소리를 내며 우웅, 하고 떨었다. 보리스는 깜짝 놀랐다. 프로즌 브레이크가 일어날 때와 비슷한 소리가 아닌가! 자신에겐 스노우가드가 없는데?

적도 흠칫 놀란 모양이었다. 한 발 떨어져 경계 태세를 취하다가 갑자기 생각을 바꿔 성큼 방향을 돌렸다. 반 바퀴 뒤로 돌아가자 보리스도 몸을 돌렸다. 검은 예상치 못한 방향에서 날아왔다.

츠컥!

검이 보리스의 옆구리를 후벼팠다. 갑옷이 없었기 때문에 즉시 핏줄기가 솟았다. 허리가 끊어지는 아픔이 온몸을 휩쌌다. 이토록 큰 상처를 입은 것은 처음이었다. 그랬기 때문에 당황했던 것일까. 페이스를 잃는 순간 적이 어느새 검을 쥔 손을 강하게 내리쳤다. 비척, 검이 손에서 떨어져나가려는 순간 반대쪽 손으로 간신히 부여잡았다. 검을 놓치는 것만은 용납할 수가 없었다.

하지만 소용없는 일이었다. 적은 칼등으로 옆얼굴을 냅다 후려쳤고, 보리스는 쓰러지지 않으려고 검을 바닥에 짚었다. 적이 다가와 한 손으로 목을 움켜쥐고 졸랐다.

"어린놈이 제법 버텼다만 이제 끝내야지."

적은 바닥에 짚은 검을 걷어차 보리스를 쓰러뜨렸다. 흙 묻은 발로 손을 밟으면서 윈터러를 비틀어 빼냈다.

"흐음……."

눈빛에 탐욕이 어렸다. 검은 놀랄 만큼 예리하고 신기할 정도로 가벼웠다. 또한 아름답기까지 했다. 기사는 눈으로 칼날을 훑으면서 발로 소년의 가슴이며 머리를 사정없이 걷어찼다.

"이런 검을 갖고 도망쳤으니 주인님께서 네놈을 잡아오라고 하셨구나. 제 분수도 모르는 놈 같으니라고."

기사가 윈터러를 흙바닥에 푹 꽂아 넣더니 보리스의 멱살을 잡아 일으켜 세웠다. 축 늘어진 소년을 나무둥치로 밀어붙여 몇 번 처박았다. 백작을 처음 만났던 때 보리스를 족치던 자들의 방식과 확실히 유사했다.

이윽고 기사는 보리스를 도로 바닥에 밀쳐버리더니 윈터러를 흘끔 보았다.

"쓰읍……."

기사는 확실히 고민하기 시작했다. 탐나는 검이었다. 검사

생활 십여 년 동안 이렇게 좋은 검은 처음 보았다. 방금 바닥에 찔러 넣을 때도 놀랄 만큼 부드럽게 들어가지 않던가.

그러나 겨우 검 한 자루 때문에 오랫동안 섬겨온 주인을 배반하기는 뭣했다. 다만 일을 숨길 수만 있다면 검도 갖고 백작에게도 시치미를 뗄 텐데 싶었다. 그때 저 교활한 녀석의 계략으로 절벽에서 떨어져 죽은 동료가 생각났다.

그래, 저 녀석도 말과 함께 절벽으로 밀어버리자. 떨어져 죽은 시체 옆의 검을 누가 집어 갔다고 해도 이상한 일은 아닐 테고, 자신은 단지 소년을 보지 못한 체하면 되는 것이다. 죽은 기사와 소년은 맹렬히 추격전을 벌이다가 절벽을 보지 못하고 둘 다 떨어져 죽은 것처럼 보이겠지. 방금 전에 저 동료 기사와 마주친 것도 우연이었으니 다른 녀석이 언젠가 이 길을 탐색하러 올 것이다. 백작이 상금을 제대로 내걸었으니까.

그렇다면…….

보리스는 쓰러진 채 상대의 얼굴이 시시각각으로 변하는 것을 지켜보고 있었다. 그자가 뭘 생각하고 있는지도 대강 알아챘다. 그러나 손쓸 방법이 없었다.

"일어나."

한 손에는 윈터러를, 또 한 손에는 자신의 검을 든 적이 턱짓하며 말했다. 보리스는 천천히 몸을 일으켰다. 패배한 몸에 남은 상처는 한층 고통스러웠다.

"이리 와. 자, 얼른."

기사는 달아나지 않은 보리스의 말을 불렀다. 그리고 말안장에서 밧줄을 꺼내 들었다. 그 밧줄로 보리스의 목을 몇 번 감아 묶더니 끝을 자기 손에 단단히 감아 잡았다.

"말에 타라."

따를 도리밖에 없었다. 보리스는 말에 올랐다.

그때까지만 해도 보리스는 이자가 자신을 백작에게 데려가려고 결심한 줄 알았다. 보리스가 달아나려고 말의 배를 걷어찬다 해도 저쪽에서 밧줄만 당기면 목이 졸리거나 바닥에 나뒹굴게 될 것이다. 도망칠 길이 없다고 생각하자 가슴속은 초조한 심정으로 가득찼다.

바로 그때, 보리스는 한쪽 손이 안장에 달린 란지에의 도시락 주머니에 닿는다는 것을 깨달았다. 아래로 늘어진 주머니의 주둥이에는 단단한 것이 약간 튀어나와 있었다. 그것은 별다른 동작 없이도 손에 충분히 잡혔다.

기사는 만족한 얼굴로 검을 넣은 다음 윈터러도 칼집을 찾아 넣더니 말안장에 매달았다. 그리고 말에 올라탔다.

"말 몰 줄 알지?"

기사는 보리스를 앞세워 천천히 절벽으로 다가가기 시작했다. 적당히 다가간 다음 밧줄을 놓으면서 채찍으로 보리스의 말을 후려칠 생각이었다. 그러면 저절로 떨어져줄 것이다.

그런 계획을 보리스가 알아챈 것은 절벽 앞에 이른 후였다. 등골이 싸늘해지는 것을 느끼며 보리스는 뒤를 돌아보았다.

"어, 어떻게……."

돌이키기에는 늦은 상황이었다. 기사는 대답하는 대신 비릿한 웃음을 보였다.

"잘 가라."

더 생각할 여유가 없었다. 기사가 고삐를 잠시 놓고 채찍을 드는 순간, 보리스는 다리의 힘만으로 말 등을 박차고 가능한 한 먼 곳으로 떨어져 굴렀다. 동시에 목이 꽉 졸리며 거의 정신을 잃을 지경에 이르렀다.

"어억!"

기사는 손에 감아쥔 밧줄을 풀지 못한 채였다. 갑자기 줄이 당겨지자 그 역시 순간적으로 몸을 가누지 못해 말 아래로 떨어지고 말았다. 말고삐를 놓고 한 손에는 밧줄, 또 한 손에는 채찍을 들었던 행동의 결과였다. 기사는 급히 정신을 추스르고 일어나려 했지만 절벽이 근처라는 생각에 저도 모르게 주춤거렸다. 좀 전에 동료가 떨어지는 모습을 바로 옆에서 보았던 탓이 컸다.

보리스는 바닥에 얼굴을 심하게 부딪혔지만, 죽을지도 모른다는 절박한 심정 때문에 벌떡 일어났다. 동시에 떨어지기 직전에 도시락 주머니에서 빼 들었던 단도로 목을 감은 밧줄을 끊었다. 옆구리의 통증도 잊었다. 저쪽에서 정신을 차리고 검을 뽑는 순간 상황은 뒤바뀔 것이다. 기회는 단 한 번뿐. 망설이면 자신이 죽는다!

손에 쥔 단도에 힘이 실렸다. 한달음에 달려간 보리스는 단도를 상대의 등에 힘껏 꽂아 넣었다.

"크억!"

무슨 일을 저지른 것일까.

옷 전체로 번져가는 핏자국을 보며 보리스는 뒤통수를 얻어맞은 듯 멍해졌다. 찌른 곳은 목과 등이 이어지는 곳이었는데, 검붉은 피가 그야말로 물밀듯 쏟아져 나왔다. 급박한 상황에 처해 인간이 아닌 무엇을 찌른 듯했던 기분은 순식간에 생생한 살해의 감정으로 변했다.

온몸이 덜덜 떨렸다. 단도를 찌를 때까지만 해도 공격하지 않으면 자신이 죽는다는 생각뿐이었다. 그런데…….

"으윽……."

상처는 깊었지만 적은 아직 죽지 않았다. 몸을 돌려 보리스의 목을 움켜잡으려 했다. 그러나 보리스는 자신이 저지른 일에 충격을 받아 반쯤 넋이 나간 상태였다. 저도 모르게 손이 뻗어나갔다. 단도를 너무 꽉 움켜쥐고 있었던 것일까.

푸욱!

날카로운 칼날이 상대의 목을 뚫고 들어갔다. 그 순간, 옷을 타고 번지던 것과는 다른, 맹렬한 핏줄기가 솟구쳐 얼굴에 피보라를 씌웠다. 크게 열린 동공과 눈이 마주쳤다. 죽어가는 자의 눈, 주마등처럼 흘러가는 과거를 주시하고 있을지도 모를 눈이었다. 아니, 그것은 자신이 살해한 자의 눈이었다.

"으…… 아…… 으……."

알 수 없는 소리를 내며 적은 풀썩 쓰러졌다. 피가 흙바닥을 적시고 웅덩이를 이뤘다. 다시는 주워 담을 수 없을, 돌아오지 않을 썰물이었다. 보리스가 떠는 것처럼 시체도 몇 번인가 간헐적으로 떨렸다. 이윽고 단말마의 고통은 완전히 멈췄다.

그러나 보리스는 멈출 수 없었다.

"아, 하, 으흐…… 하악, 학……."

숨이 제대로 쉬어지지 않았다. 너무도 꽉 쥐었던 단도는 아직도 손에서 떨어지지 않았다. 손이며 얼굴, 가슴이 모조리 피범벅이었다. 머리카락에서, 속눈썹에서, 맺힌 피가 뚝뚝 떨어졌다.

갑자기 눈물이 쏟아졌다. 죽은 사람을 위해서가 아니었다. 그렇다고 자신을 위해서도 아니었다. 가슴이 먹먹했다. 무어라 표현해야 좋을지 몰랐다. 슬픔도, 고통도, 안도감도 아니었다.

엄청난 일을 저질렀는데 누구도 껴안고 '괜찮다'고 말해주지 않는다. 자신은 저자의 죽음을 슬퍼할 수 없었다. 폭풍이

그친 아침에 둥지에서 떨어져 죽은 새를 보고도 슬퍼할 수 있는데, 저 사람만은 애도할 수 없었다. 자기 손으로 없애버린 생명이기에. 세상일은 본래 아무것도 돌이킬 수 없는데, 이것만이 돌이킬 수 없는 양 그렇게 두렵고 아득했다.

동시에 자신이 무서웠다. 누군가를 죽인 손, 마치 자신도 죽일 수 있을 것 같았다.

"형……"

보리스의 입술이 저도 모르게 형을 찾았다. 그 순간, 형이 자신의 눈을 들여다보며 한 말이 생각났다.

형도 할 수 있는 일인 거야. 아버지뿐 아니라…… 형도 사람을 죽일 수 있는 거다.

너도 마찬가지야.

형의 말이 옳았다. 이제 보리스도 사람을 죽인 인간이 되었다. 누구나 이런 순간이 닥치면 해치울 수 있는 걸까? 한 번도 해본 적 없던 일을 해냈지만 그것은 성장으로 느껴지지 않았다. 돌아갈 수 없는 길에 한 걸음 들어와버린 느낌이었다.

사방이 점차 환해졌지만 보리스의 마음은 피로 얼룩진 듯 어두워졌다. 첫 살해를 저지른 피투성이 소년의 머리 위로 이윽고 흰 태양이 떴다.

"놓쳤나!"

속속 들어오는 보고를 들으며 벨노어 백작의 얼굴이 무섭게 굳어져 있었다. 다음날 아침까지 칠십여 명의 추적자들을 벨크루즈와 아라종 일대에 풀었는데 소년의 그림자라도 보았다는 자조차 없으니 답답하다 못해 울화가 치밀 지경이었다.

추적자들 중 보리스의 얼굴을 모르는 자가 아무도 없고, 절반 이상은 전날 점심 식사가 끝나기 전부터 수색을 시작했는데도 이 지경이었다. 도대체 그놈이 도망친 건 언제지? 왜 아무도 보지 못한 거냐!

벨노어 성으로 급히 돌아와 밤새 보리스가 쓰던 방을 뒤집어엎다시피 수색했지만 당연히 윈터러는 나오지 않았다. 그녀석을 이곳으로 데려온 후 처음으로 멀리 내보내는 터라 몸소 눈여겨봤다고 생각했는데 어떻게 숨겨서 갖고 나갔는지 모를 노릇이었다.

영문을 모르는 로즈니스가 아침에 깨어나자마자 달려와 오빠의 행방을 캐물었지만 백작은 딸의 질문에 대꾸할 기분이 아니었다.

"오빠가 졌나요? 그래서 아빠가 오빠를 내쫓은 거예요? 그런 거죠? 네? 말씀해주세요!"

"시끄러우니 네 방으로 가라!"

백작이 이런 식으로 소리지르는 일은 좀처럼 없었기에 로즈니스는 금방 눈물이 그렁그렁해졌다. 그러나 어리광쟁이인

만큼 고집도 보통이 아닌 그녀였다.

"아빠가 미워요! 오빠는 착했는데……. 아무리 졌다고 해도 어떻게 집에도 데려오지 않을 수가 있죠? 오빠한테 인사라도 하고 싶었는데……. 아빠가 이럴 줄은 정말 몰랐어!"

그럼에도 불구하고 백작이 대꾸조차 하지 않자 로즈니스는 마음이 몹시 상해서 뛰쳐나갔다. 그러나 백작은 이미 다른 일을 생각하고 있었다.

"가서 란지에를 데려와!"

반쯤 끌려오다시피 백작 앞에 나타난 란지에는 매우 놀란 얼굴로, 그러나 동시에 흐트러짐 없는 태도로 백작을 바라보았다. 백작이 위협적인 말투로 입을 열었다.

"너, 그날 사냥중에 보리스의 모습을 마지막으로 본 것이 언제냐?"

"예?"

백작의 눈에 란지에는 갑작스러운 질문의 의도를 몰라 당황한 것처럼 보였다. 잠시 더듬거리다가 입을 열며 기억을 애써 더듬는 표정이 되었다.

"그러니까…… 멧돼지 세 마리가 갑자기 나타났을 때 다들 크게 놀라서……. 저는 멧돼지를 처음 봤기 때문에 너무 무서워서 급히 말을 돌려 도망쳤습니다. 그때 도련님께서도 마찬가지로 놀라시는 것 같았는데…… 달리다 보니 어느 쪽으로 가셨는지는⋯⋯."

말만은 그럴듯했다. 백작은 한쪽 눈을 약간 작게 뜨면서 다시 날카롭게 물었다.

"분명 너희 둘이 같은 쪽에 있는 것을 보았다. 너는 보리스의 시종인데 멀리 떨어졌다는 것이 말이 된다고 생각하느냐?"

란지에는 갑자기 무릎을 꿇더니 고개를 푹 숙였다.

"죄송합니다, 주인님. 제가 책임을 다하지 못한 거라면 무슨 벌이든 받겠습니다. 제가 살펴드리지 못해 도련님이 위험해지신 거라면 어떻게든⋯⋯."

란지에는 보리스가 단지 행방불명이 된 걸로 아는 듯 행동했다. 백작은 어이가 없어서 혀를 찼다. 이 녀석은 자신이 무엇 때문에 화를 내는지조차 모르지 않는가. 그런 녀석한테 시간을 들여 추궁할 가치나 있겠는가.

벨노어 백작의 머릿속에서 하인이 긴 시간 무언가를 은밀히 계획하고 마침내 실현한다는 것은 불가능했다. 백작에게 하인이란 그저 눈앞의 이익과 두려움 말고는 모르며, 사흘 뒤도 예상하지 못하는 자들이었다. 그렇게 생각했음에도 불구하고 백작은 다시 한번 다짐하듯 목소리를 높였다.

"설마 너, 내게 감히 거짓말을 하는 것은 아니겠지? 녀석이 떠나는 것을 보았으면서도 못 본 체한 것이 밝혀진다면 이

후 살아남지 못할 줄 알아라!"

란지에는 변함없이 당황한 얼굴로 답했다.

"그럴 리가 있겠습니까! 가장 가까이 있어야 할 제가 도련님의 행방조차 모르는 것에 대해서는 무슨 벌이라도 달게 받겠습니다만……. 하지만 도련님께서 왜 떠난다고 생각하시지요? 단지 숲속에서 길을 잃으신 것이 아닐지……."

백작은 란지에의 말을 더 듣고 있지 않았다. 비서 휴에게 몸을 돌리며 명령했다.

"계속 수색하도록 하고, 찾지 못하고 돌아온 자들의 몸수색을 철저하게 해라! 만일 녀석을 보고도 거짓을 고하는 자가 있다면 이후 목숨을 보전치 못하리라고 전해라!"

"예, 주인님!"

백작이 계속해서 몇 가지 명령을 더 내리는 동안 란지에는 엎드려 있다가 일어나 천천히 물러 나왔다. 복도를 따라 걷던 발걸음이 문득 멈췄을 때, 란지에는 문샤인 탑 2층의 그 방을 바라보고 있었다. 저도 모르게 이곳으로 오고 말았던 것이다.

하지만 이제 다시는 저기에 들어갈 일이 없겠지.

란지에는 쓴웃음을 한번 짓고는 창밖의 하늘로 시선을 보냈다. 대열에서 떨어진 작은 새 한 마리가 힘찬 날갯짓으로 들판을 가로질렀다. 란지에 로젠크란츠는 손을 올려 눈가의 햇빛을 가린 채 오랫동안 그것을 바라보고 있었다.

북방 선원의 나라,
렘므로 가며 겪은 세 가지 일들

대장장이 드와릿은 느지막이 하루를 마무리하려 했다. 대장간은 마을에서 약간 떨어진 화강석 채석장을 등진 곳에 있었다. 그래도 근방에 알려질 정도로 실력이 좋았기 때문에 벌어먹고 사는 데 별 지장은 없었다.

다만 그날은 별다른 손님이 오지 않았다. 인근 마을에서 농기구를 고치러 온 농부가 두엇, 아버지의 녹슨 철검을 손봐달라고 가져온 소녀 한 명이 전부였다. 그래도 며칠 전부터 맡아놓은 일이 많았기 때문에 드와릿은 늘 저녁까지 일했다. 나이가 들었지만 결혼도 하지 않았고, 당연히 자식도 없었기에 일하는 시간은 내키는 대로였다.

저녁 생각도 없는데 오늘은 마을로 나가 맥주나 마실까.

풀무니 수건이니 하는 것들을 치우고 가죽 앞치마를 벗어 걸쇠에 걸고 있는데 들판 쪽에서 사람의 그림자가 언뜻 보였다. 농번기가 다가오는 때라 일 없이 돌아다니는 사람이 드문 편인데, 멀리서 온 여행자인가 싶었다.

그림자는 점차 다가왔다. 바람이 긴 날개처럼 들판을 쓸어내렸다. 검푸른 머리카락이 흩날리고 있었다. 말을 탔고, 여행자다운 차림이었지만 어른치고는 키가 좀 작다 싶었다.

대장장이가 장갑을 벗어 선반에 얹고 돌아보니 그림자는 어느새 몇 걸음 앞에 와 있었다. 예상대로 아직 뺨이 앳된 소년이었다. 그런데 온몸이 물에 빠졌다가 나오기라도 한 것처럼 흠뻑 젖어 있었다. 그런 모양이니 소년은 당연히 떨고 있었다. 봄이 깊었다지만 저녁 공기는 아직 싸늘했다. 소년은 말에서 뛰어내려 고삐를 끌고 다가왔다.

"오늘 일은 끝내신 건가요?"

목소리가 잠긴 것처럼 낮았다. 여행자치고 짐도 별로 없었다. 안장에 도시락 주머니 비슷한 것이 매달려 있었고, 손에는 검이 한 자루 있었다. 그런데 그 검이 희한했다. 대장장이로 잔뼈가 굵은 자신조차 한 번도 보지 못한 재질의 칼집이었다.

"무슨 볼일인데 그러냐?"

"이 검의 칼집을 새로 만들고 싶어서 그렇습니다."

대장장이는 저도 모르게 놀란 목소리로 되물었다.

북방 선원의 나라, 렘므로 가며 겪은 세 가지 일들

"그걸?"

대장장이가 보기에 칼집은 아무 문제가 없어 보였다. 낡기는커녕 흠집조차 없는 순백의 표면에, 꽂힌 검과도 딱 맞았다. 그런 칼집을 왜 바꾸겠다는 것인지 이해가 가지 않았다.

소년은 대장장이의 기색을 보고 그가 한 생각을 알아차린 모양이었다. 어린데도 표정이 어둡고 눈가가 움푹하게 그늘졌다. 못 볼 것을 많이 본 눈……. 대장장이는 문득 옛 기억으로 미간을 찌푸렸다.

"새 칼집은 눈에 띄지 않는 단순한 것이라면 좋겠습니다. 물론 돈은 치르겠어요. 그런데 기다릴 시간이 없어서…… 가능하다면 다른 검의 칼집을 주실 수 있습니까? 잘 맞지 않아도 상관없어요."

대장장이는 소년의 얼굴을 잠시 들여다보았다. 죽은 조카도 저 소년처럼 가파른 턱을 가지고 있었다. 그 아이는 제 아버지를 죽인 자를 죽이겠다고 했다. 그리고 결국 자신의 목숨조차 원수에게 맡기는 것으로 짧은 생애를 끝냈다. 드와릿은 형을 말리지 못했고, 조카를 말리지 못했으며, 홀로 살아남았다. 아이를 낳지 않겠다고 결심한 것은 밤을 틈타 장대에 매달린 조카의 시체를 훔쳐 묻어주던 무렵이었던가.

"들어와라."

드와릿은 대장간 안쪽에서 자신이 만든 바스타드 검들을

모조리 끄집어내 소년에게 보였다. 원하는 것을 고르라고 눈짓했다. 그중에는 영주나 인근의 부자에게 바치려고 만든 훌륭한 것들도 섞여 있었다. 청동에 보석의 원석이 아로새겨지거나 정교한 문양을 새겨넣은 것도 있었다.

그러나 소년은 마치 양손검에나 어울릴 법한 폭이 넓고 묵직한 칼집을 골랐다. 끄트머리가 닳지 않도록 쇳조각을 둥글게 구부려 박은 투박한 모양새였다. 이어 소년은 자신의 검을 뽑았다.

아, 하고 대장장이는 경탄했다. 사십여 평생을 대장장이로 살아왔는데 아직껏 저런 검을 보지 못했다니 헛살았다는 생각이 머릿속을 스쳤다. 그 광채와 예기鋭氣, 완벽한 선과 단호한 이음매를 보는 눈이 시릿할 정도였다.

소년은 흰 칼집을 빼어 내던지고 투박한 칼집을 집어 검의 광채를 가렸다. 보고 있는 대장장이가 안타까워질 정도였다. 저토록 완벽한 결합을 떼어버리려 하다니. 저토록 어울리지 않는 것으로 하나의 신물神物을 어지럽히다니.

"이걸로 하겠습니다. 얼마를 치르면 될까요?"

"꼭 그렇게 해야겠느냐? 그건 네 훌륭한 검과 전혀 어울리지 않는데……."

탐욕이 아니라 검이라는 존재에 대한 진지한 애정으로 대장장이는 그렇게 말했다. 소년은 고개를 저었다.

"상관없습니다. 이 칼집은 어차피 버릴 테니 원하신다면 드리겠습니다."

대장장이는 고개를 젓다가 잠시 후 끄덕거렸다. 소년이 내려놓은 흰 칼집을 집어 들고 홀린 듯한 눈으로 훑어보다가 다시 고개를 저었다.

"돈은 치를 필요 없다. 아니, 오히려 내가 이 칼집의 값을 쳐주어야 할 것 같구나."

소년이 미처 거절하기도 전에 몸을 돌린 대장장이가 대장간 한구석을 뒤지더니 누런 가죽으로 된 허리띠를 찾아 내주었다. 두 갈래 가죽 끈을 엇걸어 어깨까지 이어지도록 만든 띠는 묵직한 검을 허리 뒤로 돌려 걸도록 만든 물건이었다. 재료로 쓴 가죽과 버클의 만듦새는 말할 나위 없이 훌륭했다.

소년은 사양하려다 그만두고 짧은 말로 감사를 표했다. 그리고 그것을 써서 지금껏 들고 다니던 검을 찼다.

둘은 긴 인사를 나누지 않았다. 소년은 말에 올라 멀어져 갔다.

비가 내렸다.

이미 젖어 있기에 더이상 젖지 않았다. 온몸에서 물이 흘러내렸지만 오히려 그편이 좋았다. 몸에서 한없이 씻어내고 싶은 것이 있었기 때문에. 피 냄새가 사라질 때까지 물속에 푹

잠기고 싶었다.

추적추적 내리는 빗속에서 짧은 망토는 묵직해졌고 장화 속은 물이 질벅거렸다. 지칠 대로 지친 말을 잠시 쉬게 할까 싶어 걷기 시작했지만 그렇다고 여행을 멈출 수는 없었다.

해가 지고 있었다. 낮에서 밤, 밤에서 낮으로 넘어가는 경계에 번진 붉고 푸른 광채는 단색의 하늘보다 황홀했다. 비가 오는데도 어째서 지는 햇빛이 보이는 것일까. 참 이상한 날씨였다.

어두워지고 비도 그칠 무렵 보리스는 작은 마을에 들어섰다. 정말로 작아서 마을 안의 집을 합쳐봤자 십여 채도 안 될 듯했다.

돈은 있었기 때문에 어딘가에 유숙留宿을 청할 셈이었다. 아직 어리긴 해도 외견상 어엿한 소년 검사로 보인다는 걸 알고 있었으므로 작년 여름이 끝나갈 무렵처럼 사람들이 두렵지는 않았다.

그러나 마을 안쪽으로 들어선 보리스는 뜻밖의 광경을 목격했다.

"죽여라!"

"저놈, 죽여버려!"

사람들이 희생자 하나를 둘러싸고 욕을 퍼부으며 공격하고 있었다. 창칼을 든 사람은 없었지만 쇠스랑이나 낫을 든 사람은 있었다. 그러나 직접 휘두르지는 않았고, 대부분은 발길질을 하거나 썩은 사과라도 던지는 정도였다.

"어딜 남의 동네에 와서 그딴 말도 안 되는 수작이냐!"

"저런 놈은 국왕님께 보내서 목을 쳐야 돼!"

"튀! 멀쩡히 조용하게 살고 있는 사람들을 엉뚱한 일에 끌어들이지 마라!"

둘러싸여 두 손으로 머리를 감싸고 있는 사람은 예순이 넘어 보이는 노인이었다. 무슨 잘못을 했기에 저렇게 핍박받는 것일까?

끼어들고 싶지는 않았다. 자신도 이미 깨끗한 인간은 아니었다. 남의 불행을 지나친다 해서 뭐가 문제가 되겠는가? 또한 돕는다 해서 뭐가 달라지랴?

돌멩이와 가래침 세례를 받던 노인은 잠시 후 벌떡 일어나 알아듣기 힘든 목소리로 중얼거리다가 갑자기 버럭 소리쳤다. 둘러싼 사람들이 움찔할 정도로. 그러나 보리스의 귀에는 내용이 얼른 들어오지 않았다. 내용이 낯설었기 때문일까. 마지막의 몇 마디만이 들렸다.

"……너희는 사람답게 살기를 저버린 자들이야! 어서 날 죽여라! 죽이란 말이다! 다시는 너희 같은 자들을 위해 싸우지 않겠어!"

분노한 사람들의 발길질이 한꺼번에 쏟아졌다. 노인은 더 말을 잇지 못하고 몸을 구부리며 그 자리에 쓰러졌다. 보리스는 몇 걸음 물러섰다.

다행히 사람들이 노인을 죽이지는 않았다. 화풀이를 할 만큼 했다고 생각하자 욕을 내뱉으며 하나둘 떠났다. 아무도 남지 않았을 때 보리스는 노인에게 다가갔다. 노인이 외친 말이 어쩐지 익숙했다. 아직까지 마음에 남은 한 사람이 했던 말과 비슷했다.

"……."

아무 말도 하지 않았는데 노인이 고개를 들었다. 그러나 상대방이 누구든 상관없는지 얼굴을 보지도 않았다.

"뭐지……. 큭, 아직까지 날 비웃을 자가 남아 있었나. 컥, 쿨럭! 가버려라! 어차피 뒤집히지도 않을 세상……."

보리스가 나지막이 물었다.

"어르신은 공화국 지지자입니까?"

노인의 시선이 문득 보리스 쪽을 향했다. 그제야 보리스는 노인의 눈이 거의 보이지 않는다는 사실을 알았다. 노인은 보리스의 턱 언저리에 어설프게 시선을 보내며 말했다.

"당신은 누구요? 목소리는 애 같은데 모습은 어른이라……. 이제 와서 왜 그런 걸 묻지? 목이라도 잘라다 바치려고? 이따위 썩은 늙은이의 목은 국왕 놈도 냄새나서 좋아하지 않아."

죽기를 각오하지 않고서야 '국왕 놈'이라는 말을 내뱉지는 못할 것이다. 보리스는 선 채로 노인을 굽어보았다.

"왜 공화국을 지지하죠? 트라바체스 공화국 같은 꼴이 그렇게 좋아 보인단 말씀입니까?"

"트라바체스? 그건…… 모르는 소리야……."

노인이 천천히 일어나 바로 앉았다. 잘 보이지 않는 눈을 허공으로 굴리며 한결 또렷해진 목소리로 말했다.

"자넨 트라바체스에서 왔나? 하지만 트라바체스는 공화국이 아냐. 거기 평민들이 투표를 하던가? 영주 놈들이 선제후를 뽑고, 선제후들이 통령을 뽑을 뿐이지. 좁디좁은 이전투구판에 선거까지 섞어놓으니 피가 터지도록 갈려 싸우게 된 것은 당연한 노릇이다. 그놈들이 말도 안 되는…… 프흡, 쿨럭! 그런 걸 명분이랍시고 내세워 정파를 가르는 이유도 뻔해. 그저 남의 것을 한줌이라도 변심시켜 끌어들여야겠는데 이유가 없으니까 이유를 지어내야지. 썩어빠진 놈들."

보리스는 조용히 듣고 있었다. 고국을 욕한다고 화가 나지는 않았다.

"전쟁에라도 지지 않는 한 종신토록 해먹는 통령, 대대로 세습되는 영지, 그들 틈에서 뽑히는 선제후, 절반뿐인 공화제는 그렇게 무섭지. 그렇게 되지 않으려고 아노마라드 공화국은 어떻게든 총투표를 실시하려 했던 거야. 하지만 귀족 놈들의 공격을 막는데 급급해서, 그렇게 애썼던 투표는 켈티카에서조차 단 한 번 하는 데 그쳤단 말이야."

평민들이 귀족들보다 뛰어난 식견을 가졌을까? 그들이라고 욕심이 없을까? 보리스로서는 아직 납득이 가지 않았다.

"켈티카 공방전……. 사방을 포위한 신국왕군들의 총공격을 기다리며 새웠던 사흘 밤……. 죽을 때까지 잊을 수 없지. 아니, 죽어도 잊지 못할걸. 아침마다 날아드는 항복 권유를 받아들이려는 자는 아무도 없었지."

노인의 목소리가 떨렸다.

"마지막 새벽이 밝을 때, 수천의 군대가 밀어닥쳐 인간 사슬을 이루고 있던 동지들을 갈가리 난도질하는 것을 난 보았어. 흥……. 공화국에서 살아본 자라면 어느 누가 다시 산 시체가, 가축 같은 노예가 되기를 바라겠나? 전쟁 포로들만 노예인 줄 아나? 이 땅의 산 자들이 모조리 노예야. 저 귀족들만 빼고!"

투표해서 대표자를 뽑는다는 것이 그렇게나 중요한가? 그렇게 한다고 과연 평민이 영주나 귀족과 같아질 수 있을까? 평민과 귀족이란 태어날 때 정해진 신분보다 돈과 권력이 있느냐 없느냐가 더 큰 차이 아니던가? 투표를 한다고 돈이 생길 리 없고, 돈이 없는 자가 권력을 얻을 리 만무했다. 거기까지 생각한 보리스가 물었다.

"정말로 그것뿐입니까? 그 많은 사람들이 피를 흘린 이유가 겨우 투표로 대표자를 뽑을 수 있는 권리, 그것 하나를 얻으려던 거란 말입니까?"

보리스의 질문에 노인은 이상하게도 기운을 얻는 것처럼 보였다. 목소리에 힘이 들어갔다.

"투표로 선출된 대표자는…… 다음 투표에서 지지를 잃으면 쫓겨나는 거다. 그러니 투표할 사람들을 위한 정치를 해야만 하지. 그런 정치란 무엇인가? 첫째가 올바른 법의 제정이야. 귀족과 평민 모두에게 평등한 법을 만들면 권력도 재산도 서서히 골고루 퍼지게 되지."

보리스는 고개를 저으며 반박했다.

"그렇게 많은 사람들이 모두 옳은 일만 따른다고요? 사람들이 모두 선한가요? 조그마한 이익을 위해 어린아이를 팔아넘기고 남의 물건을 뺏는 자들이 많이 모인다고 무슨 올바른 합의가 나올 수 있죠?"

뼈아픈 경험에서 나온 말이었다. 이 세상에 조건 없이 선한 사람이 있었던가? 있다 해도 소수에 불과했다. 대부분은 남을 등쳐먹을 궁리나 하는, 기회만 온다면 강도로 돌변할 자들뿐이었다.

노인이 허공을 바라보았다.

"뼛속까지 악한 사람은 생각보다 드물다네. 잘못을 만인

앞에 끌어내면 사람들은 자신의 부끄러움을 알게 된다. 평소에는 저질적인 범죄를 저지르는 자라도 통치자마저 악하기를 바라는 사람은 없어. 그리고 많은 죄가 먹고살기 힘들어서 생긴다네. 하인 노릇을 하며 귀족들에게 짓밟히다 보면 자기보다 못한 사람을 아무렇지도 않게 짓밟게 되지."

"그런 식이라면 재산을 가진 영주들은 왜 하인들을 짓밟습니까? 사람의 욕심에 만족이란 없는 게 아닌가요? 수많은 보물을 갖고 있어도 남의 보물 하나를 빼앗으려고 드는 게 인간 아닙니까?"

전시실에 수많은 보물을 갖고 있는 벨노어 백작처럼…….

노인이 잠시 생각하더니 말했다.

"자네는 어리지만 나쁜 일을 많이 보았나 보군. 하지만 누군가가 옳은 생각을 해내면, 그걸 전달할 길이 있어야 해. 투표는 첫 번째 통로일 뿐이야. 귀족들은 이 세상이 언제까지나 바뀌지 않길 원하지. 하지만 악한 왕 하나가 얼마나 많은 사람을 고통에 빠뜨리던가? 우리는 악한 왕을 기근이나 홍수처럼 단지 견뎌야 한단 말인가?"

보리스는 한발 물러서며 말했다.

"사람이 무리를 지으면 처음엔 눈치를 보지만 분위기에 휩쓸리면 더 큰 죄도 저지르죠. 악한 왕을 몰아낼 권리, 좋습니다. 하지만 그러다가 희생되는 사람들은요? 소중한 사람

북방 선원의 나라, 렘므로 가며 겪은 세 가지 일들

을 잃고 나서 많은 사람들이 행복해졌으니 수긍하라고 한다면 전 거부하겠습니다. 사람들은 옳은 일보다 이익을 좋아하죠. 조그마한 이익만 걸려 있어도 돌변하는 자들을 많이 봤습니다. 그런 불완전한 것을 위해 목숨보다 아끼는 것을 내놓을 수는 없습니다."

노인이 눈을 감더니 말했다.

"자네는 아마 귀족 출신일 게야. 귀족답지는 않지만, 그래도 평민은 아니야."

한때 란지에가 했던 말이었다. 보리스는 대답하지 않았다.

"공화국이 피를 먹고 자라는 것은 사실이다. 하지만 자네와 달리 처음부터 인간으로 태어나지 못한 자들은 인간이 되기 위해 흘린 피를 아까워하지 않네. 뭘 가졌어야 잃을 게 있지, 빈손인 자들에게 두려울 게 무에 있겠나? 그러나 잃을 것 없는 그자들이 바로 이 나라를 먹여 살린다네. 농사를 짓고, 전쟁에 나가고, 다리를 놓고, 일용품을 만들지. 그들이 괴로워하는 나라가 제대로 된 나라겠나? 그들이 먹고살 것이 없는 나라가 과연 내버려둬도 되는 나라란 말인가?"

보리스는 잠시 말문이 막혔다가 불쑥 물었다.

"당신은 누구입니까?"

대화할수록 알 수 없는 압박감이 생겨났다. 노인은 공화국을 사랑했다. 그렇게 많은 사람들이 살육당하는 광경을 보았다면서도. 그들 중에는 노인의 친구도, 어쩌면 가족도 있었을 것이다. 그날 켈티카에서 항복을 거부하고 죽었다는 자들은 자기들의 죽음에 무슨 의미가 있다고 생각했을까? 누군지도 모를 수많은 사람들이 행복해지니까 괜찮다고?

트라바체스에도 명분을 논하는 자는 많지만 그걸 위해 죽을 수 있는 사람은 소수였다. 차라리 주군의 명령 몇 마디에 목숨을 건다면 모를까. 어떻게 눈에 보이는 권력자도 아닌, 온갖 오류의 가능성을 품은 정치 체제 따위에 그 많은 사람들이 헌신하려 할까?

"이름 없는 돌이라네. 공화국의 밑돌이 될 줄 알았지만 그저 황야에서 나뒹굴게 되었지."

노인을 처음 보았을 때는 사람들에게 매나 맞는 어리석은 자로 보였다. 노인이 문득 외쳤던 한마디만 아니었다면 멈춰서서 이런 이야기를 주고받는 일도 없었을 것이다.

공화국이란 인간을 분열시키는 존재라고 보리스는 굳게 믿어왔다. 분열이 가져오는 비극이란 폭군의 정치보다 몇 배 두려운 것이라고 생각했다. 차라리 한 명의 폭군을 모두가 증오하는 편이 나았다. 사랑해야 할 사람들이 서로 죽고 죽여야 하는 것에 비하면.

하지만 들을수록 공화국이란 이상했다. 사람들을 끌어들이고, 이윽고 무엇과도 바꿀 수 없게 했다. 마치 나쁜 마법 같았다. 어쩌면 보리스가 정말로 영주의 아들이었기 때문에 이해하지 못하는 걸까?

노인은 일어났다. 마을 바깥쪽으로 돌아서며 말했다.

"자네에게 선한 인연이 많이 찾아들기를 비네. 언젠가 수많은 사람의 선의를 믿을 수도 있도록."

노인이 발을 끌며 떠나갈 때까지 보리스는 혼자 생각에 잠겨 있었다.

트라바체스는 돌아갈 수 없는 나라였다. 그 나라를 사랑하지는 않았지만, 그 이름을 생각할 때마다 애증이 가슴을 짓눌렀다. 트라바체스에서 태어나고 자란 자가 아니라면 그 비극을 다 이해할 수는 없으리라.

그러나 아노마라드 역시 불완전한 나라였다. 아노마라드에는 상상 이상의 풍요로움과, 그 풍요를 한 조각도 나눠 가지지 못해 절망한 사람들이 모두 있었다. 그리하여 '공화국'이라는 이해하기 힘든 괴물에게 생명과도 바꿀 열정을 불사르는 사람들도 생겨났다. 낭만적인 늙은 공화주의자뿐 아니라 란지에처럼 현명한 소년조차도.

풍요란 아무리 많더라도 본질적으로 골고루 나눌 수 없는 것일까? 그는 동전의 양면처럼 두 가지 얼굴을 가진 아노마라드의 어느 쪽도 이해할 수 없었다.

이 나라를 떠나자, 보리스는 생각했다. 다른 곳으로 가자.

트라바체스에는 블라도 삼촌의 손길이 있었다. 아노마라드에서는 벨노어 백작이 그를 잡으려 혈안이 되어 있을 것이다. 두 나라 모두 그가 있을 곳이 아니었다. 보리스에게 필요한 것은 방해 없이 홀로 숨을 외딴 동굴이었다.

문득 월넛 선생이 말해주었던 북방 야만인의 땅이 생각났다. 외지인을 싫어하여 머릿가죽을 벗긴다던 야만인들이지만 그들에게는 한결 단순한 삶이 있을 것 같았다. 야만인과 공존하며 살아간다는 거친 사람들의 나라 렘므.

그 땅에 가보고 싶었다. 기묘한 풍요의 뒷면에 빈곤자들의 지독한 열망이 새겨진, 이 땅을 떠나고 싶었다.

봄이 끝나갔다.

망토 안쪽으로 허름한 칼집에 든 검을 비스듬히 차고, 검푸른 머리에 키가 큰 소년이 번화한 길거리에 서 있었다. 수많은 사람들이 소년을 스쳐갔다.

잔포드는 국경으로 가는 길목에 위치한 제법 큰 도시여서 곳곳에 외지인이 들끓었다. 특히 상인이 많았다. 오를란느, 아노마라드, 렘므의 세 왕국 국경과 맞닿은 로젠버그 호수는 북부 상업의 중심지였다. 잔포드는 남쪽 호반에 위치해 있었다. 조금 더 동쪽으로 가면 렘므와의 국경이었다.

"훠이! 드메린 칼츠 님의 행차시다! 얼른 길을 비켜라!"

처음에는 귀족의 행차인가 했지만, 다시 떠올려보니 작위를 외치지 않은 듯했다. 큰 거리를 메웠던 사람들이 개미떼처럼 흩어지는 가운데 당당한 가마 행렬이 오고 있었다. 요즘 시절에 마차도 아니고 가마라니 특이한 취향이구나 싶었다.

가까워지고 보니 금빛 휘장을 둘러치고 오색 보석으로 모서리를 둘러 이국적인 분위기가 풍기는 가마였다. 가마꾼들도 같은 옷을 맞추어 입은 걸 보면 대단한 부자가 틀림없었다. 꼭대기에 새겨진 가문의 문장은 금빛 까마귀였다. 까마귀는 재보를 모으는 짐승이니 이자는 상인이리라는 짐작이 갔다. 그런데 지나쳐 가나 싶던 가마가 웬일인지 눈앞에서 멈췄다.

가마가 내려지고 하인들이 휘장을 걷어올리자 풍채 좋은 남자가 일어나 나왔다. 금빛을 유난히 좋아하는 이 남자는 머리까지도 금빛이었다. 호남이었지만 튀어나온 배만은 헐렁한 웃옷으로도 감추지 못했다. 저 배 때문에 마차보다 가마를 선호하는 모양이었다.

"칼츠 상단의 대표이신 드메린 칼츠 님께서 오셨다! 얼른 나와 인사드리지 않고 뭘 하나!"

우스운 광경이 벌어졌다. 가마가 멈춰 선 곳은 대형 주점 앞이었는데 급사들이 혼비백산해서 뛰어 들어가고 주인으로 보이는 여자가 구르듯 달려나와 허리를 굽혔다. 그 뒤로 대여섯 명이나 되는 사람들이 다 같이 코가 땅에 닿을 듯 절을 했다.

"어쩐 일이십니까, 이런 누추한 곳까지 직접 오시다니요! 아랫사람을 시켜 기별만 주셨으면 저희가 만사 제치고 달려 갔을 터인데……."

주인은 보기에 안쓰러울 정도로 안절부절못했다. 큰 잘못을 저질렀을까? 아니나 다를까 칼츠의 호통이 떨어졌다.

"어쩐 일로 왔느냐고? 그걸 몰라서 묻는 겐가! 정말 몰라서 물어? 지금 나와 장난을 치자는 건가 뭔가!"

주인을 비롯한 주점 사람들은 모두 부들부들 떨었다. 구경거리를 보러 모여든 사람들도 불안한 기색으로 수군거렸다.

"저, 저로서는…… 정말로 무슨 일로 그리 역정을 내시는지……."

"내 하나뿐인 아들 녀석! 그 녀석이 여기 왔잖나! 설마 모른다고 잡아뗄 생각은 아니겠지?"

주인의 낯이 흙빛이 되었다. 그녀는 고용인들을 돌아보며 사정을 알면 얼른 말하라고 눈을 부라렸다. 그러나 대꾸하는 사람이 아무도 없었다.

"자, 당장 내놓아라. 그렇지 않으면……."

뒷말이 떨어지기 전에 주인은 재빨리 바닥에 납작 엎드렸다.

"저희는 정말 모르는 일입니다, 어르신. 귀하신 아드님께서 변장을 즐기시는 터라 우매한 저희가 혹시나 알아보지 못하고 죄를 짓게 된 거라면…….”

그때 보리스는 옆에 선 소년이 소리 죽여 키득거리는 것을 눈치챘다. 처음에는 이런 상황에서 웃다니 겁이라고는 없는 녀석인가 싶었다. 그런데 소년은 남루한 옷차림인데도 얼굴이 깨끗했고 무엇보다 저 금발은…….

보리스는 칼츠 쪽으로 눈을 돌렸다. 두 사람의 얼굴이 비슷한 것은 물론, 머리카락 빛깔조차 같다는 것을 확인하고 나서 다시 소년을 보자 불쑥 화가 치밀었다.

“잠시.”

한 걸음 물러나 소년을 불렀다. 웃어대던 소년이 선뜻 돌아보았다. 새파란 눈동자를 보자 예프넨이 떠올랐지만 이 소년이 가진 것은 근심 걱정 따위는 티끌만큼도 없는 해맑은 눈이었다.

“왜 그래?”

묻는 것조차 아이처럼 천진했다. 눈앞에서 벌어진 일에 전혀 책임을 느끼지 못하는 표정이었다.

“다 너 때문이지?”

“어? 어떻게 알았어? 너 내 얼굴 알고 있었어? 완벽하게 변장했다고 생각했는데.”

완벽한 변장은 무슨, 얼굴에 흙이라도 찍어 바르고 나서 그런 소릴 해라. 보리스는 더 말할 것도 없이 소년의 등을 떠밀었다.

"으, 왜 미는 거야?"

"가서 밝혀. 저 사람이 너 때문에 벌을 받아도 좋단 말이냐?"

너 같은 철없는 장난꾸러기 때문에, 라는 말이 나오려는 것을 눌러 참았다. 자신도 그리 많은 나이는 아니었기 때문이다. 시무룩해지거나 화를 낼지도 모른다고 생각했는데 소년은 보리스의 얼굴을 빤히 보더니 말했다.

"응, 네 말도 맞는 것 같군. 그건 알겠는데 너 말이야, 왜 그렇게 심각한 표정이야? 얼굴 좀 풀고 살라고."

뭐라 대답할 틈도 없었다. 소년은 드메린 칼츠의 등뒤로 살금살금 다가가 와락 껴안았다. 그러라고 시킨 보리스조차 당황해서 멍해졌다.

"아버지, 나 여기 있어! 이 사람들은 내가 누군지도 몰랐어! 그러니까 이 사람들 혼내지 말고 집에 가자. 내가 대신 혼날게. 그러면 되지? 음, 사흘 동안 외출 금지할까?"

드메린 칼츠와 주점 주인은 물론이고 모든 사람이 어안이 벙벙해졌다. 그러나 소년은 눈치도 없이 눈동자를 한 바퀴 굴리더니 다시 말했다.

"그런데 생각해보니까 사흘은 너무한 것 같다. 하루만 근신하면 안 될까? 대신 저녁에 삶은 당근이 나와도 한 번은 얌전히 먹을 테니까……."

"이 철없는 녀석아!"

드메린 칼츠는 아들의 머리를 한 대 쥐어박더니 자기가 타고 온 가마 속으로 밀어넣었다. 돌아선 그는 주점 주인에게 애써 근엄한 목소리로 말했다.

"자네 덕분에 아이를 찾아냈으니 근일 사례하도록 하지."

주인은 사례고 뭐고 위기를 넘긴 것만으로 십년감수한 표정이었다. 일어나긴 했지만 옷자락에 묻은 흙을 털 생각도 하지 않고 머리를 조아리며 말했다.

"사례라니, 당치도 않으십니다. 루시안 도련님께서 안전하신 것만으로도 저희는 충분히 기쁘게……."

드메린 칼츠는 창피해서인지 주인의 말을 끝까지 듣고 있지 않았다. 그가 가마 안으로 들어가자 가마꾼들이 얼른 휘장을 내렸다. 가마는 그 자리를 휭하니 빠져나갔다.

그런데 가마가 곁을 지나갈 때 보리스는 예의 짓궂은 목소리를 들었다.

"얼굴 펴라니깐!"

살짝 들렸던 휘장이 내려가면서 가마 안에서는 또다시 부자가 옥신각신하는 소리가 들려왔다. 가마가 멀어지고 나자 사람들이 수군거렸다.

"거참, 개구쟁이 아드님이 열세 살 생일을 넘기고도 아직 그대로니 어르신도 속깨나 썩이시겠어."

"자네, 4월에 루시안 도련님 생일잔치 갔었나? 눈이 돌아가도록 음식이며 술이며 원 없이 나왔다던데. 그런 구경이 다 시었었다고 들었어."

"나오다뿐인가! 하인들이 저택 문밖에 서서 길 가는 사람들한테까지 비싼 과자를 뿌렸다니까. 생일이니까 선물을 주고 싶다고 그렇게 우겼다지 뭔가?"

"저 도련님이 칼츠 상단을 물려받았다간 삼 년도 안 가 거덜 나겠구먼그래."

보리스는 다른 이야기보다, 저 아이가 자신과 같은 나이라는 말만이 선명하게 귀에 들어왔다. 너무나 달랐다. 둘에게는 같은 숫자의 해가 주어졌는데 그들이 선 자리는 까마득히 멀었다. 이곳의 누구도 둘을 같은 나이로 보지 않을 것이다.

다른 사람이 고개를 흔들며 끼어들었다.

"아냐. 저렇게 철없는 도련님들이 사업을 물려받고 나면 갑자기 아버지들보다 더한 장사꾼으로 변신하는 일도 허다하다고. 기다려봐, 내 말이 틀리는지."

북방 선원의 나라, 렘프로 가며 겪은 세 가지 일들

굴복하는 법, 치욕을 견디는 법

드디어 렘므로 넘어가는 관문에 이르렀다.

잔포드를 떠나고부터는 상인들이 가는 길을 따라왔다. 아노마라드와 렘므 사이를 오가는 무역상들은 빠른 길을 잘 알았다. 그들을 따라온 것은 현명한 선택이었다. 그러나 관문 도시인 사스포네에 이르러 보리스는 뜻밖의 문제에 봉착했다. 아니, 실은 일찌감치 고려했어야 했지만 경험이 적어 간과한 부분이었다. 국경을 넘으려면 통행증이 필요했다.

통행증을 얻을 방법도 없는 주제에 무작정 국경으로 오다니, 세상 물정을 아는 어른이었다면 저지르지 않았을 일이었다. 나이에 비해 많은 일을 겪은 보리스라 해도 이런 문제까지 자연히 알게 되는 건 아니었다. 그나마 별 충돌 없이 여기까지 와서 다행이라고 생각하고 있었는데 날벼락이 떨어진 셈이었다.

아노마라드와 렘므 사이에는 험준한 드라켄즈 산맥이 가로 놓여 있어서 로젠버그 관문을 비롯한 몇 군데로만 통행이 가능했다. 따라서 그 관문들이 실질적 국경이었다. 중개상인들은 양국에서 내준 허가증으로 안전하게 관문을 넘어갔다. 보리스는 그런 상인들이 드나드는 곳에 들어가 무슨 정보든 얻어볼 계산을 했다.

상인들을 뒤따라 들어간 여관은 크게 붐볐다. 렘므로 넘어가려고 온, 또는 렘므에서 방금 넘어온 사람들이 무리지어 앉아 저마다 소리 높여 떠들어대고 있었다. 그중 절반은 로젠버그 관문의 개방 시간인 내일 오전 10시를 기다리고 있었다. 여관 한구석에 놓인 램프 시계가 서서히 기름을 줄여나가고 있었다.

밤늦도록 걸어온 터라 피곤했지만 어떻게 할까 궁리하느라 편히 쉴 여유가 없었다. 일단 따뜻한 우유를 한 잔 주문하고, 긴 머리와 큰 키가 나이를 가려준다는 사실을 알고 있었기에 구석진 테이블에서 등을 돌리고 앉았다.

그런데 등뒤에서 관심을 끄는 이야기가 들려왔다. 두 남자가 목소리를 낮춰 이야기하고 있었다.

"……하니까 말이오. 400엘소면 적당하리라 보는데."

굴복하는 법, 치욕을 견디는 법

"에이, 이보소! 400엘소면 켈티카까지 한 번 더 갔다 오겠구려. 그런 소리 말고 딱 잘라서 200엘소만 합시다. 응?"

"어허, 400이면 400인 거지 웬 잔말이 그리 많소? 싫으면 관두시구려. 안 그래도 돈 낼 사람은 널렸으니까."

"어차피 가는 길에 한 명 더 얹으면 당신이 이익이지 내가 이익이오? 너무 그러지 말고 좀 끼워주시구려. 한두 해 거래하고 지낸 사이도 아닌데."

"쳇, 돈을 내기 싫으면 통행증을 만들어가지고 올 일이지! 나도 이 짓거리 해서 벌어먹는 게 이제 얼마 안 남았단 말이오. 렘브 쪽에서 눈치를 챘다는 소문이 있어서 말이야. 요새 아주 아슬아슬해죽겠어."

"아따, 그럼 250! 딱 요렇게만 합시다. 내 돌아올 때 당신 마누라 손에 쥐여줄 선물 한두 개 안 가지고 올 줄 아오?"

400을 주장하는 남자는 여전히 설레설레 고개를 저었지만 오가는 말과는 달리 크게 대립하는 기색은 아니었다. 잠시 후 두 사람은 남은 술을 다 마시더니 서로 몇 푼 안 되는 술값을 계산하겠다고 실랑이를 벌였다. 결국 250엘소 내겠다는 사내 쪽이 이겨서 술값을 냈다. 둘은 고개를 맞대고 작게 속삭이면서 거리로 나갔다.

보리스는 돌아앉아 단편적으로 들은 이야기로 상황을 조립해보았다. 로젠버그 관문을 통하지 않고도 렘브로 넘어가는 길이 어딘가 있는 모양이었다. 그 길의 안내자가 통행증이 없는 상인에게 값을 흥정한 것이리라. 400엘소라면 자신도 갖고 있었다.

보리스는 일어나 주인에게 우윳값을 치르고 그들을 따라나갔다. 그때 한구석에서 보리스를 가만히 지켜보던 사람 하나가 슬그머니 뒤따라 일어섰다.

푸르스름한 달이 빛났다. 새벽 4시의 하늘은 두터운 휘장처럼 낮게 내려앉아 있었다. 보리스는 걸음을 서둘렀다. 남자들은 골목 모퉁이를 돌아가더니 지붕이 야트막한 어느 집으로 들어갔다. 문간에는 다른 남자가 지키고 서 있었는데 그들을 보더니 별말 없이 들여보내주었다.

보리스는 망설였다. 저들은 어른이고 안면도 있는 사이니 속이지 않을지 모르지만, 보리스에게도 그러리란 보장은 없었다. 한패끼리는 사람 좋은 체하는 자들도 약한 상대를 발견하면 돌변해서 자기 뱃속을 채우려 드는 꼴을 한두 번 본 게 아니었다. 더구나 400엘소라는 큰돈을 가진 것을 보면 돈이 더 있을지도 모른다고 생각하고 우려내려 덤빌지도 모른다. 보리스에게는 돈은 물론 말도 한 필, 그리고 무엇보다도 윈터러가 있었다. 섣불리 모험을 할 수는 없었다.

어두운 구석에서 머뭇거리는 동안 문 앞을 지키던 남자가

굴복하는 법, 치욕을 견디는 법

하품을 하더니 안으로 들어갔다. 밖에는 처마에 달린 램프 하나만 달랑 남았다. 잠시 후 보리스는 그 아래 한 가지가 더 있다는 것을 깨달았다.

처음에는 흙더미, 또는 작은 자루가 아닌가 했다. 그러나 주위가 조용해지자 슬그머니 움직였다. 나무 기둥으로 다가가 몸을 비비더니 어깨를 떨며 기지개를 켰다. 꼬리가 말려 올라갔다가 내려왔다.

고양이였다.

트라바체스에는 고양이가 드물었기에 보리스는 호기심으로 눈을 동그랗게 떴다. 회색과 검정 줄무늬에 파란 눈을 가진 고양이였다. 보리스의 존재는 안중에도 없다는 것처럼 한참 동안 몸을 꼬며 털을 손질하더니, 램프 빛 아래로 걸어와 훔쳐보는 인간더러 여봐란듯 당당하게 앉아 있었다.

불빛 아래에서 보니 고양이는 드물게 큰 놈이긴 해도 구석구석 성한 곳을 찾기 힘들 정도로 만신창이였다. 꼬리는 절반뿐이고 눈 한쪽이 짜부라졌으며 발톱에 뜯긴 상처가 곳곳에 있었다. 귀조차 이상한 모양으로 접혀 있었다. 그러나 아픈 기색은 전혀 없었다. 어두운 구석에서 튀어나오면 사람 쪽에서 더 놀랄 정도로 튼튼한 체격, 거친 인상만큼 여유까지 지닌 고양이였다. 흡사 노련한 전사의 풍모랄까. 용병, 또는 방랑 검객이랄까.

"……."

고양이는 입을 한바탕 벌렸지만 야옹거리는 소리도 내지 않고 몇 걸음 가더니 고인 구정물을 조금 핥았다. 그리고 뒤를 돌아보았다. 그 순간, 보리스는 고양이가 따라오라고 하는 느낌을 받았다. 잠시 아이다운 기분으로 돌아간 그는 손가락으로 자신을 가리키면서 조그맣게 말했다.

"나?"

고양이는 대답이라도 하는 것처럼 날카로운 이빨이 가득한 입을 크게 벌렸다가 다물었다. 여전히 소리는 내지 않았다. 그리고 걷기 시작했다. 보리스는 저도 모르게 고양이가 가는 쪽으로 몇 걸음 내디뎠다. 그러다가 잠시 후, 망설임 따위는 뒤에 남겨둔 채 고양이의 뒤를 따르기 시작했다.

고양이는 더이상 돌아보지 않았다. 반쪽뿐인 꼬리를 세우고 성큼성큼 갈 뿐이었다. 통이 잔뜩 쌓인 골목으로, 무너진 담벼락을 넘어 좁은 흙탕길로, 잠에서 깨어난 사람들이 창문을 여는 거리로. 이윽고 마을 외곽을 빠져나와 로젠버그 관문 쪽 산길로 계속해서 갔다. 중간에 엉뚱한 곳을 기웃거리거나 멈춰서 딴짓을 하는 법도 없었다.

보리스가 여긴 어디쯤일까 고개를 갸웃거릴 무렵, 고양이가 처음으로 소리를 냈다. 목이 걸걸한 사람이 고양이 흉내라도 내는 것처럼 괴상한 갸르릉 소리였다.

굴복하는 법, 치욕을 견디는 법

"이리 와."

보리스는 흠칫 놀라 난데없이 나타난 사람을 쳐다보았다. 검은 로브로 온몸을 감싸고 두건을 깊게 내려 얼굴조차 보이지 않는 자가 산길에 서 있었다. 고양이는 그 사람에게 다가가더니 발치에 가만히 엎드렸다.

보리스는 머뭇거렸다. 그제야 왜 여기까지 따라왔나 싶은 생각이 들었다.

"무슨 볼일이냐?"

낯선 목소리가 물었다. 보리스는 솔직하게 답하기로 했다.

"고양이를 따라왔을 뿐이에요. 당신의 고양이였다면 미안합니다."

"내 고양이는 아냐. 이놈은 누군가한테 속할 고양이가 아니니까."

뜻밖에 시원스러운 대답이었다. 그러더니 되물었다.

"이쪽 길이라면 로젠버그 관문을 넘어가나 보군. 렘므로 가나? 아니면 렘프에서 넘어온 건가?"

굳이 숨길 일은 아니었다.

"렘므로 갈 생각이었지만 통행증이 없어서 못 가고 있습니다."

"통행증이 없다고? 그러면 통행증이 있는 사람과 일행인 체하고 함께 가면 될 텐데?"

생각하지 못한 해결책이었다. 하긴 상인들이 데리고 있는 수십 명의 일꾼들이 모두 통행증을 갖고 있지는 않을 터였다. 보리스는 고개를 끄덕이며 알려줘서 고맙다고 말하려 했다. 그런데 상대가 말을 가로챘다.

"정체도 모르는 자들한테 돈까지 내고 밀수 통로를 안내받는 것보다야 훨씬 안전하지."

마음속을 들여다본 듯한 말에 보리스는 의아해져서 상대방을 올려다보았다. 그러나 두건에 가려진 얼굴은 알아볼 길이 없었다. 특징이라고는 매우 키가 크다는 것뿐이었다.

"어쨌든 알려주셔서 고맙습니다. 그럼 전 가보겠습니다."

돌아서려 하자 남자가 다시 말했다.

"이 고양이를 따라온 걸 보고 넘겨짚은 것뿐이야. 이놈은 밀수꾼들의 뒤를 잘 따라다니니까 말이지."

별다르게 물은 일은 없었다. 남자는 또다시 말했다.

"어때? 내가 국경 너머로 데리고 가줄까?"

순간 의심이 확 일었다. 보리스는 차갑게 대꾸했다.

"당신도 정체 모를 사람이기는 마찬가집니다. 밀수꾼보다 더 위험한 사람인지 겉만 보고 어떻게 알겠습니까?"

갑자기 남자가 키들거리기 시작했다.

"후훗, 훗훗, 어린놈이 똑똑한 체하는구면? 하지만 그런 식으로 정체 모를 사람의 비위를 함부로 건드리면 곤란하지.

'날 밀수꾼과 비교하다니, 이런 건방진!' 하고 외치면서 검이라도 뽑아 들면 어쩔 거지?"

점점 더 이상한 소리만 지껄이는 남자였다. 보리스는 긴장을 늦추지 않고 대꾸했다.

"저도 검을 뽑겠죠. 하지만 싸우고 싶지 않으니 그만 가겠습니다. 실례를 저질렀다면 사과드립니다."

"저런, 기대를 저버리면 곤란하지. 그럼 잘 가라고."

기대를 저버리면 곤란하다는 말이 무슨 뜻인지는 돌아 내려오면서도 알 수가 없었다.

일꾼 자리를 얻기는 생각처럼 쉽지 않았다. 보리스는 넉살 좋은 성격이 아니었기 때문에 '저를 국경 너머로 데려가주시면 200엘소 드리겠습니다' 같은 말을 쉽게 꺼내지도 못했고, 비위를 맞추며 데려갈 마음이 내키게 행동하지도 못했다.

이윽고 오전 10시가 가까워졌다. 보리스는 다시 한번 그 남자와 마주쳤다. 전사 고양이는 어디론가 사라지고 없었다.

"어이, 함께 갈 패거리는 구한 거야?"

먼저 말을 걸지 않았다면 같은 사람인지 알아보지도 못했을 것이다. 그자는 여름이 가까워오는데도, 그리고 날이 밝았는데도 여전히 두건을 내릴 줄 몰랐다. 보리스는 어이가 없어서 저도 모르게 유연하게 대꾸했다.

"아뇨. 그래서 당신과 한패거리가 될까 궁리중이었죠."

"흥, 내 조건은 까다로운데. 들어볼 마음이 있다면 말해줄 수도 있고."

묘하게 개구쟁이 같은 태도가 누군가를 연상시켰지만 근거 없는 억측은 접어버렸다.

"말씀해보시죠. 돈이라면 약간 드릴 수도 있어요."

"난 돈은 필요 없어. 대신 성격이 삐뚤어져서 누굴 괴롭히는 걸 좋아하거든? 그러니까 국경을 넘는 동안 내 제자인 척하고, 그동안 내가 온갖 욕지거리와 손찌검을 퍼붓는 걸 참아야 해. 무슨 일이 있어도 반항하거나, 토를 달거나, 쥐어박는 손을 피하면 안 돼. 국경을 넘어 헤어질 때까지. 무슨 말인지 알겠지?"

상상 이상으로 괴상한 조건이었다. 그러나 오히려 보리스는 이자가 자신을 속일 작정이 아니리란 생각이 들었다. 누군가를 등쳐먹으려는 자는 처음에 친절한 조건을 제시하기 마련인데 이자는 정반대이지 않은가? 그리고 저런 짓을 해서 무슨 이득을 얻겠는가?

"좋습니다. 그렇게 하지요."

계약은 성립되었다.

"일루 와! 어딜 기웃거리는 거야, 거지새끼처럼? 좀 빨리

빨리 못 와? 왜 그리 굼떠? 빌빌대는 꼬락서니하고는, 죽도 못 얻어 처먹었냐?"

"야, 이 빌어먹을 곰 새끼야! 여기 가만히 있으랬더니 왜 제멋대로 싸돌아다녀? 덜떨어지기는 곰보다 못해서는……. 저, 저, 누가 또 그러고 오래? 엉?"

"로브 앞섶 단정히 하랬지! 나이 그만큼이나 처먹은 놈이 옷도 제대로 입을 줄 모르냐? 만사가 그따위니까 장로님이 하루가 멀다 하고 매타작을 놓는 거야, 알아? 그래놓고 찔찔 짜기는 병신같이……."

"이제 그만하면 이불에 오줌은 그만 쌀 때가 됐잖아. 언제까지 아침마다 여관에서 눈총을 받아야 되겠어? 세 살 먹은 애새끼보다 못해가지고, 눈 치뜨지 마! 내리뜨랬지!"

"언제 글 좀 읽게 될래? 여기 뭐라고 씌어 있는지 아직도 몰라? 올 때마다 크게 읽어서 가르쳐줬잖아, 등신아! 로, 젠, 버, 그, 관, 문. 로젠버그 관문이라고 씌어 있잖아!"

조건은 생각보다 훨씬 어려웠다. 뒤늦은 깨달음이었지만.

관문 앞에 가기도 전에 평생 들어본 것보다 더 많은 욕지거리를 듣고 수십 번은 쥐어박혔다. 그렇게 많은 종류의 욕이 있다는 것도 처음 알았다. 그러나 그런 욕이 단순히 들리는 것과 자신에게 쏟아지는 것은 어마어마하게 달랐다.

몇 번인가 계약이고 뭐고 집어치우기 직전까지 화가 치밀었지만 꾹꾹 눌러 참았다. 억울해서 손까지 떨려도 힘껏 억눌렀다. 자신이 생각보다 자존심이 강하다는 것도 깨달았다. 어린 나이에 별별 꼴을 다 당해온 터라 욕 몇 마디 듣는 것쯤 어떠랴 했는데, 지나치게 안이한 생각이었다. 그래도 욕하는 것은 어떻게 참겠는데, 사실이 아닌 것을 혀까지 차며 말하는 것은 심해도 너무 심했다.

관문에 다다를 즈음이 되자 주위에서 걷던 사람들이 흘끔거리며 수군대기 시작했다. 멀쩡하게 생겼는데 몇 번씩 가르쳐준 글자도 못 읽는 바보에, 아직까지 소변도 가릴 줄 모르는 한심한 놈이라고.

두건이라도 있어 귀밑까지 붉어진 얼굴을 가렸으면 좋았을 텐데. 이 정체 모를 남자가 거무튀튀한 로브 한 장을 내주긴 했다. 그러나 불행히도 두건은 달려 있지 않아서 꼼짝없이 얼간이의 얼굴을 구경시킬 수밖에 없었다.

"이리 와, 멍청아! 여기 얌전히 서!"

관문 앞에서 남자는 특이한 통행증을 내밀었다. 전 대륙을 순례하면서 봉사로 일생을 보내는 프라바 순례인의 표지였다. 은으로 만든 납작한 판에 용 한 마리의 모습이 새겨져 있을 뿐 통행증에 필수적인 유효기간이나 사증 따위는 전혀 없었다. 그럼에도 불구하고 관문 수비대는 고개를 끄덕이며 보리스 쪽을 보았다. 그러자 남자가 말했다.

"아직 견습이어서 표지가 없네. 한 바퀴 죽 돌아야 자격이 생기지."

그러자 수비대는 보리스도 무사히 통과시켰다.

어이가 없을 정도로 간단했지만 고난은 아직 끝나지 않았다. 남자는 곧 보리스와 헤어지게 된다 싶으니까 아예 한시도 입을 다물려 하지 않았다. 뺨을 꼬집고 어깨를 툭툭 치고 발로 걷어차기까지 하며 가능한 모욕은 다 주었다. 그러나 보리스는 묵묵히 참아냈다. 어찌 보면 이제 관문을 통과했으니 반격하거나, 모르는 척하고 달아날 수도 있었겠지만 보리스에게 계약은 계약이었다. 세상에 대가 없는 도움이란 없었다. 이자가 자신을 속이지 않고 안전하게 통과시켜준 이상 어떤 모욕이라도 견딜 참이었다.

인고의 시간도 끝이 났다.

"마지막으로 무릎 꿇고 안녕히 가시라고 인사해라. 그러면 끝이야."

아직껏 아버지와 또 한 사람을 제외하고는 무릎 꿇어본 일이 없는 보리스였지만 말없이 무릎을 꿇고 안전한 여행이 되시라고 이야기했다. 울컥 치밀어 다 때려치우고 싶은 순간이 수없이 많았는데, 결국 참아낸 자신이 대견하기도 했다. 관문 고갯길을 통과하는 데는 몇 시간이 걸렸을 뿐이지만 시간이 이렇게 더디게 느껴진 날은 다시없었다.

"자, 끝났다. 생각보다 힘들지?"

끝났다는 말을 들으면 마음이 편해질 줄 알았는데 그게 아니었다. 억울했던 것을 죄다 갚고 싶은 마음이 와락 치밀어 스스로도 놀랐다.

"분통 터지는 상황에서 분연히 화를 내고 행동을 개시하는 것은 물론 용기다. 그렇지만 견뎌야 할 때 끝까지 자신을 억누르는 것도 쉬운 일은 아니지. 안 그래?"

비웃는 건지 충고하는 건지 모를 말이었다. 보리스의 눈빛을 본 상대는 유쾌하게 웃었다.

"내가 하나 제안하고 싶은 게 있는데."

"뭐죠."

저도 모르게 목소리가 딱딱하게 나왔다. 그럴 필요가 없다고 생각해도 잘되지 않았다.

"어디로 가는지 모르지만 여기서 동쪽으로 내려가는 길은 한줄기라서 말이야. 우리 동행할까?"

"……."

뻔뻔스러움도 정도가 지나쳤다. 이만큼 했으면 됐지 뭘 또 얼마나…….

그러나 곧 그게 아님을 깨달았다. 저자는 평범하게 동행하자고 했을 뿐, 조금 전에 하던 놀음을 계속하겠다고 한 것이 아니었다. 계약은 이미 끝났다. 그럼에도 불구하고 전혀 내키

굴복하는 법, 치욕을 견디는 법

지 않았다.

"싫습니다."

"감정에 휩쓸려 득과 실을 구별하지 못해서야 쓰나. 날 따라다니면 배울 게 많을걸. 무엇보다 훨씬 안전하지. 혼자 여행하기에는 네가 너무 어리다고 생각하지 않나?"

희한할 정도로 친절한 권유였지만 보리스는 고개를 저었다.

"당신 말이 옳지만 그래도 싫은 건 어쩔 수 없군요. 그만 가겠습니다. 덧붙이자면 다시는 만나지 않았으면 좋겠고요."

"정 그러면 좋을 대로 하셔. 나중에 후회는 말고."

둘은 헤어졌다. 보리스는 되도록 빨리 벗어나고 싶어 끌고 오던 말에 올라타 배를 걷어찼다.

처음에는 아노마라드와 크게 다를 것도 없구나 싶었다. 그러나 날이 저물자 생각이 달라졌다.

휑뎅그렁한 들판을 바람이 차지하더니 곧 맹렬하게 윙윙대기 시작했다. 롱고르드 들판에 불던 바람과는 소리부터가 달랐다. 아노마라드의 훈풍과는 아예 궤를 달리했다.

그 바람만큼 거친 자들이 곧 보리스를 맞았다.

"꼬마야, 가진 것 다 내놓고 조용히 꺼져라."

정체가 무엇인지는 몰랐다. 산적? 강도질을 하고 싶어진 상인들? 그도 아니면 근방의 건달들? 어느 쪽이든 십여 명의 무리는 태연하게 다가와 보리스를 둘러쌌다. 표정이며 태도가 그렇게 여유 넘칠 수가 없었다.

"들었지, 아가야? 말에서 내려. 말도 내놓고 짐도 내놓고 몸만 가지고 얼른 꺼지는 거야. 이해가 가냐?"

"그 자식 느리네. 빨리빨리 하라고."

주위를 둘러보았다. 열한 명. 말을 탄 어른들이고 검을 비롯한 무기들을 뽑아 든 모습이 자못 기세등등했다. 저들이 뛰어난 전사는 아니라 해도 십여 명이 뭉쳐서 덤비는데 혼자 상대하기란 불가능했다. 나이 차이까지 생각하면 일대일로도 상대가 될까 말까 한 노릇이었다.

불안감과 함께 좌절감이 밀려왔다. 한때 채찍을 휘두르던 기사들 앞에서도 무릎 꿇지 않았던 자신이었다. 그러나 그건 만용에 불과했다는 사실도 잘 알고 있었다.

"얼른 말 엉덩이를 한 대 때리는 거야. 그러면 말이 이쪽으로 오거든? 그러면 넌 얌전히 걸어서 떠나면 된단다."

한번 대항해볼까 하는 마음이 머리를 쳐들지 않았다면 거짓말이었다. 그때 무례한 순례자가 했던 말이 떠올랐다. 그때는 충고로 느끼지도 않았는데 갑자기 그 말이 마음을 사로잡아버렸다. 자신에게 꼭 필요한 이야기였다. 참아야 할 때 참지 못해서 죽어버릴 수는 없다.

"말이랑 짐을 드리면 정말 보내주시는 거지요?"

굴복하는 법, 치욕을 견디는 법

"두말하면 잔소리야. 얼른얼른 해."

보리스는 말에서 내렸다. 오랫동안 타고 다닌 말에 정이 들었지만 하는 수 없었다. 짐이라고 해봤자 도시락 주머니에 들어 있던 단도와 금화 조금, 여행용 물품과 식량이 전부였다. 그리 아깝게 느껴지지도 않았다.

말 엉덩이를 툭 쳤다. 말은 잠시 머뭇거리다가 몇 걸음 나아갔다. 사내들 가운데 한 명이 고삐를 잡았다. 보리스는 뒷걸음질로 물러나 포위에서 약간 벗어났다. 사내들은 말에 달린 주머니를 끌러서 열어보았다. 든 것이 별로 없자 실망하는 눈치가 역력했다.

막 가려는 참인데 갑자기 한 남자가 말했다.

"저 녀석, 검도 괜찮아 보이는데?"

다른 사람이 말을 받았다.

"저 허름한 거? 저게 뭐가 좋다고……."

"아냐, 잘 봐. 칼집만 허름하지 손잡이는 그럴듯하게 생겼다고. 제대로 만든 검 같은데."

저들끼리 수군대는 소리를 들으며 보리스의 가슴이 심하게 두방망이질 쳤다. 걸음을 서두르는데 한 사람이 소리 높여 외쳤다.

"야, 꼬마야! 검도 풀어서 놓고 가거라. 살펴보고 쓸 만한 거면 이 어른이 쓰셔야겠다."

어떻게 해야 할지 쉽게 판단이 서지 않았다. 돌아서지도 않았고, 검을 풀지도 않았다. 형은 분명 원터러보다 목숨을 소중히 여기라고 했다. 그러나 이런 치욕까지 견디면서 구차하게 살아남아야 하는가? 실력도 한번 시험해보지 못한 채 아끼는 것을 순순히 내줘야 하나?

아니다. 할 수 있는 일이 있다면 끝까지 해보아야 하는 거다.

보리스는 돌아섰다. 손이 부르르 떨렸지만 그 자리에 무릎을 꿇고 이마가 땅에 닿도록 고개를 숙였다.

"제발 용서해주세요. 이 검만은……. 돌아가신 아버지께 받은 마지막 유품이라 생명처럼 아끼고 있습니다. 별달리 좋은 것도 아니니 그냥 가져가도록 허락해주세요. 베풀어주신 은혜는…… 결코 잊지 않겠습니다."

한 남자가 동료들을 돌아보았다.

"그냥 보내줄까? 별로 좋은 것도 아니라는데."

다른 사람도 말했다.

"아버지 유품을 뺏기는 좀 꺼림칙하군. 보내주자고. 아직 어린앤데, 저렇게까지 말하잖아."

"으음……."

약간 희망이 보이는 것 같았다. 몸을 낮춰서 해결되는 일이라면 언제든지 그래야 했다. 치욕을 견뎌내는 자만이 더 큰 것도 지키는 법이었다. 자신은 약자였다. 약자의 생존 방식을

굴복하는 법, 치욕을 견디는 법

익혀야만 했다.

의견은 반반으로 갈렸다. 처음의 남자가 목소리를 높였다.

"무슨 소리야! 안 좋은 거라고 헛소리하는 놈들이 갖고 있는 게 본래 제일 좋다는 거 몰라? 저렇게까지 하는 걸 보니 더욱 수상쩍은데. 난 꼭 뺏어서 봐야겠다."

"내가 보기에도 그래. 야, 겨우 말 한 필에 동전 몇 푼 뺏고서 알짜를 놓치면 안 되지. 꼬마야, 허튼수작 부리지 말고 그 검 풀어놓고 조용히 꺼져라."

"들었지? 얼른 시키는 대로 하라고!"

"……"

보리스는 쉽게 몸을 일으킬 수가 없었다. 다시 한번 목소리를 낮춰 호소했다.

"그냥 보내주세요, 제발……. 이 검을 잃어버린다면 저세상에 계신 아버지와 가족들을 만날 면목이 없습니다. 온 집안에서 겨우 저 하나 남았는데……. 이 검은 제 가족이나 마찬가지입니다. 지금껏 이것 때문에 죽지 못하고 살아남았습니다. 다른 것이라면 뭐든 시키는 대로 하겠습니다. 부디 자비를 베풀어주세요, 훌륭한 어르신들……."

몇 마디 하다 보니 애원하는 것뿐 아니라 상대방을 높이며 자존심을 꺾는 것까지도 해냈다. 얼마 전의 자신이었다면 상상도 못 했을 일이었다.

"조그만 녀석이 횡설수설 말도 많네. 으씨, 검인지 뭔지 됐으니까 얼른 가랄 때 가. 알아들어?"

"안 돼! 어딜 맘대로 가려고! 검 안 내놓고 가면 목을 따버린다!"

"너무 그러지 마라. 우리가 언제부터 어린애 놀리며 살았다고……."

"놀리긴 개뿔! 이 짓 한두 철 해먹냐? 저런 놈들이 가진 건 분명히 좋은 거야. 어디 보여줘봐라. 감정 좀 하자!"

한 남자가 말에서 뛰어내렸다. 검을 빼어 들더니 보리스 쪽으로 다가왔다. 일이 그쯤 되자 말리던 사람들도 더이상 별소리를 하지 않게 되었다.

"일어나! 얼른!"

보리스는 천천히 몸을 일으켰다. 오른손을 검자루에 얹고 상대를 쏘아보았다. 지금껏 애원하던 녀석의 태도가 달라지자 남자는 어이가 없어 눈을 치떴다.

"이 자식이 갑자기 미쳤나? 뭘 째려봐? 흰 눈 뜨고 보면 네 주제에 어쩔 건데?"

"……."

보리스는 대답 없이 한 걸음 물러섰다. 살려달라고 빌며 옥신각신하는 사이 포위에서는 벗어났다. 가까이 온 남자가 검을 불쑥 코앞으로 들이댔다.

굴복하는 법, 치욕을 견디는 법

"이 자식이! 한번 해보겠다는 거야, 뭐야!"

"꼬마야, 후회하게 될걸?"

보리스의 손이 윈터러의 자루를 힘 있게 움켜쥐었다. 다른 손이 칼집을 잡았다. 이제 물러설 곳은 없고, 저항만이 있을 뿐이었다.

"누가 후회하나 두고 봅시다."

스르릉…….

낡은 칼집에서 순백의 칼날이 뽑혀 나왔다. 밤하늘에 막 솟은 별까지 비칠 정도로 맑은 검신이 냉기를 파랗게 뿜었다. 사내들은 눈이 휘둥그레지다 못해 말문이 막혔다. 한 명이 분통을 터뜨렸다.

"저것 봐! 저런 걸 두고 지금 그냥 가자고 한 거냐!"

"빌어먹을!"

보리스는 칼집을 허리띠에서 빼어 내던졌다. 펄쩍 뛰어 물러나면서 검을 세우고 닥쳐올 상대를 노렸다. 먼저 소리친 남자가 괴성을 지르며 달려들었다. 다른 자는 타고 있던 말의 배를 걷어찼다. 말발굽으로 뭉개버릴 셈이었다.

싸악!

남자의 검이 윈터러의 날과 맞닥뜨리며 미끄러졌다. 자루까지 내려가기 전에 힘껏 밀쳐내고, 물러났다가 곧장 앞을 찔렀다. 두 손으로 검을 쥔 채 공격과 방어를 겸했다. 진짜 바스타드답게 사용한 것이다.

트팍! 턱!

보리스의 팔 힘은 꽤 강해졌다. 죽기 직전의 예프넨에는 미치지 못하더라도 평범한 어른의 검 정도는 쉽사리 받아쳤다. 첫 번째 남자가 잠깐 밀리는 순간, 윈터러의 날이 목으로 쇄도했다. 목은 꿰뚫지 못했지만 턱을 찢었다. 핏방울이 허공을 갈랐다.

"오냐, 네놈이 죽을 자리 잘 만났다!"

두 자루의 검이 양쪽에서 동시에 찔러 들어왔다. 먼저 들어온 검을 한 박자 비켰다가 단련된 발로 걷어차 넘기고, 바로 몸을 돌려 다른 쪽을 검으로 받았다. 거세게 밀치고 들어오는 힘을 살짝 흘렸다가 와락 밀쳤다. 그리고 반 박자 빠르게 비스듬히 베었다.

"크윽!"

이번에는 제대로 된 상처였다. 사내는 징이 박힌 가죽 갑옷을 입고 있었지만 윈터러의 날은 징까지 잘라버리고 배에 깊은 자상을 남겼다. 말을 탄 채 달려들려 한 자는 동료들이 보리스와 뒤엉킨 탓에 마음대로 움직이지 못했다. 보리스는 일부러 사내들이 모여 선 쪽으로 움직여 갔다. 결국 말을 탔던 사내들도 다 내릴 수밖에 없게 되었다. 적들의 검 실력은 생각보다 대단치 않았다.

굴복하는 법, 치욕을 견디는 법

"죽여버려!"

"감히 우리를 속이려 해? 오늘 여기가 네놈 무덤이다!"

기회를 보아 말에 올라타야 했다. 어느 말이든 좋았다. 잘 훈련된 말들은 멀리 가지 않고 약간 떨어진 곳에서 맴돌고 있었다. 긴 싸움은 승산이 없었다.

"하압!"

보리스의 손에서 윈터러는 놀랄 만큼 가볍게 뻗어나갔다. 비록 완벽하지는 못해도, 형이 했던 것처럼 자신을 보호하기 위해 이 검을 쓸 줄 알게 된 것이다. 이제는 짐이 아니라 무기였다. 분신인 양 자신을 위해 싸워주는 동료였다.

두 사내가 목덜미와 어깻죽지를 찔렸지만 보리스도 허벅지와 팔에 상처를 입었다. 사내들은 대충 상대해도 될 줄 알았다가 뜻밖에 정련된 검술을 만나 당황했으나 곧 포위망을 짜기 시작했다. 열한 명 대 한 명이었다. 진다면 말이 되지 않았다.

소년이 지닌 검은 미치도록 훌륭했다. 어린애 손에 들려 있기에 망정이지 제대로 된 검사가 잡았더라면 오합지졸 십여 명쯤은 순식간에 쓰러뜨리고도 남았을 것이다. 저만하면 수백 명 군대와도 맞먹는 가치가 있었다. 검 하나로 그 정도와 맞서 이긴다는 것이 아니라, 그만큼 희귀한 물건이란 뜻이었다.

그런 것을 어린애한테서 빼앗지 못하다니 말도 안 되는 일이다!

보리스는 처음부터 긴장해 싸운 나머지 쉽사리 지쳐갔다. 반면 정신은 점차 맑아졌다. 늘 갖고 다니기만 했던 윈터러를 직접 써보자 수많은 사람이 노렸던 가치를 처음으로 알 것 같은 느낌이 들었다. 사람을 죽였을 때 느꼈던 충격과 죄악감조차 이 검의 중독적인 아름다움 앞에서는 빛이 바랬다.

검이란 살해를 위해 태어났으니 그 목적에 완벽히 들어맞는 것이 검의 아름다움이 아닌가. 두려워하고 피할 이유가 무엇이란 말인가?

지금껏 해보지 못한 생각이 머릿속을 채웠다. 왜 자신이 이런 생각에 사로잡히는지도 몰랐다. 검과 일체가 되어 휘두를수록, 더 나은 솜씨로 쓰면 쓸수록, 어딘가 모를 곳에서 솟아나는 힘을 느끼고 그것을 온전히 가지고 싶어졌다. 자유로이, 한몸처럼 다루고 싶다.

더 강하게!

윈터러의 날이 드디어 심장을 뚫었다. 피가 허공으로 솟구쳤다. 그러나 그 모습은 오히려 보리스를 흥분시켰다. 전처럼 사람을 죽였나 싶어 멍해지는 일은 없었다. 제대로 해냈다는 자신감과 함께 오히려 빨라진 몸놀림으로 뒤로 다가드는 검을 받아쳤다. 반원을 그리며 날아간 칼날이 사내의 발목을 잘라버렸다. 너무나 쉽게, 깨끗이 잘라졌다. 생각지도 못한 일이었다.

"큭……. 크아아악!"

비참한 비명이 허공을 찢었다. 윈터러는 이상할 정도로 날카로워졌다. 방금 같은 일은 평범한 검으로는 불가능했다. 기이한 광채가 날을 감싸며 번져갔다.

"한꺼번에 달려들어!"

슬쩍 닿기만 해도 잘려나가는 검 앞에서 적들도 무작정 덤벼들 수만은 없었다. 사내 셋이 말을 잡아타더니 사납게 몰아 코앞까지 달려왔다. 피하면서 보리스는 다시 검을 휘둘렀다. 말 한 마리의 다리가 잘려나가는 것을 보고 이상하게도 상쾌한 기분이 몸을 감쌌다. 그러나 다음 순간…….

"개자식아, 받아라!"

한 사람이 날린 단도가 보리스의 등에 푹 꽂혔다. 정확히 그 순간부터였다. 갑자기 온몸에 오한이 일며 자신이 무슨 일을 저질렀나 하는 생각에 휩싸였다. 등에 꽂힌 단도……. 과거에 그도 저질렀던 일이 아닌가?

고조되었던 감정이 썰물처럼 빠져나갔다. 손에 힘이 빠졌다. 상처는 깊었지만 그보다 평소 상태로 돌아온 보리스의 정신이 상황을 한꺼번에 받아들이면서 심한 괴리를 일으켰다. 비틀거리는 보리스를 한 사내가 재빨리 움켜잡았다. 다른 사내는 검을 든 손을 비틀었다. 윈터러가 손에서 떨어졌다. 도로 줍지 못하도록 검을 짓밟고, 또 다른 사내가 등에 박힌 단도를 뽑았다. 대신 주먹이 날아와 턱을 강타했다.

"저, 저…… 저놈의 목을 쳐버려!"

발목이 잘린 남자가 쓰러진 채로 욕설을 퍼부었다. 다른 사내들이 보리스의 두 팔을 단단히 움켜잡았다. 한 명이 검을 세우며 다가왔다. 이제 곧 목이 날아갈 참이었다.

그때, 상황이 바뀌었다.

슈욱!

등뒤에서 벌어진 일이라 영문을 몰랐다. 사내들은 보리스를 놓아버리고 황급히 물러났다. 손이 풀렸는데도 보리스는 맥이 빠져 바닥에 주저앉고 말았다. 그때 한 사내의 발밑에 깔린 윈터러가 보였다. 그도 그걸 주우려 했고, 보리스도 잡으려 했다. 손은 거의 동시에 닿았다.

"저리 꺼져!"

둘의 손이 맞닿자 사내가 버럭 소리치며 보리스의 손을 쳐냈다. 보리스는 필사적으로 이번에는 날을 움켜잡았다. 손에서 피가 흐르기 시작했다. 그러나 놓을 마음은 추호도 없었다.

"이 자식이!"

그때였다. 머리 위로 검은 옷자락이 스쳐가면서 윈터러의 자루를 쥐었던 사내가 비명을 올렸다. 고개를 들자 사내의 뒤로 가뿐하게 내려서는 로브 차림의 낯선 남자가 보였다. 어느새 장검이 사내의 등에 꽂혀 배까지 관통되어 있었다. 로브의 남자는 쉽사리 검을 뽑고 돌아서더니 다른 적들에게 달려들었다.

보리스의 손에서는 생각보다 많은 피가 흘렀다. 윈터러는 방금 전투를 벌이는 동안 이상할 정도로 날카로워져 잠깐 손 댄 것만으로도 상처가 컸다. 좀더 쥐고 있었다면 손가락이 잘렸을지도 모른다. 보리스는 상처를 추스르는 대신 왼손으로 윈터러를 쥐었다. 머리가 어지러웠지만 억지로 일어섰다.

일어선 그가 본 것은 수많은 사선이었다. 무한히 빠른 검이 남긴 잔광이었다. 눈으로 따라갈 수 없도록 빨랐고, 유연하며 정확했다. 장검 하나를 든 로브의 사내는 허수아비를 베는 것보다 쉽게 적들을 해치워갔다. 한 사내의 목을 긋고 동시에 다른 자의 어깨를 찔렀다. 몸을 수그렸다가 뒤로 접근하는 자를 냅다 올려 찼다. 한 발로 몸을 솟구치더니 말을 탄 사내의 팔을 베어버렸다. 그가 든 검은 윈터러와 비슷한 크기의 바스타드였다. 그러나 두 손과 한 손을 자유자재로 바꿔 썼다.

순식간에 절반이 쓰러지고 나머지는 황급히 달아나기 시작했다. 흡사 귀신이라도 본 얼굴들이었다. 낯선 남자는 달아나는 자를 뒤쫓지 않았다. 허둥거리는 꼴을 감상하듯 눈을 가늘게 떴을 뿐이었다. 이윽고 핏자국, 그리고 두 사람만이 남았다.

보리스의 말은 달아나지 않고 어슬렁대고 있다가 주인에게

다가왔다. 그러나 보리스는 깨닫지도 못한 채 우뚝 서서 상대방을 바라보기만 했다.

"당신······."

그랬다. 저 익숙한 로브와 두건은 로젠버그 관문을 넘자마자 헤어진 불쾌한 사내의 것이었다. 그러나 그게 전부가 아니었다. 저 동작은, 검술은 보리스가 결코 잊을 리 없는 것이었다. 하지만 헛것을 본 듯 믿어지지 않았다.

왜? 어떻게 이 순간, 이 자리에, 이런 식으로?

남자가 보리스를 돌아보더니 말했다.

"그 검, 칼집에 어서 꽂아라. 더 늦기 전에."

저도 모르게 그 말에 따랐다. 허름한 칼집은 저만치 말발굽에 짓밟힌 흔적과 함께 떨어져 있었다. 칼집을 집어 윈터러를 꽂는 순간, 가슴속에서 소용돌이치던 무언가가 갑자기 사그라졌다. 이윽고 윈터러의 흰 광채는 완전히 가려졌다.

"첫 번째 가르침은 잘 통하더냐?"

보리스는 허리띠를 주울 생각도, 여전히 흐르는 피를 멈출 생각도 않고 상대를 쳐다보기만 했다. 통증도 잠시 잊었다. 어지러운 머릿속에 생각이 휘몰아쳤다. 상대가 다시 말했다.

"생명의 은인에게 보답은 안 하냐?"

들판의 풀이 날렸다. 차디찬 바람이 맴도는 북부 벌판에도 여름이 오고 있었다. 어디서든, 언젠가는 반드시 오고 말 여름이었다.

"별로 멋은 없지만……."

상대방의 목소리가 서서히 바뀌었다. 고음의 짜증스러운 목소리였는데 부드러운 저음으로 변했다. 단순히 목소리를 달리 낸 정도가 아니었다. 아예 다른 두 명의 목소리였다. 그런 재주가 세상에 존재하는 것도 처음 알았다. 그것만 아니었더라면 보리스도 첫 만남에 즉각 알아차렸을 것이다.

두건이 젖혀졌다. 올려 묶은 갈색 머리가 허리에 닿을 듯 늘어졌다.

"이런 식의 재회도 괜찮지?"

긴장이 풀리며 가슴속에 단단히 매어져 있던 끈 하나가 툭 풀어졌다. 보리스가 실망시켰던 사람, 실망한 얼굴을 감추지도 않은 채 떠나갔던 사람, 바로 그였다.

얼굴을 들 수 없었다.

호수 속 금빛 그림자

눈을 뜨고 주위를 둘러보았다. 깨끗한 시트와 소박하지만 정결한 방, 반쯤 열린 창문, 그리고 누군가 떠다 놓은 세숫물이 있었다.

침대에 엎드린 채 자고 일어난 참이었다. 몸을 일으키려다가 지독한 통증에 도로 쓰러질 뻔했다. 그제야 등에 입은 상처 생각이 났다. 어제 응급처치를 하고 약을 발랐지만 나으려면 한참은 걸릴 상처였다.

조심조심 일어나 침대 아래로 내려왔다. 세수를 하려고 팔을 드는 것조차 초인적인 노력을 요구했다. 그냥 얼굴을 물에 잠시 넣었다가 꺼내면 안 될까 궁리했지만 대야가 야트막해 그것도 쉽지 않았다. 꾹 참고 왼손만 움직여 얼굴을 닦았다.

상처는 오른쪽 어깻죽지 언저리였다.

　죽는 것도 아닌데 이까짓 상처쯤 우습다고 생각하려 했다. 하지만 도무지 되지 않았다. 문을 열고 아래층으로 내려가는 단순한 일만으로도 하루치 기력을 모조리 써버려 오늘이 빨리 끝났으면 하는 생각밖에 없었다.

　"여어."

　참 이상했다. 자신이 그를 좋아했던가. 정확히 기억이 나지 않았다. 조금쯤 좋아하긴 했겠고, 불명확한 교감도 몇 번인가 느꼈었다. 그러나 꼭 다시 만나리라 마음먹을 정도는 아니었다.

　그런데도 반가웠다. 말할 수 없이 기뻤다. 줄곧 홀로 떠돌던 보리스는 아는 사람의 얼굴에 굶주려 있었다.

　"와서 아침 들어. 아무도 안 떠먹여주니까."

　아픈데도 불구하고 웃음이 나려 했다. 입가는 약간 움직였지만 가슴에 힘이 들어가는 순간 등의 상처가 심하게 쑤셨다. 웃는 것은 고사하고 말조차 크게 못할 지경이었다.

　애써 자리에 앉고 보니 앞에 곡식 죽과 빵 두 개가 놓여 있었다. 그런 주제에 맞은편에는 삶은 닭고기가 한 사발 놓여 있는 것이 보였다.

　"넌 상처 때문에 고기는 안 돼. 죽에 빵이나 찍어 먹으라고."

　보리스는 불만 없이 주어진 음식을 들었다. 어려서부터 질

좋은 음식을 먹으며 자랐고, 벨노어 성에서 최고급 요리도 수없이 먹어봤지만 이상하게도 음식에 대한 욕심은 별로 없었다. 입맛도 까다롭지 않았다. 미적지근한 죽과 빵을 금방 먹어치우고 물러앉는 것을 보며 상대방이 말했다.

"'먹는 것이 단순한 자는 뭐든 할 수 있다'고 했던가."

보리스가 나지막이 말했다.

"월넛 선생님⋯⋯."

그러자 상대가 고개를 휘휘 내저었다.

"이젠 그 이름이 아니지. 사는 땅이 바뀌었잖아? 그 이름은 잊어버려. 이젠 이실더다. 이실더 산. 딱 렘므 사람 같은 이름이잖아?"

한때 월넛이었던 이실더는 전보다 더 건장해진 듯 보였다. 머리도 길어졌다. 뺨 곳곳에 비죽비죽 튀어나온 수염은 그대로였지만 얼굴이 그을렸고, 그리고⋯⋯.

"이마가 넓어지신 것 같네요."

무심코 튀어나온 감상이었는데 이실더는 민감한 반응을 보였다.

"무슨 소리야! 전에도 이랬어. 설마 내가 대머리가 되어가고 있다고 말할 셈은 아니겠지?"

그런 의도는 없었지만 이런 때는 눈치 없다 싶을 정도로 솔직한 보리스였다.

"그 추측도 나름대로 신빙성이 있겠는데요."

"그런 근거 없는 추측이 네 건강에 미칠 영향을 생각해보고서 말해라."

"추측이 사실일 경우 선생님 본인의 건강에 미칠 영향에 비하면 아무것도 아닐 듯한데……."

전에도 이렇게 티격태격했었나 싶었다. 그러나 이실더의 식사가 끝나도록 둘은 엇비슷한 쓸데없는 주제를 가지고 주거니 받거니 소리를 질렀다가 웃었다가 했다. 보리스는 크게 웃을 수 없는 처지여서 몇 번인가 힘겨운 신음 소리를 내는 걸로 웃음을 대신했다.

이번에는 보리스가 소리칠 차례였다.

"무슨 소리예요! 로즈니스와 저는 아무 사이도 아니라고요!"

"왜 아무 사이가 아니야? 한때 '의남매'였던 사이잖아?"

"그런 얘기가 아니고……."

조금 있자 다시 이실더가 소리를 질렀다.

"말도 안 돼! 내가 널 가르치기 싫어서 도망쳤다면 왜 지금 와서 다시 만나고 있겠냐? 그때 나는 내가 반드시 참석하지 않으면 안 되는 행사 때문에 부득이하게……."

"저런, 결혼식을 앞두고 계셨군요?"

"그, 그런…… 컥! 켁!"

이실더는 결국 닭고기가 목에 걸렸다. 그가 한동안 불쌍할 정도로 기침을 하는 동안 보리스는 웃지 않고 꼿꼿한 자세를 유지하려 애쓰고 있었다. 안 하던 농담까지 하고 있는 자신이 생각 외로 마음에 들었다. 반가운 심정을 어떤 식으로든 표현하고 싶었다.

겨우 식사가 끝났다. 둘은 눈을 흘겼지만 화가 나서는 아니었다. 보리스가 힘겹게 다시 2층으로 올라가는 동안 천천히 뒤따라오던 이실더는 키득키득 웃어대기까지 했다.

방으로 들어와 마주앉았다. 이실더는 로브를 벗었는데 로브의 안감은 전과 같은 나뭇잎 색깔이라 보리스는 새삼스러운 감회에 젖었다. 로브 뒤집어 입으셨나요, 라고 묻지는 않았지만.

"넌 영 사랑스럽지 않은 놈이다."

이실더가 첫마디를 떼더니 한동안 잠자코 있었다. 이실더 같은 사람도 가끔은 할말을 궁리할 필요가 있는 모양이었다. 대신 보리스가 물었다.

"도대체 어떻게 저를 찾아내신 거죠?"

금방 대답이 날아왔다.

"널 찾아내다니, 내가 널 찾으러 다닐 만큼 할 일 없는 사람으로 보이냐?"

"할 일이 있으신지 없으신지는 모르겠지만……."

보리스는 빙그레 웃었다. 이렇게 쉽게 웃을 수 있다는 것을 전에는 잘 모르고 있었다.

"필요한 순간을 잘도 알아내셔서 두 번이나 나타나주셨군요. 고맙습니다."

비꼬려 한 것은 아니었다. 그러나 진심 말고도 분명 장난기가 느껴졌다. 이실더는 한참 보리스를 노려봤지만 결국 할말이 없었는지 턱을 올리고 고개를 내두르며 말했다.

"우연이야, 우연이라고."

"고양이까지 보내주시고……."

"우연이랬잖아!"

푸홋……. 보리스는 속으로 웃는 것으로 대신했다. 묻고 싶은 것이 많았다.

"그런데 로젠버그 관문에서는 왜 그렇게 저를 욕하셨던 건가요? 그렇게 저한테 쌓인 게 많으셨나요?"

낯선 사람한테 욕을 얻어먹고 있을 때는 화가 나서 어쩔 줄 몰랐는데 그 사람이 월넛, 아니 이실더라는 것을 알고 나니 유쾌한 생각까지 들었다. 그와 좋지 않게 헤어진 후 남았던 씁쓸한 후회가 그 욕지거리로 인해 다 날아가버린 것처럼 시원했다. 오래 묵혀뒀던 셈이 저도 모르게 끝나버린 느낌이랄까.

"넌 욕 들어도 싸. 앞으로도 계속 욕해줄 거다."

이번엔 등의 상처에도 불구하고 웃지 않을 수 없었다.

"아아, 그러면 역시 저와 함께 다니기로 하신 거군요? 푸 하하핫…… 아얏!"

여유가 생겼을까. 벨노어 성에서 '월넛'과 함께 지내던 자신과, 이제 다시 '이실더'와 마주친 자신은 크게 달라졌다. 어쩌면 그때는 '가짜 자신'이었기 때문일지도 모른다. 가짜는 누구도 진심으로 대할 수가 없다. 그렇다면 '진짜 자신'이 되어 이 사람을 다시 만나 얼마나 다행인가.

그때의 긴장과 경계로부터, 아무것도 숨길 게 없는 지금의 태도로 단걸음에 건너온 건 아니었다. 정신없이 오느라 모르고 있었지만, 처음으로 그 걸음을 돌아보니 얼마나 큰 간격이 있었는지 실감되었다. 건너와서 다행이다. 다시는 그때로 돌아가고 싶지 않다.

믿어도 좋은 사람을 만난 것이 얼마 만일까.

"내가 왜 그렇게 어마어마하게 친절해야 되는데?"

이실더가 불만스럽게 중얼대더니 허공에 팔베개를 하며 허리를 한바탕 젖혔다. 그 역시 월넛에서 이실더로 이름만 바뀐 것이 아니었다. 전에는 벨노어 백작의 양아들을 가르치던 스승이었지만 이젠 속한 데 없이 떠도는 방랑 검사였다. 월넛이 다소 엉뚱하고 좌충우돌했다면 이실더는 당연한 듯 자유분방했다. 여유가 있었고, 본성에 가까웠다.

"참, 어제 하다 만 얘기를 해야지. 생명의 은인에게 무엇으

로 보답할 테냐? 난 셈이 철저한 사람이라서 챙길 것은 하나
도 안 놓치거든. 난 이제 네 선생이 아니지? 그러니까 널 구
해줘야만 하는 의무가 없단 말이야."

그게 사실이라면 로젠버그 관문에서 그렇게 헤어진 주제에
몰래 뒤따라오고, 지켜보다가 딱 필요한 순간에 나타나 도움
을 준 이유는 뭐란 말인가? 하지만 보리스는 내색하지 않고
진지하게 물었다.

"어떻게 보답하면 되겠습니까?"

"음, 글쎄."

그런 것도 생각해놓지 않은 주제에 다짜고짜 물었던 모양
이었다. 잠시 후 이실더가 눈을 가늘게 뜨더니 말했다.

"보답 대신 그 검은 어때? 다시 내놓는 거 말이야."

보리스는 즉시 자세를 바로 하며 고개를 저었다.

"불가능합니다."

"어제 그 검이 어떻게 변하는지 느꼈을 텐데?"

"예?"

그게 착각이 아니었단 말인가?

"그래도 계속 갖고 다녀도 될 것 같으냐? 그 검은 살인을
즐기더군. 그 검에 익숙해진다면 몸을 지키기에는 좋을지 몰
라도 넌 지금과 다른 사람이 되어버린다. 피에 무감각해지고,
어느새 살육을 찾아다니게 될지도 모르지."

어제 느낀 기묘한 감각을 떠올린 보리스의 미간에 힘이 들어갔다. 이실더가 다시 고개를 휘휘 젓더니 말했다.

"아니다. 어쩌면 그렇게 단순한 문제가 아닐지도 몰라. 어쨌든 그 검에는 마력이 있는 것 같은데, 정체 모를 마법이 깃든 물건이란 주로 좋기보다 나쁘지. 어떤 건 처음부터 파멸을 위해 만들어지기도 하거든."

보리스는 뜻밖의 이야기에 어쩔 줄 몰랐다. 그러나 잠시 후 생각을 가다듬고 말했다.

"그럴지도 모르겠습니다. 하지만 이건 제가 일생 지키기로 마음먹은 검입니다. 쉽게 깰 결심은 아니고요. 검은 어차피 검일 뿐 인간이 사용하기 마련 아닐까요? 아무리 악한 마법이 이 검을 사로잡고 있다 해도, 제가 굳게 마음먹기만 한다면 인간의 의지가 물건일 뿐인 검의 의지를 이기지 못하리라고는 생각되지 않는데요."

이실더는 잠시 감탄한 건지 비웃는 건지 모를 표정으로 보리스를 건너다보았다.

"좋은 생각이긴 한데 말이지, 그리고 나도 그렇게 되길 바라긴 하는데, 과연 잘될지 모르겠다. 아니, 멋대로 판단할 게 아니라 이런 문제를 잘 아는 사람에게 물어볼 필요가 있을지도 몰라. 넌 그 검에 대해 뭘 알고 있지? 네 집안에서는 어떻게 그 검을 손에 넣은 거지?"

보리스는 스노우가드의 이야기를 해야 할지 약간 망설였다. 그러나 오래 그러지는 않았다.

"짝이 되는 갑옷이 있습니다. 스노우가드라는 이름이죠. 합쳐서 윈터바텀 킷이라고 부릅니다. 하지만 지금 제 손에는 없습니다. 다시는 찾을 수 없는 곳으로 사라져버렸으니까요. 그 외에 제가 아는 것은 없습니다. 제 조상이 어디서 이 검을 찾아내어 손에 넣었는지도, 그리고 무슨 힘을 가졌는지도."

이실더는 스노우가드의 행방을 캐묻지 않았다. 다만 약간 안심하는 표정을 지었다.

"그렇다면 적어도 그 검은 힘이 약해져 있겠군. 짝이 되는 물건이 영영 나타나지 않을 테니 말이다."

이실더의 입가가 올라가더니 미소가 되었다. 벨노어 성에서 한밤중에 대결을 벌이다가 문득 서로에게 보였던, 그 미소였다.

"좋다. 과연 인간이 이기나 검이 이기나 보기로 할까. 시도도 해보지 않고 포기하라는 말은 나도 못 하겠다. 그래, 하지만 그 검을 함부로 뽑지는 마라. 부득이하게 뽑더라도 그걸 쓰는 동안 네 마음속에 다른 생각이 일어나지 않는지 주의깊게 살펴봐. 만약 불안한 변화가 있거든 즉시 내게 말해라. 가능하면 검을 거둬 넣어두는 것이 가장 좋겠고."

보리스는 고개를 끄덕였다. 그러면서 가슴속에서 서서히

솟아오르는 즐거움을 흡족하게 맛보았다. 왜 이렇게까지 기뻐하는지, 어쩌다가 사람을 이렇게 좋아하게 된 건지 궁금했지만 그보다 원초적인 기쁨이 앞섰다.

이제 혼자가 아니란 것, 다시 누군가와 서로 의지할 수 있다는 것.

"말을 하라고 하시는 걸 보니, 역시 저하고 함께 있어주실 거군요?"

이실더는 손가락을 하나 빼 들었다.

"내가 로젠버그 관문에서 너한테 동행을 제의했다는 거 기억하냐? 아주 냉정하게 거절하던데. 맞다, 다시는 만나지 말자고 그러지 않았냐?"

이 양반이 애들처럼 투정을 부리는구나 하고 생각하며 보리스는 피식 웃었다.

"사과할게요."

"아냐, 아냐. 이건 사과로 끝날 문제가 아냐. 처음 온 기회를 놓쳤는데 똑같은 기회가 다시 오는 법은 없어. 더구나 넌 내게 빚을 졌지? 좋아, 어제 한 계약을 다시 적용해볼까?"

보리스는 눈을 동그랗게 떴다.

"설마 다시 그때처럼 욕을 하시겠다고요?"

괴짜 이실더는 그런 짓을 하고도 남을 사람이었다. 그러나 그는 빙그레 웃더니 더 재미있는 방법이 없나 궁리하는 표정이 되었다.

"솔직히 그런 걸 매일 하라면 나도 힘들어서 못할 노릇이고…… 그래, 이번엔 백작 가문 도련님도 아니고 동등한 동료도 아니다. 제자 노릇 하듯 내 시중을 드는 거야. 난 널 보호해주고, 넌 내 심부름을 하고. 어떠냐?"

보리스는 자신도 놀랄 정도로 시원스럽게 대꾸했다.

"그러죠."

"만만찮게 부려먹을 텐데 버틸 수 있겠어?"

보리스는 작게 웃었다.

"선생님은 본래 만만찮았어요."

그 말을 듣더니 이실더가 불쑥 말했다.

"선생님이라고 부르지 마라. 이젠 그런 관계가 아니니까. 왠지 껄끄러워."

"그럼 뭐라고 부르죠?"

"이름을 불러. 그러면 되잖아."

"그럴 순 없어요. 그건 제 쪽에서 불편하다고요."

이실더는 고민했다. 한참이나 궁리하더니 결국 어쩔 수 없다는 표정으로 대꾸했다.

"당신, 이라고 부르면 되잖아. 별 대안도 없고."

그 말은 언젠가 란지에가 말했던 '당신'을 연상시켰다. 별로 친근감 있는 호칭은 아닌데도 그 때문인지 상대방을 한결 가깝게 부르는 말처럼 느껴졌다.

　그즈음 보리스는 자신이 왜 백작의 성을 나와 이런 곳에서 떠돌고 있는지 이실더가 전혀 묻지 않았다는 것을 깨달았다. 마치 사정을 다 알고 있는 것처럼. 하지만 성을 떠날 때는 분명히 몰랐을 텐데?

　그때 이실더가 불쑥 두 손을 내밀더니 보리스의 양 뺨을 감쌌다. 거친 손길이긴 했지만 쓰다듬으며 눈을 들여다보았다. 보리스는 문득 느꼈다. 그의 얼굴을 이렇게 감싸주었던 한 사람, 그 사람에게서 느꼈던 기분이 떠오른다고. 똑같지는 않더라도 분명 비슷한 것이라고.

　이실더가 나직이 말했다.

　"아아, 한심한 자식. 눈앞에 없으니 불안해서 못 견디겠더라니까. 오죽이나 한심하면. 정말이지, 정말이지."

　"란지에가 그랬단 말이지."

　벨노어 성에서 벌어졌던 일에 대해 막 이야기가 끝났다. 후리후리한 선생과 그보다는 작은 제자, 둘은 렘므의 돌투성이 평야를 말 한 마리를 끌며 걸었다.

　함께 여행하며 며칠이 흘렀다. 저녁이 되어가는 하늘이 몹시 높았다. 북부를 여행하기에 가장 좋은 계절인 여름이 다가와 있었다.

"아직도 그 애를 잘 모르겠어요. 아니, 그 애가 과거를 꾸며댔다는 것이 아니라 속을 잘 모르겠다고요. 도저히 또래 같지도 않고, 그렇다고 어른 같지도 않고…… 친해질 수도 미워할 수도 없달까요."

보리스는 되도록 솔직한 심정을 떠올리려 했다. 란지에는 그럴 가치가 있는 사람이었다.

"불쌍한 것 같지만 동정할 상대는 아니고, 강한 것 같지만 분명 약점도 있었죠. 그 애만이 할 수 있는 놀라운 방법으로 저를 구해줬지만, 그래서 진심으로 감사하고 있지만, 그런데도……."

"다시 만난다 해도 친구가 되기는 어려울 것 같다, 그거지?"

이실더의 말은 정곡이었다. 보리스는 란지에와 친구가 되지 못했고, 앞으로도 되지 못할 것을 아쉬워하고 있었다.

"내 생각엔 말이야."

이실더는 머리끝을 버릇처럼 만지작거리면서 보리스의 긴 머리를 내려다보았다. 저 머리도 조만간 묶어주겠다고 마음먹으면서 말했다.

"란지에는 정치적인 녀석이다. 미워한다고, 마음속에서 죽여버렸다고 하긴 했지만 어느 정도는 자기 아버지를 닮은 게 아닐까 싶어. 백작과 너 사이에서 해낸 줄타기라든가, 나중에 닥칠 일을 대비해서 미리 백작의 뒤를 캐내는 그런 거, 평범한 또래라면 실천은커녕 감히 상상도 못 할 일들이지."

보리스는 고개를 끄덕였다. 혼자 여행하는 동안 몇 번인가 입장이 뒤바뀐 상상을 해봤지만, 자신이 란지에처럼 해냈을 가능성은 없다고 느껴졌다.

"물론 고생을 많이 했기 때문이겠지만 그것 때문만은 아니야. 란지에가 어떤 놈인지 분명하게 느꼈던 때가 있는데 바로 란즈미의 말문을 열게 해줬을 때 보였던 모습이었지. 기억나냐? 내 도움이 진심이라면 평생 잊지 않고 보답하겠지만, 만일 일이 잘못된다면 사생결단도 불사하겠던 말 말이야."

보리스도 기억하고 있었다.

"정치적인 사람이란 어떤 식으로 행동하는 건가요?"

아직 정치에 대한 이해가 없는 보리스는 '정치적 인간'이라는 말을 정확히 이해할 수 없었다. 보리스의 관심사는 여전히 개인적인 차원의 애증에 국한되어 있었다.

"은혜와 원한의 경계를 혼동하지 않는 것, 자기 자리를 정확히 아는 것, 상황이 모든 방향으로 변할 것을 예상하고 대처법을 미리 찾아놓는 것, 불확실한 행운이나 호의를 믿지 않고 행동마다 미래를 위한 포석을 까는 것, 자기 행동이 연못에 던진 돌처럼 일으킬 파문을 감각적으로 파악하는 것. 그리고……."

이실더는 갑자기 고개를 쳐들어 보리스를 보았다.

"너 같은 사람을 만났을 때, 그 사람의 성격이 지닌 장점과 단점을 빠르게 파악하는 것."

보리스는 잠시 입을 다물었다가 말했다.

"그랬을지도 모른다고 생각했죠. 하지만 그런 사람이라면 저를 도와서는 안 되지 않았을까요? 당장 줄 수 있는 도움도 전혀 없고, 앞으로 대단한 위치에 오를 것 같지도 않은 저인데요."

"글쎄, 모호한 표현이 되겠지만 그 행동은 특별한 일이면서 동시에 근본적인 일이었어. 그 녀석이 위험을 무릅쓰고 너를 도왔듯, 평소에는 아픈 동생을 돌보고 있지 않냐? 그 애의 정치성은 다행히 인간에 대한 연민으로 연결되어 있는 거야. 또 네가 어떤 사람으로 자랄지 짐작해보고 아주 긴 수를 던진 것일지도 모르고."

보리스는 조금 당황한 표정을 지었다. 그는 아직 자신이 자라 어떤 모습이 되리라는 생각을 전혀 해보지 못했다. 그럴 겨를이 없었다.

"하지만 연민에 기초해 있다 해도 정치적인 인간은 강하지. 그 애가 자라서 타고난 정치력을 자기가 원하는 공화국을 위해 발휘하게 된다면……."

이실더의 목소리가 낮아졌다.

"신왕국 아노마라드는 쓸 만한 적을 하나 갖게 될지도 모른단 말이야."

보리스는 문득 망토 안쪽에 손을 넣어 윈터러의 자루를 잡아보았다. 노력했지만 잃을 것은 결국 잃었고, 이것만을 지켜냈다. 그걸 도와준 사람이 란지에였다. 언젠가 반드시 갚겠다고 말했다. 둘은 우정으로 연결된 사이가 아닌데 어떤 식으로 갚을 수 있을까?

아직은 모를 일이다, 미래는.

렘므가 추운 땅이라는 것을 알려주려는 것처럼 하늘빛이 서늘했다. 밤인데도 검푸른 하늘이었다. 보리스는 뒤를 돌아보고 날씨를 살피려 걸음을 멈춘 이실더를 불렀다.

"당신은 어디서 왔고, 어디로 가죠?"

이실더는 입모양으로만 미소를 지으며 다가왔다. 발을 들어 돌멩이 하나를 멀리 차 보냈다.

"인간은 땅에서 와서 땅으로 돌아가는 거잖아."

"그런 것 말고요. 가족이나 고향은 없어요?"

이실더는 검을 뽑지 않고 빈손으로 검을 겨냥했다가 당기는 몸짓을 했다. 그의 옆얼굴이 말했다.

"달이지."

휙, 존재하지 않는 검이 허공을 가르며 바람 소리를 냈다.

"마음의 고향."

모닥불을 바라보고 있으면 오래된 이야기가 떠오르는 법이다. 보리스는 예전에 형이 피웠던, 그리고 스스로는 아무리 해도 피울 수 없었던 모닥불을 생각하고 있었다. 그 불이 꺼졌을 때 세상은 차디차게 변했다.

"달을 어머니로 받들며 섬기는 사람들이 있어. 많지 않은 동류를 모아 부락을 이루었고, 제사장을 뽑아 옛 재앙을 속죄하며 살아가고 있지. 그들의 삶 속에는 검과 노래가 같이 들어 있어서 어느새 혼연일체가 되어버렸어. 용서와 복수가, 온화함과 잔인함이 같은 이름으로 불리는 잊힌 문명이다. 이 검을 들어서."

이실더가 단검 하나를 뽑더니 바닥에 내리꽂았다.

"한 생명을 죽임과 동시에 해방시켜줄 수 있는 것처럼."

안개가 자욱한 밤이었다. 모닥불조차 젖어 있는 듯했다.

숲 가장자리에는 넓지 않은 호수가 있었다. 렘므의 땅이 차듯 호수의 물도 뼛골이 시리도록 찼다. 둘은 그 물에 세수를 하고 돌아와 잠들기 전에 몇 마디 나누는 중이었다.

"그 문명이 당신의 고향인가요? 그곳은 어디 있죠?"

"가보고 싶으냐?"

이실더의 표정은 그리 탐탁지 않아 보였다. 어떤 곳인지 보여주고 싶기도 하지만, 동시에 그런 곳에 가봤자 뭘 하겠느냐는 것처럼, 석연찮은 감정이 교차했다.

"꼭 그런 건 아닌데요……. 당신이 태어나 자란 곳이라니 궁금해서요. 당신은 훌륭한 검술뿐 아니라 이상한 능력을 많이 가지고 있잖아요. 전 아마도 배울 수 없겠지만……."

"배우고 싶어?"

"……."

이실더는 자리에서 일어나 보리스에게 따라오라고 손짓했다. 둘은 호숫가로 갔다. 모닥불에서 멀어지자 그림자조차 찾지 못할 정도로 어두웠다. 호숫가에 나란히 서자 이실더가 품에 손을 넣더니 뭔가를 꽉 쥐었다.

"네가 무엇을 보게 될지는 나도 모른다. 네가 보고 싶은 것에 달렸지만, 그게 뭔지는 너도 모르겠지만……."

이실더가 손을 꺼내자 보리스의 눈에도 익숙한 물건이 드러났다. 칼날에 초승달 모양의 구멍이 뚫리고, 이상한 글귀가 새겨진 그 단도였다. 윈터러 대신 맡았던.

이실더가 무릎을 꿇고 앉았다. 검은 물이 찰랑거리며 밀려와 옷자락을 적셨다. 보리스가 내려다보는 가운데 단도가 물속으로 들어갔다. 그러자 금빛 파문이 생겨 퍼져나가기 시작했다. 마치 열쇠를 꽂아 빛의 세계로 가는 문을 연 것 같았다.

금빛 물결은 이윽고 수면에 거울처럼 둥글게 자리잡았다. 처음에는 빛뿐이었다. 그러나 곧 영상이 떠올랐다.

"이건……. 마음을 고향으로 돌려보내주는 힘이랄까, 그런 것을 가진 단도지. 루네트라고 한다. 네가 보고 싶은 것을 루네트가 알고 있을 거야. 잘 봐라."

가장 먼저 높다란 산봉우리가 나타났다. 비탈져 솟은 산 아래 호수가 고였고, 여름벌레들이 노래하는 풀꽃 골짜기가 자락을 펼쳤다. 구릉에 흩어진 야생화 너머에 산등성이로 숨겨진 얕은 지붕들이 내려다보였다.

영상은 물처럼 흘러갔다. 높직한 돌이 일곱 개, 빙 둘러 세워진 풀밭이 나타났다. 돌 표면에는 알 수 없는 문양이 새겨졌고, 중심에 놓인 베개처럼 넓적한 돌에도 뭔가가 새겨져 있었다. 어쩌면 보리스가 알지 못하는 옛 마법의 룬이었을 것이다.

평화로운 도피처일까? 사람들은 보이지 않았지만 행복하게 살고 있을까? 대륙에서 사라진 신비로운 마법이 아직 살아 있고, 잊힌 고대의 이야기가 여전히 속삭여지는 그런 곳일까?

이실더가 고개를 들지 않은 채 말했다.

"먼 길을 가야 하는 곳이지. 길을 모르는 사람은 우연으로도 찾아들 수 없는 험난한 바닷길 너머니까. 주가呪歌의 도움 없이는 살아서 건너기도 힘든 바다다. 대륙의 사람들은 그들의 존재를 모르고, 그들 역시 알려지기를 바라지 않아. 옛 재앙 후로 오랫동안 단절된 역사를 갖고 살아왔거든."

"하지만 당신은 거기에서 왔잖아요?"

"응, 그리고 다시 돌아가기도 하겠지."

잠시 후 이실더는 말했다.

"보기처럼 아름답기만 한 곳은 아냐."

보리스는 물속 영상을 가만히 들여다보며 말했다.

"조용한 곳일 것 같은데요."

그런 곳으로 가고 싶은 보리스의 마음이 하필 저런 풍경을 불러낸 걸까?

영상은 물결에 따라 금빛 태피스트리처럼 나부꼈다. 소리가 전달되지 않아서일지도 모르지만, 한없이 고요해 보였다. 산을 떠나고, 마을을 떠나고, 높은 절벽 언저리에 외따로 떨어진 집이 비춰질 때까지 보리스는 기묘한 평화로움에 취해 물속을 바라보았다.

"......"

무언가 말할 듯했던 이실더가 갑자기 입을 다물었다. 언뜻 스쳐간 사람의 그림자가 있었다. 잠시 후 보리스도 똑똑히 보았다. 여자였다. 넓은 띠가 달린 아마빛 치마 위로 허리가 설핏 드러나는 헐렁한 스웨터, 거친 털로 짜 만든 녹색 웃옷 차림이었다.

여자는 집 옆에 놓인 항아리의 뚜껑을 열고 안을 들여다보고 있었다. 이윽고 뚜껑을 닫더니 풀밭으로 내려왔다. 짧게 쳐 올린 금빛 머리칼이 달빛에 젖어 반짝거렸다. 매끈한 곡선으로 드러난 귀가 인상적이었다. 아직껏 두 귀가 드러날 정도로, 저렇게 짧은 머리를 한 여자를 본 일이 없었다.

비탈진 풀밭에 무릎을 세우고 앉은 여자는 한쪽 팔을 올려 턱을 괴고 어두운 숲을 바라보았다. 흰 발목이 치맛자락 아래로 스르르 미끄러져 내려오다 멎었다. 발목에는 자그마한 원석들을 가는 줄로 이어 만든 발찌가 걸려 있었다.

소녀일까, 또는 성인일까. 열여섯에서 스물하나까지, 나이를 말하기 힘든 모호한 인상의 여자였다. 창날처럼 갸름한 옆얼굴은 냉담했지만, 동시에 까닭 모를 상실감이 가라앉아 있었다. 낯선 아름다움이었다. 같은 인간이 아닌 듯, 멀어서 더 동경하게 되는 미美였다.

문득 귓가에 밤새가 종종거리는 소리가 들려왔다. 물론 영상 속의 세계가 아니라 호숫가를 날아다니는 진짜 새의 소리였다. 그러나 놀랍게도 그 순간 여자에게도 하얀 새 한 마리가 날아오는 것이 보였다. 새는 여자가 내민 손끝에 앉더니 무어라 말하듯 고개를 까딱거렸다.

여자가 입술을 열어 들리지 않는 이야기를 하는 동안 보리스는 그녀의 손을 보았다. 로즈니스처럼 곱게 자란 소녀가 지닐 법한 보드라운 손이 아니었다. 단단한 마디 사이로 파르스름한 핏줄마저 돋아난 강인한 손이었다.

이실더의 목소리가 들렸다.

"잘 지내고 있구나, 이솔렛."

(3권에 계속)

룬의 아이들 – 윈터러 2 : 덫을 뚫고서, 폭풍 속에

1판 1쇄 2019년 6월 21일
1판 12쇄 2024년 9월 11일

지은이 전민희

책임편집 임지호 ㅣ **편집** 지혜림 이송 ㅣ **일러스트** UK Nakagawa
표지디자인 이혜경디자인 ㅣ **본문디자인** 이원경
저작권 박지영 형소진 최은진 오서영
마케팅 정민호 서지화 한민아 이민경 안남영 왕지경 정경주 김수인 김혜원 김하연 김예진
브랜딩 함유지 함근아 박민재 김희숙 이송이 박다솔 조다현 정승민 배진성
제작 강신은 김동욱 이순호 ㅣ **제작처** 한영문화사(인쇄) 경일제책(제본)

펴낸곳 (주)문학동네 ㅣ **펴낸이** 김소영
출판등록 1993년 10월 22일 제2003–000045호

주소 10881 경기도 파주시 회동길 210
문의 031–955–8892(편집) 031–955–2696(마케팅) 031–955–8855(팩스)
전자우편 elixir@munhak.com ㅣ **홈페이지** www.elmys.co.kr
인스타그램 @elixir_mystery ㅣ **X(트위터)** @elixir_mystery

ISBN 978-89-546-5654-2 04810
       978-89-546-5622-1 (세트)